Tredje boken

"Det är viktigt för vår hälsa och våra liv att vi har roligt och njuter av livet. Gör något varje dag som får ditt hjärta att sjunga." (Marcia Wieder)

P-C Wike

Mingel
[miŋːel]

Spår av gemenskap i Köttrymden

© 2016 P-C Wike
Tryck och förlag: BoD
Omslag: Windrike
Illustratörer: Ville, Joel, Ida

ISBN: 978-91-7699-106-0

Till mina filurer

Inledning
Om människor, deras göromål och tankar i Laduvik
samt om mångfalder och gemenskap

På Laduviks Gård någonstans i Stockholmstrakten hände
det. Kossa 583 födde tre kalvar. Rut och Twist, lyckliga
ägare till såväl djur som gård, var båda mycket häpna. Det
märkvärdiga var inte bara att alla kalvar kom ur samma
kossa. De kom också vid samma tillfälle. De var trillingar.
Höstfödda dessutom. Men det är länge sedan. Nu är kalvar-
na stora och har i takt med tiden omdanats till två kvigor
och en tjur. Kvigorna har fått namnen Filofax och Vassle-
Liki och tjuren heter Bengt II. Allt har sin förklaring.
På gården har alla djur fått namn, inte bara kalvarna. Till
och med hönsen. De har typiska hönsnamn, som Gullefjun,
Duni, Sprättmaja, Pip, Höna-Pöna och Prillan. Men så finns
det en Cindy där också. Hon kläcktes på ICA, hos ICA-
handlaren. Tuppen heter Calimero och hästen heter Ella.
Getterna som är av den utrotningshotade rasen Lappget,
har fått namn de med. Allihop. Exempelvis Älva och Kol-
grim. Den argaste av dem är bocken Ulvar. Syn och Tengel
är de tryggaste flockmedlemmarna och så finns det två kil-
lingar, Saga och Villemo.

På Twists och Ruts gård arbetar Mini som en maskin med
alla gårdens bestyr. Han ser hela tiden saker som behöver
göras och kring djuren har han alltid silkeshandskar på. Sär-
skilt getterna har blivit hans stora intresse. Han är mycket
noggrann och ansvarstagande och det är tack vare honom
som Rut och Twist ibland kan lämna gården. Mini, är son
till båtmotorreparatören Mac Frödin och hans skrivglada
men högst frånvarande hustru Pia-Carin som bor på andra
sidan vägen. Mac hör till den äldre generationens båtmotor-
reparatörer som vet att det sällan fanns några genvägar till

det som behöver bli gjort och han avskyr alla varianter av tekniska nymodigheter. Macs och Pia-Carins hem har därför successivt förvandlats till ett slags traktens museum. Där finns prylar från varje decennium, ja utom just de sista då. Mac har två flitiga kunder, Tobbe och Pernilla, som ofta besöker honom i diverse spörsmål kring båtar och båtmotorer. De har många båtar, både med och utan segel och så har de en BMW vars cabriolet behöver översyn lite då och då. Även Twist behöver lite teknisk support kring foder- och vattenmaskiner och Rut, den tokan... hon behöver hjälp att installera ett helt äppelmusteri, så det finns en del för Mac att pyssla med vid sidan av båtmotorer.

Mac, Pia-Carin och Mini plus dessa två medelålders par; Rut och Twist, Tobbe och Pernilla bor alla någonstans i utkanten av Storstockholm. De ser sig om lika mycket bakåt som framåt för att inte säga åt alla håll för att hantera vardagen. Det är en balansakt att ta till vara på energin som uppkommit nu sedan de lärt känna varandra. Twist anar att det kan bli fullt möjligt att få komma iväg på lite rävjakt minsann. Ihop med Tobbe, den gamle minkjägaren. Så där skulle balansakten verkligen få prövas. Rut är inte förespråkare av några jaktidéer och hur det är med Pernilla på den fronten, låter sig vara osagt. Piporna var i alla fall genomgångna och allt nödvändigt packat i den händelse att de skulle komma iväg. Sist det fanns sådan ordning på packningen var inför avresan till BB för många, många år sedan. Alltsammans var nu inlåst i vapenskåpet, ja inte barnen förstås men skjutgrejerna, och nyckeln fanns i säkert förvar. Just nu visste ingen riktigt var, men det skulle lösa sig.
De tre paren har många beröringspunkter, olika kompetenser och kompletterar varandra på flera tänkbara sätt. Var och en av dem har verkligen allt man kan önska, utom det kanske viktigaste av allt; förmågan att varva ned. Fast det har blivit bättre. Nu har de slutat att rymma från sina liv och tränar i stället på att bo in sig i dem. De tränar hårt på att

vara här och nu i sina göromål, tankar och observationer. De är alla ganska lika varandra på ett sätt men det finns tillräckligt många olikheter för att det ska bli spännande. Olikheter och mångfald, viktiga grejer för att få livet att spänna mellan högt och lågt, stark och svagt, mjukt och hårt.

Tillsammans hjälps de åt att inspirera varandra till att fortsätta spana, vara nyfikna och utmana sig själva och varandra. Som en kontrast till alla minnen de delar, börjar de verkligen förstå värdet av stunden. Tillsammans är de oslagbara. Något som även traktens ICA-handlare tycker.
Fast mest bara om sig själv.

Kapitel 1
Om relationer, yin-vägen och siffran sju
samt vaktkonstapeln och de 115 korkarna

Dimma. Så kunde man nog sammanfatta september. Lite på gränsen till att händerna behövde handskar på morgnarna och med en luftfuktighet så tät att håret krullade sig i vätan. Fast mitt på dagen kämpade sig solen ändå fram och framåt eftermiddagarna kunde man i bästa fall slänga på sig en T-shirt. Solens strålar inte bara värmde, utan man fick fortfarande lite solbränna långt in i september. Detta märkte både Rut och Twist som var ute dagarna i ända. Så kom några dagar då temperaturen kröp ända ned till ett par ynka grader på morgonen för att stanna kring åtta grader på dagen. Då var det synd om det som växte och som galet nog börjat om i knopp och blom.

En höstdag gjorde de en utflykt. Det var Twist som så gärna ville återse stället där han gjorde sin militärutbildning på Kungliga Sjökrigsskolans Regementsofficersutbildning. Nu för tiden användes stället till konferenser och som hotell och han hade läst att de på helgerna hade Afternoon Tea där. Sist han var där var för 35 år sedan och då var det avslutningsbal. När de kom fram, visade han Rut runt i lokalerna. De gick från rum till rum och det var två våningsplan. Twist hade en berättelse om varje rum och det var verkligen kul och intressant att få lyssna på hans berättelser. Det var just där och i tillhörande lokaler som de hade skolats inför långresan med Älvsnabben.

Eftermiddagsteet kom som en skänk från ovan och det fanns hur mycket som helst att smaka. Scones och snittar, marmelader och lemon curd, färskostar och småkakor.

Rut och Twist hade verkligen blivit bra på att komma iväg på olika småutflykter då och då. Och det var enbart tack vare Mini de kunde göra sådant. Han var alltid troget i tjänst.

I oktober blev det betydligt mycket mörkare på morgnarna. Det svaga extra morgonljuset de fick genom att manipulera tiden en timme, lyfte dem under några morgnar. En timme som snart visade sig bli uppäten av nytt mörker.
En morgon när klockan startade som vanligt 05:20 där i beckmörkret, kom följande ord ur radion: "Den här veckan kommer det att vara *mycket* molnigt". Saken var den att det som lyste upp veckan innan, var enbart 46 minuter och 30 sekunders sol. Hur kunde något bli värre än så? Ett uppvaknande som gjorde "spruttet", denna morgon till en mycket seg process. Men djuren behövde mjölkas och fodras, så det var bara att hoppa upp. Twist först och Rut sedan.

De stängde ytterdörren efter sig och Rut som verkligen avskydde mörker, muttrade.
"Vi lever i ett land med fyra årstider men egentligen finns det nog bara en säsong, och det är perioden utan frost, mörker och kalla vindar. Den fina säsongen är ett halvår och startar i mars, då ljuset skänker lite lättnad."
"Jo, visst känns det så", svarade Twist. "Allt är så mycket lättare i juni, juli och augusti, men då måste man tänka på värmen och vattningen. Det kan vara besvärligt. Egentligen är september himla fin, då det visserligen är mörkare, men fortfarande varmt och lite fuktigt."
De gick sina rundor med mathinkar och hö, fyllde på vattenskålar och kollade staket. Rut matade och pysslade helst med hästen och hönsen, medan Twist skötte getter och "nötter", det senare är vad de brukar kalla kon och kalvarna. Själva rundan för att kolla staket, hagar och inhägnader, gjorde de oftast tillsammans, som sin lilla morgonpromenad. Den lille fostertomten som Pernilla och Tobbe lämnat till dem i somras, hade stått stolt i staketnischen intill get-

hägnet sedan dess. Iklädd sin röda akryldräkt och luva. Från nischen hade tomten följt alla aktiviteter på gården. Han var ett trevligt inslag där han stod och lyste upp i såväl dimma som mörker.

"Nu när det onekligen har blivit höst och mörkret bäddat in oss allt mer och kylan står och lurpassar, då är det viktigt att tänka på sina relationer", sa Rut när de precis börjat sin runda.
"När var och en försöker överleva i sin egen kolsäck efter att dragkedjan dragits igen. Då är det viktigt som tusan att tänka på sina relationer och kanske mest av allt relationen till sin livspartner", sa hon och knuffade till Twist i sidan.
"Man har tagit hjälp av psykologer, relationsvetare och livscoacher och kommit fram till en massa bra saker", fortsatte hon. Twist satte händerna om en av stolparna till staketet som stod lite snett. Han ruskade den ganska omilt och sa att staketet behövde repareras innan fler stolpar skulle bli sneda. Rut tänkte att som han ruskade, var nog risken stor.

Sedan berättade hon vad man kommit fram till för att relationer skulle må bra och kärleken överleva.
"De fyra första minuterna hemma efter jobbet sätter känslan för resten av kvällen", inledde hon.
"En kram, även om det bara är tio sekunder, ökar oxytocin som finns i hjärnan och gör att du känner samhörighet. Man ska inte glömma bort att med jämna mellanrum påminna sig själv om varför man blev kär och varför man blev tillsammans. Man ska tänka igenom de bra sidorna hos sin partner och visa sin tacksamhet så ofta man kan", sa hon sedan.
Det lät väl rimligt, tänkte Twist och efter en stunds grubblande la han till: "Vadå, tror du att vi pussas för lite, eller?"
Just det höll Rut kanske inte med om.
"Nej, men ibland går vi på våra arbetspass snudd på omedelbart och eftersom vi är hemma tillsammans hela dagarna

blir det lätt så att man inte säger 'hej' och 'hej då' med pussar som andra par kanske gör", förklarade hon.

"Ja, förutom den dagen då du åker iväg och jobbar borta så klart." Hon tänkte här på Twists jobb med att underhålla stadspolitikernas mejlsystem.

"Par som tar sig tid att göra roliga aktiviteter tillsammans håller ihop längre. Ju mer de investerar i sin vänskap och har roligt tillsammans, desto lyckligare blir relationen. För det kan hända att man slutar *se* varandra. Då försvinner också spänningen", sa hon sedan.

"Ja, att passion kräver engagemang, det fattar väl vem som helst. Bara för att du kanske slutat lägga märke till saker hos mig, betyder inte det att jag har slutat förändras", fyllde Twist i.

"Vi kanske skulle studera varandra och notera fem saker som är annorlunda", föreslog Rut varpå Twist släppte ut en svag suck.

"Ja, det kanske vi kan göra" sa han, samtidigt som han var så säker på att det var en uppgift som Rut skulle klara av tusen gånger bättre än han själv.

De fortsatte att prata om vad livscoacherna kommit fram till, fast egentligen var det mest Rut som pratade och Twist som hummade, men Rut tyckte ändå att det var ett gemensamt samtal. Hon berättade exempelvis om hur bra och nödvändigt det var att bråka. Det tyckte hon kanske att Twist behövde öva lite mer på. Man har ju med sig i bagaget sin stil och sitt sätt att lösa konflikter på. De båda var olika när det gällde att diskutera, förklara och ja... rent av bråka. Rut hade vuxit upp i ett klimat där det gärna debatterades friskt om än det ena än det andra. Ruts mamma Maja kunde komma med rätt diskussionsvänliga påståenden som man behövde behandla på ett eller annat sätt. Vad som gällt under Twists uppväxt visste Rut egentligen inte, men hon trodde inte att man hade fört vilda och långa diskussioner vid deras middagsbord. Alltså att man debatterade, vred och vände och lyfte på stenar på samma sätt.

I relationer där man pratar om problemen och kanske drar slutsatser mår man bättre i längden. Att ställa frågan: *vad kan vi lära oss av detta?* ger berörda en chans att utvecklas kollektivt. Att bråka hjälper relationen i längden och det är viktigt att våga ta upp beteenden som man inte gillar hos sin partner. Man lär känna varandra på ett djupare plan då.

Levnadscoacherna föreslog vidare att blev man så arg att man inte kunde prata, skulle man skriva ett brev i stället. Det viktiga var att vara konstruktiv och berätta varför man blivit upprörd, men gärna också erbjuda en lösning. Prata om allt. Allt ifrån att berätta vad man åt till lunch, till problem på jobbet och om sina sexfantasier. Allt handlar om att man måste våga lita på sin partner och våga känna sig utlämnad och sårbar.

Plötsligt kände hon att Twist var med henne på ett annat sätt i samtalet och när fortsättningen kom, visade han på stort engagemang. Det var när hon sa:

"Bästa sättet att hålla ihop är att sova just nakna med varandra och frekvensen av kyssar, mer än av sex, är kopplat till en trygg och stabil relation. Nivåerna av oxytocin som gör att man stressar ner på ett naturligt sätt ökar. Det ökar också endorfinerna, de där må-bra-kemikalierna, och när vi byter saliv stiger dopaminet, vilket gör att man får den där romantiska känslan."

Det kan jag tro", sa Twist som tog tag i hennes arm och drog henne till sig.

"Jag älskar att sova naken med dig, att känna din kropp mot min".

"Ja ja ja", svarade Rut men avbröts av Twist som fortsatte:

"Att ta ledigt emellanåt, bryta rutiner och ge sig ut på små äventyr, ensamma eller tillsammans, att ladda sina batterier, det är viktigt. Få lite ny energi och nya perspektiv." Han tänkte här på Ruts tjatande om att varva ned i vardagen, fem

14

till tio minuter mindfulness då och då, där man är närvarande i nuet."

"Ja livet är egentligen fullt av överraskningar, alltså livet består ju bara av överraskningar och äventyr, små som stora. Okej, alla är inte positiva, men att grotta ner sig i elände leder sällan till något bra", avslutade Rut det hela när de var tillbaka vid huset igen.

När de tog i dörrhandtaget, hörde de att telefonen ringde. Skrälliga, höga toner. "Undrar hur man kom fram till att frekvensen och styrkan på en ringsignal skulle låta just så?", sa Rut. Hon var i och för sig ljudkänslig, men det låg något i hennes funderingar.

"Någon måste det ha varit som var väldigt okunnig i allt som har med mindfulness och romantik att göra", la hon till med ett leende samtidigt som hon lyfte på luren.

"Jag vill inte ha knullbilder på min dator", hörde hon i andra änden. "Kan Twist komma och ta bort dem genast", fortsatte rösten.

"Men mamma", sa Rut. Vad har du nu gjort?

Ruts mamma Maja satt inte fast i livet kunde man säga. Hon var pigg och ung trots sina 75 år. Fortfarande aktiv i debatter och med en förståelse för att samhällsförändringar inte enbart var av ondo, hon skulle sällan hävda att något var bättre förr. Hon tog för sig av tekniken, var positiv till tidens gång, till ungdomar och nymodigheter. Hon lät sig inte förledas av knasiga uppfattningar om folk och händelser. För henne är ingenting svart eller vitt, utan det finns hur många förklaringar och lösningar som helst i hennes agenda om livet. Maja har sedan ett antal år tillbaka en dator i sitt hem och med denna "burk", som hon uttrycker det, når hon långt ut i världens alla hörn, eller Sveriges hörn i alla fall. Hon googlar, är aktiv på Facebook, skickar runt bilder och mejlar texter till sina vänner och bekanta. Sedan ett tag tillbaka har hon också en iPad, så mellan dessa två attiraljer, plus telefonen och ibland med en sväng runt spisen, lever hon ett gott liv där hemma. Lite då och då, ringer hon med olika funderingar kring hur det tekniska hänger ihop och fungerar. Fantastiskt ofta är det bilder som "stulits" från hennes burk och lika ofta har hon "taggat" någon eller "gillat" något som hon inte alls avsåg att vare sig tagga eller gilla. Ena stunden har hon gillat Alexander Gustafssons boxningsframgångar i UFC-galan för att strax senare ha accepterat en inbjudan till Billy Idol på Gröna Lund. Själv känner hon inte till vare sig det ena eller det andra. Men hon trivs.

Till yttermera visso hör att Maja ibland har kontaktat Rut och varit alldeles förskräckt över saker som Rut lagt ut på Facebook. Det handlade då bilder och texter med så kallat tveksamt innehåll som det verkat som om Rut lagt ut men som mer hade lagt ut sig själv när hon klickat på särskilda bilder. Det kunde vara djurbilder eller vad som helst som drog till sig ens uppmärksamhet. En gång var det en jättejätteorm som Rut absolut var tvungen att titta på, och när hon klickade på bilden, så hade hon per automatik aktiverat en sådan där... som Maja nu kallar det för; "knullbild"... som sen landat under Ruts profilnamn. Twist, med sitt otroligt säkerhetsmedvetna arbete, hade upplyst Rut många gånger om riskerna med att klicka på eller kika på exempelvis ulliga, gulliga kattbilder. Han hade uppenbarligen glömt att informera sin svärmor om detsamma.

"Mamma hej, vad kul att du ringer, men är du ute och surfar så här tidigt på morgonen och på sådana sidor", skojade Rut.
"Nej, vet du vad... det har jag inte gjort, jag förstår inte varför jag ska behöva titta på sånt här. Jag vill inte ha det i min dator, det är ju inget kul."
Rut sa att hon skulle be Twist titta över till henne lite senare och även ge henne ett brandtal om säkerheten framför da-

torn. Därefter sa de hejdå till varandra. Twist hade gått in i duschen och i väntan på att ställa sig där själv, började Rut förbereda frukosten.

De älskvärda händelserna är själva bränslet i livet, och det är dem som Rut trodde att hennes mamma livnärde sig på. I takt med stigande ålder blev det bara viktigare och viktigare med upplevelser. Detta anade Rut att de flesta inte kände till, hon var ganska säker på att många tänkte att det mer hörde ungdomen till. Skillnaden var att när man blivit äldre, behövde händelser och upplevelser verkligen inte vara stora. Att resa med lätt bagage, som Maja så ofta sa, det var en stor och viktig dröm för henne. Rut trodde att mamman i den tanken såg sig själv som en äventyrare med ett litet bagageknyte fastsurrat längst ut på en pinne och slängt över axeln. Lite som Bilbo Bagger. Men verkligheten var den att hon ofta packade mycket eftersom hon var mån om att alltid se bra ut, och så behövde hon kläder för alla väder. Att packa, planera och längta. För henne började alla resor i resväskan. Själva resan var inte bara en transport, det var början på semestern eller upplevelsen. För, om man skulle se allt innan som en transportsträcka, skulle man ju missa alla fina intryck på vägen. Det gäller att vara alert för det som händer. Den yttersta gränsen för intryck kanske låg där någonstans vid knullbilderna då, tänkte Rut.

Många händelser etsar sig kvar som ett särskilt märke i ens minne, som en slags själens tatuering. Med en titt i backspegeln hittar man en del upplevelser som varit både trista och plågsamma, sådana som även om livet gått vidare faktiskt finns kvar där men utan att direkt märkas. Denna sortens tatueringar är elaka och hårdhänta och inget man önskar någon att få uppleva men som man på senare dagar ändå ser som en viktig del av sig själv. En del lyckas gå vidare på ett enkelt sätt efter tråkigheter och andra sitter paralyserat fast i diverse oförrätter likt flugor på ett klibbigt band. Alla har väl drabbats av orättvisor, oro eller misstro. Blivit förtalade, utsatts för lögnare eller behandlats som osynliga. Så länge detta inte ständigt pågår, varken sänker det eller göder det en, men har ändå snitslat den bana som format en till den personen man är. Så plötsligt kan dessa tråkigheter poppa upp och precis som de drömmar man glömt, göra sig påminda i en speciell stund. I en särskild situation. Rut trodde bestämt att det var just runt jul, när alla tänker på alla, som somliga bara tänker på sin ensamhet och vad ont alla gjort.

Inte helt utan anledning gled hennes tankar över till Bengt på ICA. Han är en butter och ocharmig person som sällan rättar sig efter andra. Han vill snarare att andra ska bekräfta honom och det är faktiskt väldigt svårt. Nu hade han i alla fall suttit ned och funderat över hur han skulle kunna dra nytta av köpglädjen i Laduvik. I akt och mening att framstå som hjälpsam, påhittig och driftig hade han i god tid lanserat några julklappsförslag i en trycksak. Kanske hans affär skulle få ett litet uppsving, kanske Laduviksborna inte bara skulle åka förbi honom på sin väg mot centrum och kanske han skulle få sig en liten klapp på axeln?

Han lanserade julklappar till "henne" och till "honom". Enligt den lanseringen önskade *hon* sig givetvis platt- och locktång och *han* en nästrimmer och en rakapparat. Jaja, tänkte Rut, det var kanske inte så tokigt tänkt när allt kom omkring, fast personligen önskade hon sig allt det. Hon behövde både trimma näshår och locka håret faktiskt. Presenter till *henne* föreslogs vidare vara grytor, ugnsformar, brickor och lyktor medan presenter till *honom* kunde vara skärmaskiner, knivslipar och skärpstål. Medan *han* önskade sig en köttkvarn och ett trancherset, önskade *hon* sig en köksmaskin och en chokladsmältare. Allt enligt ICA-Bengts upplägg. Faktiskt hade Twist precis fått just en sådan fin köksmaskin av sin mamma. En maskin som hon använt men inte längre ville ha, så de hade fått ta över den. Man skulle kunna säga att *hon* tröttnat på den och att *han* fick den. Ett grepp som Bengt givetvis inte tänkt som ett alternativ så här vid jul. Att byta grejer med varandra.

Ett oväntat julklappsförslag däremot, det var faktiskt till *honom*. Boken hette "Hälsosam familj på 30 dagar". Det överraskade Rut stort och hon undrade varför Bengt tänkte att det var mer passande för en man än för en kvinna. Det bröt faktiskt det genusmönster som hittills varit upplagt. Framöver skulle hon kontakta Bengt och föreslås ett bra kilopris på äpplen inför att börja göra must innan säsongen stod för dörren. Då kunde hon passa på att fråga honom om boken. Rut började fundera i kreativa banor. Hon tänkte sig en adventskalender med namnet just "Hälsosam familj på 30 dagar". Behandling skulle kunna starta i lucka 1 den första december. Bakom varje ny lucka skulle det sedan finnas terapeutiska tips och moment att träna på dag efter dag. Lucka 1: "ta inte varandra för givna", lucka 2: "bry er om varandra", lucka 3: "visa uppskattning"… och så vidare. Uppmaningen skulle sitta inne i luckans öppning och övningen på insidan av själva luckan. Då är man ju hyfsat reparerad som familj lagom till jul och kan starta det nya året med helt nya krafter. Det skulle Bengt kunna lansera till nästa jul, tänkte hon. Rut skulle föreslå Bengt även det vid närmaste tillfälle.

Twist kom ner nyduschad i köket och fann sin Rut vid frukostbordet i full färd med att skratta högt åt någonting. Det hände i och för sig rätt ofta, att hon skrattade åt sig själv eller åt sina tankar. Hon var som ett sån där positivhalare som bara spelade och spelade. Ibland lyssnade någon och ibland inte, men hon skötte den osynliga vevarmen med både glädje och uthållighet.

"Bra, där kommer du", sa hon. "Då är det min tur att hoppa i duschen och sen ska jag berätta vad jag skrattade så gott åt.

Jag har kommit på idé för en ny adventskalender. Kommer snart!"

Ja varför inte, tänkte Twist. Ständigt nya uppslag och idéer, kunde hon aldrig ge sig? Men i och för sig... kan vi sälja julgranar så kan vi väl sälja adventskalendrar också. Eller förresten, det kan Rut hålla på med, så kan jag och Mini sköta granarna.

Klockan var snart halv tio och det knackade på dörren. Handtaget på ytterdörren rörde sig och den öppnades. "Knackeliknack är ni där?" sa herr Frödin som - allt i ett - skötte både det fysiska och verbala knackandet, samt öppnade dörren åt sig själv. "Jag såg att ni var ute bland djuren i vanlig ordning så därför vågade jag ta för mig så här och bara dyka in", förklarade han.

"Men hej", sa Twist.

"Vad trevligt. Då får vi frukostsällskap också. Rut står i duschen men kommer strax."

"Härligt", svarade Mac. Fast det var dig jag tänkte prata med och jag ska inte bli långrandig. Jag har en fråga bara."

"Shoot man shoot'"" svarade Twist. Lite förvånad över var han fick de orden ifrån.

Mac berättade att han stod på ständigt vikariat för att vakta båtar nere på båtklubben. Han hade gjort det i alla år, delvis för att han kände så många av båtägarna men också för att han bodde nära och gärna ville ha bra koll på området. Att vara ständig vikarie innebar att man blev tillfrågad av den som tilldelats sin vaktpost, men av okänd anledning inte lyckades ta sitt pass, att vakta på båtklubben. Denne kunde bara slå Mac en signal och så hoppade han in i den personens ställe. Han fick femhundra kronor varje gång han vikarierade. Plus frisk luft, bra promenader och nya kontakter lät han meddela.

"Så var de, båtägarna", la han till. "Båt skulle de ha men de kunde vare sig meka eller vakta. Bara plocka russinen ur kakan minsann. Många av dem har inte tid över i sina fulltecknade liv, knappt ens tid att rasta båten, än mindre att vakta som sagt."

"Oj, är det så?" Twist såg bekymrad ut.

"Men får jag fråga, var kommer jag in i bilden?"

"Jag skulle vilja ha dig som sällskap, för den som jag skulle sitta med, han kunde inte heller... ja, vad var det jag sa... och ensamma får vi inte sitta vakt, så... du får som sagt 500 kronor. Jag tänkte att vi skulle fråga Mini också om han ville hänga med."

"Visst! Fast jag behöver inga pengar", svarade Twist.

"Jag hjälper dig, så kanske du hjälper mig så småningom. Du vet, Ruts musteri ligger bara i utspridda högar där inne i ladan och så fort det blir varmare ute, ska jag börja montera ihop alla delarna. Jag kan inte tänka mig någon bättre människa att tillfråga när jag behöver lite råd och tips, så kan vi låta udda bli jämnt med det?" undrade han.

"Vilken dag och vilken tid vill du ha självaste vaktkonstapel Twist på tå?" frågade han och funderade återigen över var han fick sitt ordval ifrån. Just då klev Rut in över tröskeln. Hon hajade också till eftersom hon hört samma sak.

"Vaktkonstapel Twist?" upprepade hon.

"Den tjugoandra december, två dagar före jul. Klockan 20 till 24", svarade Mac.

"Avgjort", svarade Twist innan de sa hej då.

November var den månaden då Rut vanligtvis gick i själsligt ide. Tankeverksamheten hamnade i dvala, huden blev grå, stegen tunga och framtidshoppet dimmigt. Månaden med stort "burr" då hon brukade passa på att göra sådant hon annars bara sköt på framtiden. Fokus låg på aktiviteter inne i huset eftersom det var uteslutet att vara ute mer än nödvändigt. Hon rensade i garderober, städade i köksskåp, torkade bakom spisen och frostade av frysen. Hon kom på sig med att hugga i med energiska tag där hemma och i sin framfart glömde hon ibland att det var november. Det gjorde stegen mindre tunga. Det var väl bara i november månad man kunde få för sig att fylla i sådant som vita arkivet till exempel? Hon kom så långt som till att begravningen skulle äga rum i Laduviks kapell och att hon valde kremering framför jordbegravning men inför valet av urnlund, kolumbarium eller spridning av askan gick hon bet. Där gick väl ändå gränsen, i att vara engagerad och planera framåt, tänkte hon. Novemberdagarna passerade och utan att fylla dem med avledande aktiviteter märkte hon plötsligt att hon var på väg ut på andra sidan. Huden fick sakta lite mer lyster och tankarna blev mer strålande. Hon kom på att hon kunde rensa allt-möjligt-vad-de-nu-var från kylskåpsdörrarna. Kylskåpets framsida var täckt av papper och lappar innehållandes alla möjliga sanningar som alla hölls fast med hjälp av magneter. Kylskåpet var platsen hon dyrt och heligt, och i varje hus hon bott, hade månat om som informationsfri och ren. Ändå fanns där lite av varje att plocka ner.

Det handlade om sommaryoga inklusive växelvis näsborrandning. Boktips om sex, sprit och ätstörningar (undrar varför) samt info om att vattenpipa är farligare än många tror. En utriven notis om intervallspringning (som om hon någonsin skulle komma på tanken) samt en artikel om tecken i händerna som avslöjar våldsbenägna personer (helt oförklarligt). Fastsatt under en magnetburen klämma fanns en guide kring vanliga uttryck som ungdomar använder. Förmodligen sparade i ett försök att slå in på Sigges väg beträffande kommunikation. Där fanns antistressövningar beskrivna från topp till tå, affirmationer i långa banor och tips för att bevara balansen (just under hösten). Information om tandvårdsstöd och en redogörelse för människans kemiska uppbyggnad. Alltsammans lika viktigt som obegripligt att spara.

Hon hittade också sitt favoritrecept som ursprungligen kommit från farbror Einar. "En helt vanlig jävla kaka" kallade han den och det som behövdes var:

Ett ägghelvete, 1 dl sur kakao, så lite smör som möjligt, socker men ingen jävla mandel. 2 dl bakpulver och 1 paket fula russin plus 1,5 dl allerginötter. Allt ska hällas i en bunkjävel och köras med elvisp i en kvart och gräddas direkt i skålen. Man kan skita i att smöra och bröa, kakhelvetet fastnar ändå. Dunka ut skiten på matbordet om du kan. Garnera med krossad melon och sprit.

Hon bestämde sig för att plocka ned precis allt utom ett litet kort med orden: "Ta dig samman och gör något onyttigt." Det var det enda som fick sitta kvar på kylskåpsdörren från och med den dagen.

I sin iver att röja hamnade hon någon dag senare uppe på vinden och insåg att den, vid sidan av att vara väldigt kall och rörig, också var ett dåligt samvete. Hon borde rensa och bringa ordning. Hon sneglade på julgrejerna som hade sin särskilda plats där uppe, de skulle snart ner. Om några dagar var det första advent och det var nog lika bra att plocka ner åtminstone adventsljusstake och stjärna. Vindens takhöjd var inte precis i ståhöjd, så efter en kvart där uppe hade ryggen blivit krokig och fingrarna stelfrusna. Hon plockade med sig det hon behövde och stängde luckan om kyla och oordning.

Efter advent kom så den stora dagen Lucia. Det var tidig morgon. Ingen snö, inga minusgrader, inte ens lite frost. Skulle de få både Jul och Nyår i plusgrader tro? Det såg tyvärr ut så och långtidsprognosen sa att grönt mer än vitt skulle gälla ända in i januari. Snö var inte bekvämt på något sätt och vis. Det blev halt, slaskigt, kallt och tungjobbat på gården. Men, det blev ljust och det var en stor fördel. Så vid valet mellan pest och kolera, var det trots allt välkommet med lite snö.

På luciamorgon hade Rut och Twist inte den minsta tid att tassa upp i mörkret för att sätta sig framför tv:n och titta på luciatåget. De behövde ju gå ut till djuren. Men luciatåget måste man ändå titta på, eller Rut måste, och Twist ville hänga på. Så när de gjort sin runda hos alla djur, tog de i stället med sin MacBook och hoppade i säng igen och tittade på den inspelade versionen. Datorn placerade de på Ruts mage och uppe på denna kulle beskådade de Lucia och alla tärnor, stjärngossar och tomtar där bland lakanen. Det var vackra psalmer, moderna visor, några artister, verser och körer som gjorde det hela rätt så fulländat.

Både Rut och Twist konstaterade att detta sängläge skänkte minst lika mycket stämning som andra alternativ och att de hade det bortskämt bra. Observanta var de också. Rut, som haft ett förflutet i produktionsbranschen, konstaterade att Lucians ljus var ömsom korta och ömsom långa. I ena klippet var de nedbrunna till hälften och i nästa var de helt nytända. Det skulle aldrig ha förekommit med Rut som scripta. Med andra ord var luciafirandet inte bara inspelat. Det var hopklippt, redigerat och bergis retuscherat med. Men vackert var det! Och fint sjöng de.

Förr, när Rut hade sina barn hemma, väckte hon dem varje luciamorgon, oavsett vilken veckodag Lucia inföll på, och så dukade hon framför tv:n. Hon hade då kokat årets första risgrynsgröt och brett färdiga mackor att äta till. Hon hade handlat lussebullar och pepparkakor och väckte ungarna precis när "Natten går tunga fjääääät" släpptes lös i rutan. Barnen som knappt var vakna så dags, åt och gapade lydigt och låtsades att de hade det bra. Och Rut hon mös. Hon gjorde det mamma Maja också gjort när Rut var liten. En upplevelse hon själv uppskattat, inte alltid då, men sedan. Rut tänkte att även hennes barn skulle få chansen att känna hur det var att uppskatta något "sedan".

När luciamorgonen tagit slut och den sista tomten i tåget lämnat kyrkgången, började i stället ett annat program. Det handlade om legenden om de sju sovarna, de så kallade Sjusovarna. Rut och Twist låg kvar och tittade även på det. "De sju sovarna" var en gammal legend om sju kristna män som levde omkring år 250. Ett avgudatempel byggdes i staden och kejsaren hotade att döda alla som inte dyrkade i det. De sju kristna männen vägrade göra det och tvingades därför fly. Innan flykten, delade de ut sina ägodelar till de fattiga i staden och sedan gömde de sig i en grotta i berget Celion. Kejsaren murade igen grottan för att männen skulle dö av hunger och törst. Två män skrev ner berättelsen om de kristna männens liv och la in skriften mellan stenarna.

Drygt hundra år senare var det en ny kejsare som regerade. Han hette Theodosius. Några murare bröt upp stenarna framför grottöppningen för att bygga ett stall, och de sju sovarna vaknade till liv igen. Sovarna trodde att de bara sovit en enda natt.

En av dem, Malchus, skickades ner till staden för att köpa bröd. När han försökte betala med sina hundraåriga mynt blev det stor uppståndelse eftersom männen han köpte brödet av trodde att han funnit en begravd skatt. Han fördes inför biskopen och borgmästaren, där han berättade att han dagen innan (ja, som sagt han var lite dagvill) flytt på grund av kejsarens hot. Biskopen och borgmästaren följde honom upp till grottan, där de fann brevet mellan stenarna som intygade mannens historia. De sände bud efter kejsare Theodosius som reste till platsen för att själv se miraklet. Efter att de sju sovarna talat med kejsaren la de sig ner och dog. Theodosius lät resa en förgylld marmorsten på stället och befallde att alla biskopar som inte erkände uppståndelsen skulle avrättas.

Den 27 juli 1680 infördes sju sovares dag i den svenska almanackan och fanns där fram till 1901 då den utgick. Minnet av de sju sovarna har högtidlighållits i olika sammanhang genom att det den dagen var tillåtet för alla att sova länge. Dock för den som sov längst väntade en mindre populär arbetsuppgift som straff. Andra folkliga traditioner säger att den som sover länge på morgonen den här dagen kommer att vara trött ett helt år framåt. Det sägs också att regn på sjusovaredagen betyder regn i sju veckor framåt. Nu för tiden är det Marta som har namnsdag på det som tidigare var sju sovares dag och ett litet tips när den dagen kommer är att sova lagom länge.

"Det var intressant", sa Twist. "Jag som alltid har undrat. Sjusovare har använts i min familj om den som sover länge om morgnarna. Jag har aldrig fattat varför, jag har trott att en sjusovare är uppe väldigt tidigt, för så låter det ju!"
"Men nu vet du varför, och tänk här på vår gård om vi skulle gå upp klockan sju. Det skulle ju bli kaos och alldeles för sent för djuren, skulle det inte?"
"Det är som i radioreklamen som körs för fullt just nu", sa Twist. Där bilföretaget Kia annonserar sin sjuåriga nybilsgaranti i sammanhanget av regnbågens sju färger, sju små dvärgar, sju sorters kakor, sju veckodagar och de sju kullarna i Rom."
"Ja visst", hakade Rut på.
"Och listan skulle kunna förlängas ytterligare med exempelvis de sju haven, den sjuarmade ljusstaken... och världens sju underverk."
"Och de sju kontinenterna, de sju världshaven, och från sagans värld; de sju korparna och sjumilastövlarna."
Nu tittade Rut förundrat på Twist.
"Jag visste inte att du hade tillgång till sån information och kunde plocka fram den så snabbt. Ja Snövit förstår jag men de där korparna?" och Twist han fyllde snart på listan ännu mer. I ett Seinfeldavsnitt kom han ihåg att George argumenterade för att Seven var ett perfekt namn på ett barn, vare sig det var en pojke eller flicka.
"Just det!" Rut hojtade till. "Med tanke på Seven som namn. Du vet mitt oexemplariska ex, som jag berättat en del om, hästen som han köpte till min dotter hette Seven Seat. Fast vi kallade den för "Sjuan".
Rut och Twist pratade sedan vidare om "Seven generations", vilket var kärnpunkten för hållbarhet i exempelvis miljöarbete. Man menar att de beslut man tar idag i miljöfrågor men också kring frågor som exempelvis rör pro-

duktion och ekonomi, de ska vara bra även för dem som lever minst sju generationer framåt i tiden.

"Dessutom finns det tankar om att avståndet mellan en själv och andra aldrig är längre än sju människor bort. Man känner någon som känner någon som i sin tur har en vän som känner någon och så vidare, sa Twist.
"Det brukar i alla fall vara min broms för att inte vara sur och otrevlig utan anledning", fortsatte han.
"Man vet aldrig vem man har framför sig, en väns vän på avlägset håll eller kanske min egen vän om ett antal år. Man vill ju inte skaffa sig dåligt rykte."
Rut lyssnade och tänkte. Så mycket Twist hade i huvudet idag. Den där bromsen han pratade om, den skulle Bengt nog ha glädje av med. Fast å andra sidan skiter man nog i bromsar när man ändå kört i diket flera gånger och redan skaffat sig ett rykte. En del, och vanligtvis män, kan faktiskt beundras för att de är tvära, sura och misslynta. De kan till och med kallas för spännande då.

"Jag har hört nån gång i världen att sju kallades för ett skryttal", sa Rut. "Med det menades att siffran gärna plockades fram när man skulle överdriva något med finess. Sju är tillräckligt udda för att inte vara jämnt vilket gör det uppskattade värdet mer trovärdigt."
"Absolut sant", fyllde Twist i. "Hur många gånger har man inte svarat sju på frågan; tänk på ett tal mellan ett och tio. I en internationell studie kom den brittiske matematikern Alex Bellos, du vet han som jag har en bok om, fram till att favorittalet i världen är just sju."

Så där pratade de på, och Rut som hade svårt för att släppa grejer och som innerst inne hoppades att hon med hjälp av något enda samtalsämne, skulle kunna få mer beständig fart med sin blogg, letade efter ännu mer information om siffran sju. Först tog hon en dusch och direkt efter frukosten gick hon till bokhyllan för att titta i ett symbollexikon som de hade. När hon lät ögonen vandra över bokryggarna, hittade hon en bok som hon läst för ett par år sedan. Den hette "Sju jävligt långa dagar", och handlade om en mer eller mindre dysfunktionell familj. När pappan i familjen dog skulle övriga familjemedlemmar sitta shiva, alltså judisk sorgevecka, i enlighet med hans sista önskan. Hela boken sedan handlade om denna vecka, då precis allt händer, varpå familjemedlemmarna verkligen lärde känna varandra på riktigt. En mycket händelserik bok, hon minns att hon gillade den.

Hon hittade till slut sitt lexikon och läste mer om den märkvärdiga siffran sju. Beroende på var i världen man befinner sig och när i tiden det är, betyder siffran tydligen olika saker. Dels var den betydelsefull i forntida magi och vidskepelse. Så långt tillbaka som till fornorientalisk tradition nämns sju demoner i litteraturen och i den fornpersiska står det om religionen sju odödliga heliga ting; bland annat gott sinnelag, ödmjukhet, hälsa och lydnad.

Sjutalet i Gamla testamentet har i stället att göra med förstörelse genom Guds vrede. Sju präster med sju vädurshorn gick sju dagar kring staden Jeriko. På den sjunde dagen gick alla sju varv och när prästerna blåste i hornen, skrek alla israeliterna så stadsmuren rasade. Den judiska skapelseveckan har sju dagar, vilodagen inkluderad. De sju planeterna ordnades efter veckodagarna till en sju-uddig stjärna. Vidare finns det berättelser om de sju kardinalsdygderna även om de kanske inte är lika kända som de sju dödssynderna. I Bibeln finns det texter om Jakob som var gift med Lea men föredrog Rakel, vilket han fick tjäna sju år för. Och Josef talade om de sju feta och de sju magra åren för Egypten. Rut greps av kraftig iver att lära sig allt hon läste och antecknade det mesta på ett separat papper. Det här blir kul att återberätta sen för Twist, tänkte hon.

I Nya testamentet då, vad sägs om siffran sju där? Jo, när Petrus ville veta hur många gånger han skulle förlåta sin broder svarade Jesus: *icke sju gånger, utan sjuttio gånger sju*. Samt att Jesus sa sju ord på korset... just vilka, blev Rut självklart nyfiken på men hittade ingen mer information om. Plus att det i uppenbarelseboken talas om bokrullen med de sju inseglen.

Hon läste på. I medeltidens Europa var sjutalet också högt skattat, då man talade om den helige andes sju gåvor. Dessa var sju duvor, sju dygder, sju fria konster och vetenskaper, sju sakramenten, sju levnadsåldrar, sju laster och sju böner. Och i det gamla Kina representerade siffran sju, kvinnans levnadsperioder räknade i år; Efter två gånger sju år börjar "yin-vägen", alltså den första menstruationen. Ja det stämmer väl bra, tänkte Rut. Då är man ju fjorton år. Och den slutar efter sju gånger sju år, läste hon. Då är man strax under femtio år och i klimakteriet.

Twist som för tillfället pendlade lite mellan köket och hallen tittade till och såg Rut där hon satt böjd över en bok, med penna och papper i hand. Han hörde henne säga något men det var så svagt att han inte trodde det var till honom. Det vi kallar för klimakteriet alltså, det är slutet av yin-vägen, tänkte Rut. Det kan vara bra information att hålla i minnet den dagen man eventuellt blir oförnuftigt behandlad. Det hela låter både seriöst och oroväckande. Om man bara tittar på sin kombattant och stilla informerar denne om lägets allvar... Rut testade att säga det lite tyst för sig själv: "Jag är i slutet av yin-vägen". Hon bestämde sig för att det lät bra. Precis när hon sagt det, såg hon något som fladdrade till i ögonvrån och anade att det var Twist som hört henne. Hon ropade efter honom.

"Twist, jag har hittat jättemycket om siffran sju här. Hör om det sista som handlar om sjuan i Kina." Så läste hon att den sjunde dagen den sjunde månaden hölls en stor fest för flickor och unga kvinnor.

"Jag som trodde, att man bara dödade flickor i Kina, eller i vart fall hade jag ingen aning om att man gav dem en egen dag att firas på", sa Rut förvånat innan hon läste det sista: "Efter dödsfall i Kina skulle det offras och hållas minneshögtider för den döde var sjunde dag, sju gånger tills den 49:e dagen. Sen fick kanske var och en sörja på sitt sätt, eller vad tror du?"

Twist slog sig ner hos Rut för nu hade han kommit på något som han tänkte mycket på när han var ute och dejtade förr, då innan han och Rut träffades.

"Enligt psykologiska studier sägs att det bara tar sju sekunder att fälla elva intuitiva omdömen och bilda sig de första viktiga intrycken av en person", inledde han.

"Ickeverbal kommunikation gör att vi på ett omedvetet plan reptilsnabbt bestämmer oss för om människor vi möter är trovärdiga, sympatiska, kompetenta eller inte. Vi drar slutsatser om status och auktoritet och bestämmer snabbt kön och ålder. Vi antar vad personen kan tänkas jobba med och hur hen mår samt om det är en vän eller fiende vi har framför oss.

"Så har vi gjort sedan lång tid tillbaka", trodde Rut. "Allt enligt samma grundläggande princip som härskat på savannen sedan urminnes tider, det är en överlevnadsfunktion i människohjärnan. Uppsyn och kroppsspråk räcker. Det hela går med ljusets hastighet och intrycket kan bli bestående."

Det var tyst ett tag.

"Förresten räcker det med att bara höra andra för att fälla omdömen om varandra. Coca Cola gjorde nyligen ett experiment där man placerade sex främlingar runt ett bord i ett kolsvart rum och lät dem prata med varandra. Varje person fick först berätta lite om sig själv, sedan skulle de andra runt bordet gissa hur de trodde att personen såg ut. När lampan slutligen tändes insåg de att nästan alla hade haft förutfattade meningar om varandras utseende."

"Visst, det kan jag tro men på sju sekunder, det är snabbt det!" sa Twist. "Tänk då på allt som ska funka vid ett första möte!"

Han drog sig till minnes allt han plöjt igenom och tränat på under sin dejtingperiod. Att sträcka på sig för att utstråla säkerhet och kompetens. Att le för att visa sin vänlighet och tillgänglighet. Ta ögonkontakt, vilket han tränade genom att studera ögonfärgen hos den han dejtade. Vad var det mer? Jo, att höja ögonbrynen för att signalera bekräftelse. Att skaka hand vilket var ett effektivt sätt för etablering av kontakt, och att stå lätt framåtlutad för att visa på engagemang och intresse.

"Herre Gud", sa Rut.

"Det där minns jag inget av att jag såg hos dig när vi dejtade första gången. Du har alltså lagt ner en massa tid på något som inte märktes, åtminstone inte av mig i alla fall!" sa hon vidare.

"Har jag väl inte", kontrade Twist. Du sitter ju här mitt emot mig nu, så någonting borde ha funkat, eller?"

"Ja, fasen vad bra! Det har du rätt i".

Sedan började de prata om dem som lagt sin tid och budget på bröst- och läppförstoringar, omopererade näsor och utslätande av rynkor. Sådant som lyfts och tagits bort, sugits ut eller fyllts på. Alltså av ickemedicinska skäl. Twist sa att han fick associationer till Volvo 244 när han tittade på en som fyllt på sina läppar. Just 1975 års modell av tvåfyrtiofyran hade oförklarligt nog utrustats med en abnorm kofångare. Den drog ögonen till sig men ingen förstod vad som var grejen riktigt. Twist betraktade gärna omvärlden genom det han kunde mest om, nämligen bilar och teknik, så parallellen var inte det minsta underlig enligt Rut. Hon förstod precis hur han tänkte.

Vid ett möte med någon som alldeles uppenbart plastikopererat sig, tyckte de båda att intrycken blev ganska knepiga. Hela personen blev liksom svår att läsa eftersom mimiken inte riktigt fungerade som man var van vid. Originaliteten och särdragen hade försvunnit, kort sagt; på sju sekunder skaffade man sig i stället en massa förutfattade meningar och minst elva intuitiva omdömen. Exempelvis att den tillfixade lever ihop med ett dåligt självförtroende, har dålig kontakt med sig själv, saknar en bekräftande omgivning, har fått saker om bakfoten eller är medialt lättledd. Och slutligen… Var det tänkt att bli som det blev eller är det ett misslyckat resultat man ser? Tyckte hen själv att det blev bra?

Dagarna gick och den tjugoandra december var det kallt så in i norden. Så typiskt, eftersom det var just den kvällen då två herrar i medelåldern skulle äntra vaktposten på båtklubben. Det var så kallt som minus elva grader men knappt någon snö alls. I andra delar av Sverige var det redan rejäl vinter. Detta var för övrigt inledningen på flera kalla dygn. På båtklubben var klockan en bit över 21, vilket precis konstaterades av förste vikarie Mac som hade sällskap av vaktkonstapel Twist. Mini hade avböjt det hela och skyllde på att han skulle hjälpa Rut med mjölkningen tidigt på morgonen. I själva verket var det så att han hatade att frysa.

Mac och Twist fick ganska tidigt ett samtal från en båtägare som blivit bestulen på den plastkåpa som skulle täcka motorn på hans båt. Han menade att det nog kunde vara bra att kika på andra båtar med, kolla om mer blivit stulet. Mac och Twist bestämde sig för att ta en vaktrunda för att gå och kika på detta och upptäckte strax därpå att en annan båt blivit av med hela motorn. Det enda som fanns kvar var några avklippta slangar. Denna upptäckt motiverade ytterligare, och framför allt en noggrannare, spaning på platsen. Mac och Twist började lyfta på kapell och presenningar och fann då att ytterligare en motorstöld begåtts. Därefter kammade de av hela området med sådan frenesi och noggrannhet att vilken känd kriminalprofessor som helst hade bleknat i jämförelse. De skickliga nattvakterna anmälde det hela till hamnkaptenen och meddelade även de drabbade båtägarna den trista nyheten så här i juletid.

När Rut kom dit två timmar senare var de båda rosiga om kinderna, hade speciell lyster i ögonen och var liksom höga av denna insats, så då tog de med henne till brottsplatsen för att visa upptäckterna. Twist var så ivrig att han glömde sätta på den vaktvästen, vilken det tydligt stod i instruktionerna att man måste bära. Ficklampan glömde han givetvis inte. Dessa durkdrivna nattvakter berättade gång på gång om hur de hade arbetat med fallet. Om samtalet, om hur de tänkt och inte minst agerat samt allt de skrivit i vaktloggen. Ingen annan hade skrivit ens en fjärdedel så mycket. De var stolta. Lite oroliga dock över att nu bli extrainkallade på grund av deras kompetenta hållning till vaktuppdraget. Det var tillräckligt slappt innan, som Mac gärna uppfattade saken, men nu var de uppenbart nöjda med sina egna insatser. Och som sagt mycket skickliga. När klockan blivit midnatt, tackade Mac Twist så mycket för en händelserik kväll och förnatt. Rut tänkte att Twist borde fått sig ett diplom eller liknande uppskattning. Hans insats hade varit full av hjältemod.

Julen passerade. Detta vansinne som planeras i veckor och månader, som skapar så mycket ångest och ensamhetskänslor hos en del och dåliga samveten eller otillräcklighetskänslor hos andra. Ett spekulerande som rört sig fram och tillbaka mellan micro- och macrotankar, en riktig energitjuv. Men också en kortlivad föreställning som ingen ändå ville vara utan. Nu var det cirka trehundrafemtioåtta dagar till nästa gång. Så otroligt skönt.
Rut och Twist hade som alla tidigare år, haft en julmarknad på gården. Där hade de givetvis sålt julgranar och lite gårdsprodukter, bland annat saffransbröd, knäck, pepparkaksdeg och getost. De serverade kaffe och glögg samt smakbitar av allt det de sålde. Ja, utom julgranarna då, de smakade kanske

inget vidare. Getterna däremot hade snart ett stort gotteberg att vänta när julgranarna returnerades till gården efter Tjugondag Knut, då granarna dansats ut. Då blev det gransågning for real och inom loppet av några dagar fanns inte en granpinne kvar. Getterna skulle slicka sig om munnen och gården vara ren som en operationssal.

Ett nytt inslag på julmarknaden i år var humörhöjarmaten i Pinchosbaren som Mini ansvarade för. Där lanserades produkter som samtliga stimulerar de naturliga må brahormonerna serotonin och dopamin. Exempel på det var lax, kyckling, kalkon, fullkornsbröd, tomater, pumpafrön och bär. Små bröd preparerades och i vart och ett av bröden satt en "pinchos", det vill säga en tandpetare.

Så äntligen, äntligen hade det vänt. Den tjugoförsta hade passerat och de stegade in i ett allt längre dagsljus, med någon minut i taget. Från och med nu skulle en något större skärva ljus synas för var dag som gick. Det såg de fram emot efter månader i mörker.

Rut menade att det inte kunde anses hälsofrämjande att efter en vakenperiod i sju timmars mörker, gå och lägga sig för att efter ett antal timmars sömn, vakna i samma mörker. Det var långt, verkligen långt från den ursprungliga idén som smiddes, den som gick ut på att följa solens och årstidernas gång.

"Men nu har det äntligen vänt!" tjoade hon.

Hon drog Bo Setterlings dikt ur minnet för Twist där han satt eftersom hon tyckte att det kändes lämpligt precis då. Hennes mamma läste gärna dikter högt för henne och några av dem fastnade underligt nog. Rut ställde sig framför Twist och orden bara kom:

Låt inte mörkret hindra dig att söka ljuset. Och när du funnit det, låt andra se, pröva, övertyga sig. Vill du, att ljus ska leva, tänd då hos andra samma längtan. Tänd frimodighetens ljus i rädslans mörker, tänd rättens ljus i korruptionens mörker, tänd Trons ljus i förnekel-

sens mörker, tänd Hoppets ljus i förtvivlans mörker, tänd Kärlekens ljus i dödens mörker. Tänd ljus!

Twist applåderade. Länge.

Rut återvände till funderingar som hon och Twist haft på tapeten så många gånger tidigare. Arbetet kring relationer och konsten att få dem att må bra. Hon hade läst att par som hållit ihop länge hade det gemensamt att de inte gått igenom någon skilsmässa tidigare och att kvinnan var minst fem år yngre än mannen. Allra störst skillnad gjorde utbildningen. Hade kvinnan högre utbildning än mannen så hade paret åtta gånger så stor chans att hålla ihop. Oj! Hur skulle det här gå? Det där var åtminstone tre kriterier som Rut och Twist inte kunde leva upp till. De hade ju skilsmässor bakom sig och Rut var bara tre år yngre än Twist, och han hade nog lite högre utbildning än hon. Rut började tänka matematisk, vilket sällan redde ut saker och ting med någon vidare tydlighet.
Rut vred och vände på det hela och kom fram till att om Twist och hon lever tills de är 90, då har de drygt 40 år kvar tillsammans. Dessa 40 år måste divideras med 8, eftersom de inte lever upp till kriterierna, så då återstår endast fem års äktenskap. Här gäller det att lägga mycket tid på såväl kramar, bråk, roligheter och engagemang som kyssar, samtal och äventyr. Det var vad hon kom fram till.

Nyårsaftonen lämnade de också bakom sig och med samma uppståndelse som vanligt. Djuren var olyckliga och Rut och Twist led i kapp med dem, men skålade ändå i champagne. De gav inga som helst nyårslöften. Just aftonens champagnekork fick nummer 115 i den korksamling som Rut och Twist startat upp när de hade sin tredje dejt, då de delade sin första skumpa med varandra. Rut kände att det var något speciellt den gången och trodde att hon skulle få anledning att titta med glädje på den där första korken någon gång. Därför hade hon sparat den. Varje kork fick alltså ett nummer, men också ett datum och en signatur för vilken händelse de firat. Det var ingen lätt sak att hålla koll på korkarna. Hade de inte skrivit nummer och signatur direkt på dem, kunde man glömma att komma ihåg det senare. Nu var det som sagt 115 korkar sedan den allra första flaskan druckits och även denna gång trycktes korken ner i damejeannen där de andra hade sparats. Ruts tanke som gick ut på att titta tillbaka och glädjas åt den allra första korken kunde hon glömma. Den låg nu på botten av damejeannen och gick inte längre att se skymten av. Det var en rolig samling minnen tyckte de. Ett nytt spännande år välkomnades och redan nu hade det blivit åtta minuter ljusare sedan årets mörkaste dag.

På Nyårsdagen nästa dag köade Rut och Twist upp sig i den långa, ringlade kön av trånande, hungriga. De var utsvultna och kände inte för att ställa sig och laga mat utan tänkte som alla andra. De hade gått till ortens pizzeria, till greken. Utsikten de hade framför sig var sex flitiga pizzabagare som slet så svetten lackade. Rut undrade hur många nyårslöften som egentligen begravdes där djupt ner i lager av den flottiga mozzarellan. Ja, inte deras i alla fall. Rut och Twist avlade som sagt aldrig några nyårslöften.
Verkligen aldrig.

Kapitel 2

Om vänstertrafik, färgglada båtar ett rum med kök samt mjölkskum på rymmen och jumboplatser

"To 1581 Botany Road please", sa Tobbe när de hoppade in i taxin på Sydney Airport. De tog hjälp av taxichauffören med att packa in väskorna i bilen och sen bar det av.
"Nej hjälp", sa Pernilla reflexmässigt så fort de lämnat parkeringen. Så kom hon på att det var vänstertrafik och allt faktiskt var i sin ordning. Hon log lite generat till chauffören i backspegeln.

Drygt en månad innan de åkte, fick de ett "Media release" via mejl med information om att det VM som de nu var på väg till, hade utvecklats till att ha blivit världens största Hobie 16 World Championship. Över 500 registrerade deltagare och fler än 400 team från 27 länder i 6 kontinenter skulle kämpa under hela sexton tävlingsdagar.
Sista tiden innan avresan hade gått fort och det hade varit mycket att tänka på i form av förberedelser. Först och främst att begära ledigt från jobbet i nästan tre veckor och givetvis att ordna för Tor så att hans pappa kunde vara med honom på heltid medan Pernilla var bortrest. Normalt sett pendlade Tor mellan dem varannan vecka, så Pernillas bortavaro behövde planeras. Sen vid sidan av att betala startavgifter och boka flyg samt boende, var internationellt körkort och visum ett måste. En utökad reseförsäkring och australiensiska dollar likaså. De behövde gå igenom allt som skulle med i form av selar, flytvästar, våtdräkter, knäskydd, rashguards, handskar, stövlar och solskydd av olika sorter. Just så här års var UV-indexet extremt högt i Australien så solskydd med hög skyddsfaktor var viktigt att ha från första dagen. Det behövde inhandlas med. Efter kompletteringar var första väskan packad och klar redan i mitten av decem-

ber. Sedan packade de upp, packade lite till, tänkte om, packade ner och upp igen, allt medan datumet för avfärd närmade sig. Listorna med alla kom-ihåg hade ingen botten, de blev snarare längre och längre. Var detta det som kallades resfeber kanske? Dollar hämtades, biljetter granskades och information om vad man fick ta med och vad som kunde stoppa dem i tullen, lästes noga. De hade en tid att passa när de väl landat, så ingen tid fick sinkas. Så plötsligt hade de packat klart. Allt det viktigaste var med. De hade till och med tagit med egna telltales, vilket var det enda man fick lov att trimma båtarna med. Blågula sidenband som visar vindriktning och vrid. Pernilla hade också målat varje nagel som små svenska flaggor och en blågul flagga fick följa med hemifrån för att dekorera med på campingen.

"Åh, vad skönt, äntligen är vi på rätt väg", pustade Tobbe. Han var den som varit mest orolig för att inte hinna i tid till registreringen. Inför tävlingar skulle alltid en registrering göras, och givetvis på avsatt tid, annars blev det ingen medverkan. "Nu kan väl inte så mycket mer än trafiken försena oss", sa han.
De visste knappt om det var dag eller natt efter den långa resan och alla mellanlandningar. Jo här i Sydney var klockan kring halv elva på förmiddagen men deras egen "Skalmanklocka" hade de för länge sedan tappat bort på vägen efter alla byten mellan tidszonerna. En kvart hit och en kvart dit av sömn, var allt de lyckats skrapa ihop på två nätter nu, och det hade utgjort den sammanlagda sovtiden under den långa resan. En sak var säker, de var helt färdiga av trötthet men allt var så spännande så det var ingenting att ägna en tanke åt.

Resan från Arlanda till Sydney påbörjades en onsdag klockan 12:25. Hela resan tog nästan trettiofyra timmar, och tjugotvå av dessa hade de suttit i flygplan. Två mellanlandningar hade de gjort. Aldrig förr hade de marathontittat så mycket på film och det fanns hur mycket som helst att titta på. Philomenia, The Counselor, Twleve years as a Slave, The Butler och Monica Z bara för att nämna några. Efter sju timmar var de i Dubai, och de låg tre timmar före tidsmässigt, så det var redan kväll där. I Dubai fick de vänta i drygt tio timmar på nästa plan som skulle lyfta 9:00 på torsdagsmorgonen. I väntan på det, försökte de hitta en bekväm sovställning på något golv, över ett bord, i en stol lutandes mot varandra. Det var otroligt mycket folk som rörde sig runt där så som det är på flygplatser. Och alla nös, hostade eller snöt sig precis hela tiden vilket kändes oroväckande. Att de åkt till andra sidan jorden "bara" för att segla och därmed inte se så mycket av Australien var illa nog. Att ligga sjuk... där gick väl ändå gränsen.

Det pratades oavbrutet i högtalarna, gärna samtidigt och givetvis om olika saker. En röst hade den lilla mikrofonen, en annan hade den mellanstora mikrofonen och den sista hade den stora mikrofonen. Innan mikrofonrösterna pratade ljöd först ett skarpt "plingplong", vilket gjorde det än mer omöjligt att sova. Och rösterna turades om att prata hela tiden.

Nattens alla vackra tyger som svepte förbi när män och kvinnor passerade var fascinerande. Vilken modedesigner som helst borde inse det snygga i dessa. Färgstarka textiler eller bara sobert svarta. Mönstrade, pärlbeströdda, med paljetter och snygga svep. Mitt i all denna exotiska färgprakt sågs två filurer med en alldeles avvikande klädkod. Det var Tobbe och Pernilla. De halkade runt på varsin vilstol i plast och försökte, verkligen försökte, fånga några minuters sömn under natten. Båda hade vindstoppad fleece på sig, lagom helylle så där och Tobbe hade dessutom en mössa på sitt kala huvud. Pernilla använde sin folkloremönstrad sjal från KappAhl som täcke för det var grymt dragigt. Den ena hade nackkudde, den andre halvöppen mun. Kallt, hårt, halt, ljust. Fy vad det inte gick bra att sova och som sagt, det var alldeles för mycket att vara nyfiken på.

Nästa flyg tog dem till Bangkok, en resa på sex timmar. Då var klockan 18:00 thailändsk tid. Där och då har de varit på resande fot i lite mer än ett dygn och de oordnade tankarna var många. Nu hade de kommit fram till avdelningen nyborstade tänder, inget Wi-Fi och väldigt många väskkontroller. Äntligen skulle de ta sats över på andra sidan ekvatorn. Efter tankning lyfte samma plan igen och då hade de nio timmar framför sig till Sydney. Alla flygtider hölls genom resan och så småningom flög de äntligen in över Australien. "Wow!" Sa Pernilla.

"Då är vi snart framme!"

Men i själva verket var det drygt tre timmar kvar innan de landade på andra sidan av Australien. Kartan i displayen på flygstolen framför dem talade om att de passerade Uluru och Alice Spring. När de landade, ställde de för sista gången fram sina klockor. Denna gång till 08:45 australiensisk tid, det var fredag och som sagt, de var galet trötta.

Taxin tog dem snart till Botany Road och till företaget Jucy som hyr ut campers av alla sorter. De hade hyrt en Toyota, en så kallad Jucy Crib, som var fullutrustad för ett boende och skulle bli deras hem under vistelsen i Australien. De fick en snabb genomgång av Toyotan som bil, beträffande spakar och inställningar och därefter köket med alla köksprylar, porslin och bestick samt instruktionerna för kylskåp och spis. Slutligen gicks sovrummet igenom, det vill säga bäddningen och mörkläggningsgardinerna. De hittade täcken, kuddar och lakan under ett av sätena. Tobbe och Pernilla var stumma efter genomgången. Där fanns ju allt! De var också rejält svettiga, så efter att de packat in sina väskor i campern, bytte de om till shorts och T-shirt. De hade som sagt bråttom för klockan 16:00 skulle registreringen stänga inför tävlingarna nästa dag och de hade drygt fjorton mil att köra söderut till Jervis Bay.

Att köra vänstertrafik på raka vägar var ingen match men att släppa fram rätt bilar i rondellerna var svårare och omkörningsfilen låg också fel, liksom på fel sida. Efter ett antal mil och några varma timmar senare var de framme vid campingreceptionen i Huskisson. Det var som att släppa ut badsugna barn i ett äventyrsland. De kastade sig ner på stranden där alla 60 helt splitter nya Hobie 16 stod uppställda. En perfekt rad med båtar. Båtarna 1-15 hade röda tampar, 16-30 gula, 31-45 gröna och de sista 15 var riggade med blå tampar. Färgställningen på seglen skulle mest troligt matcha tamparna. Dessa helt nya Hobiesar hade byggts i närheten av Jervis Bay, en investering som bidragit till motsvarande fyra och en kvarts miljon svenska kronor i den lokala ekonomin. Och detta innan eventet ens börjat. Ett stort jippo med andra ord! Det påstods till och med att Jervis Bay med sin konstanta vind ligger bland Top 5 i världen avseende seglingsförhållanden.

"Det här är bara för mycket", slapp det ur Pernilla.
"Vad gör vi här? Det är för stort att ta in bara."
De stod på en fantastiskt vacker strand i eftermiddagens hårda vind, med alla intryck med sig sedan timmar tillbaka, så fulla av förväntan och med så mycket skojigt framför sig. Ett vidsträckt hav var det de såg och även om Jervis Bay bara är en bukt, så var den enorm. Det var så lyckliga som fick uppleva allt detta och i två hela veckor skulle de vara där.
De anmälde sig i campingreceptionen som låg precis ovanför stranden och fick sin plats inklusive ett eget dusch- och toaletthus. Efter att de installerat sig, det vill säga ställt campern på plats, tog de en dusch och hann i god tid till registreringen för att bli avprickade och invägda. Om besättningen skulle väga under 130 kilo, behövde man ha viktbälten ombord men det var ingenting som Pernilla och Tobbe någonsin behövde ha funderingar kring.
"Faan ta den vågen", fräste Pernilla.
"Hundrafyrtiofyra kilo tillsammans, hur kan det komma sig?"

De hade gjort allt för att gå ner i vikt. Fystränat kopiöst mycket senaste månaderna och med större fokus på prestation. Sprungit lite fortare, kört roddmaskin med högre intensitet och ökat vikterna oftare på gymmets maskiner. Under de sista nio dagarna innan avfärd gymmade de vid sju tillfällen. Under januari månad hade de också varit noga med vad de ätit. Inget socker eller annat slabbigt gott, ingen alkohol och givetvis regelbundna mattider vilket ledde till att de gick ner de tio kilo som var målet. De hade bulkat och deffat och allt vad det heter och nu efter resan hade de gått upp hälften av viktnedgången de lyckats pressa sig till innan de åkte. Det var bara att acceptera vad vågen visade. Blåste det mycket var det skönt med vikt ombord, blåste det lite fanns risk för u-båtsläge. Men i Jervis talade ingenting för svaga vindar så det var väl okej att väga lite mer.

Senare på kvällen var det invigningsceremoni i ett stort eventtält, tänkt för evenemangets alla ceremonier och fester under veckorna. Tältet låg tio minuters promenad in mot stan. Det var tillräckligt stort för att inrymma de hundratals tävlande samt arrangörer, ansvariga och medhjälpare av alla sorter. När Tobbe och Pernilla kom dit tittade de upp i taket där de tjugosju nationsflaggorna hängde och mitt ibland dem alla fanns den svenska flaggan. Lite löjligt, men så långt hemifrån var det som att ha en kompis på plats och flaggan svängde i vinden för just Tobbe och Pernilla denna kväll. Fler svenskar hade inte kommit på plats än. Det hölls tal för alla som engagerat sig och alla sponsorer. Deltagarna välkomnades och det bjöds på ostron och dryck.

Att äntligen vara på plats efter alla förberedelser och den långa resan var så överväldigande, trevligt och gott men Pernilla var så trött att hon somnade. Resten av kvällen var en kamp för att hålla sig vaken så de återvände ganska snart till campingen. På deras väg tillbaka satte de sig ett tag vid havet med utsikt över båtarna och alla master. De lyssnade på syrsornas högljudda signalerande och vågornas tunga mullrande när de träffade stranden. Dags för första natten i campern och nästa dag skulle bli den första av fyra dagar i Mastertävlingen.

Nästa morgon vaknade de faktiskt ganska utvilade. Luften i campern var därtill helt okej. Varken för varm eller allt för fuktig.

"En sådan otroligt skön natt", sa Pernilla och sträckte på sig. Hon drog undan solskyddet och tittade upp genom glastaket och såg en blå himmel där utanför.

"Lite trångt, något för kort säng, men okej, svarade Tobbe. De hade fått en plats längst bort i ett hörn på campingen så inga grannar fanns precis inpå. Deras dusch- och toalettutrymme var tillräckligt stort för att fungera som ytterligare förvaringsutrymme. De fyllde upp toalettskåp och dusch med innehållet ur sina necessärer och ställde alla skor och seglargrejer på golvet där inne. Klädväskorna fick precis plats bredvid varandra i bilens framsäte där de fick stå ouppackade och under dubbelsängen fanns ett perfekt utrymme för väskor. Sängen blev verkligen en helt okej säng sedan de fällt undan stolarna och lagt dit madrasserna. Det sista de gjorde innan de släckte lampan kvällen innan, var att dra för alla mörkläggningsgardiner. En bakom förar- och passagerarstol, en till bakrutan och så dem som täckte alla sidorutor. Det blev helt insynsskyddat och utan risk för solinsläpp.

"Jag känner mig ganska utvilad, det är väl bara att gå upp på en gång. Mycket händer idag", sa Tobbe.
Pernilla höll med.
"Vi behöver hitta ett frukostställe också, wow tänk idag börjar Masters!"

De följde en av gångvägarna från campingplatsen och var nere vid havet på några minuter. Längs med stranden fortsatte gångvägen som ledde dem hela vägen in till stan, cirka tio minuter bort. Stan var i det stora hela en enda huvudväg där caféer, restauranger, butiker, rese- och äventyrsförsäljning, systembolag, apotek och banker fick plats. I den första hörnan fanns ett café som fick bli deras frukostställe både denna första morgon och de flesta kommande. Där bekantade de sig med kaffesmakerna Flat White och Long Black. Australiensare kunde verkligen det där med gott kaffe och till det beställde de mackor, yoghurt och müsli.

De återvände till stranden och där såg de att alla segel lagts fram på båtarna. Varje färg hade sin bestämda sektion på stranden och färgerna som gick igen på varenda tamp, var desamma på seglen, precis som de hade misstänkt. Till och med dekalerna på skroven var färgmatchade med rätt båt. Det hölls en genomgång på stranden och varje team fick en remsa där det framgick hur racen skulle köras. Upplägget var att totalt 12 race planerats innan finalen fyra dagar senare. Eftersom det var fler deltagare än antalet båtar, delade man in gänget i en A- och en B-grupp. Alla kunde inte segla alla race. Tobbe och Pernilla var med i A-gruppen och skulle köra race 2, 4, 5, 8, 10 och 11 under de fyra tävlingsdagarna. Efter varje race skulle båtarna gås igenom och sen fick man sig en ny båt tilldelad till nästa race. Man kollade av att båten var okej, och om den var det, hämtade man styrpinnen och riggade på. Hittade man några fel eller skador rapporterade man det till en beach manager innan man gav sig ut i bukten. Skadade båtar betalades med del av eller hela depositionen så därför var det viktigt att kolla av hela båten. Det gjordes efter varje segling men kanske viktigare ändå, var att checka av att allt verkade okej innan racen.
Pernilla tog remsan och tittade igenom racen.
"Vi ska inte vara med på det första alltså". Hon tittade på Tobbe. Han i sin tur stod och tittade upp i himlen. För efter genomgång av säkerhet, tävlingsregler, ersättningskrav vid

eventuella skador med mera, var det någon som stängde av fläkten. Vinden bara uteblev.

"Nej, det stämmer. Det är inga blåa båtar som ska ut då, bara röda, gula och gröna. Och jag tror att det dröjer ett tag tills dess", svarade han.

"Nu hissar de apan", sa Pernilla. Apan är en rödvitrandig flagga som betyder uppskjuten start.

De gick tillbaka till campern. Där riggade de en tvättlina mellan bilen och toaletthuset så det fanns ett ställe att torka seglingskläderna på sedan. De bytte om till sina seglingsställ och gick tillbaka till stranden. En svag vind hade börjat fläkta. Dan, som speakern hette, hostade upp sig och lät meddela att första start skulle gå klockan tio.

De första 45 båtarna gav sig ut i bukten till tävlingsområdet och banan. Men efter en knapp timme fick de återvända utan att ha kört sitt race. Vinden hade avtagit igen och apan hissades åter en gång på stranden. Starten sköts upp till klockan två och då var det äntligen lite mer vind. Första racet genomfördes och de första placeringarna kunde noteras. Därefter var det Tobbes och Pernillas tur. Eller otur skulle man kunna kalla det för. Vinden vred och märken lotsades runt till ny bana. Under tiden fick de ligga och guppa och vänta. Så äntligen gick signalen som angav fem minuter till start. Nedräkningen påbörjades på startklockan. Fyraminuterssignalen gick, två minuter, en minut, startskottet. Följt av en avblåsning och ny väntan. Banan justerades och strax påbörjades en ny nedräkning och ett nytt startskott sjöd i vinden. Tobbe och Pernilla kom iväg fint även denna gång och kände sig kalasproffsiga, de var helt med i starten. Men även det racet blåstes av på grund av nya vindvrid i klen vind. Tredje nedräkningen och tredje starten gick slutligen och de kom iväg bra.

Att starta bland 45 båtar var inte lätt. Vinden trasades sönder av alla segel och trots att det blåste, så kom man inte framåt, men de hade tur och lyckades slå sig ut i fri vind. Sen vet de inte vad som hände förutom vid första krysstmärket då de fick avvärja en kollision, varpå de förlorade all fart och flera placeringar. Ja… de kom helt enkelt i mål som femte sista båt från slutet.

"Enkelt uttryckt kan man säga att vi var schyssta nog att släppa förbi trettionio av våra motståndare och gjorde köttfärs av fyra", skojade Pernilla. Tobbe sa inte så mycket. Nu var två av Masters tolv race avklarade.

Nästa dag vaknade de efter en ganska svettig natt. De tog sin morgonpromenad de tio minuter som krävdes för att få morgonkaffe, en macka och lite müsli. Eller *mycket* müsli snarare. På caféet fick man minst ett par deciliter müsli i en tallrik och ett litet glas mjölk bredvid, det kunde bli lite torrt faktiskt. Idag började skolorna efter aussiebarnens långa sommarlov och skolbussen passerade, även den på fel sida av vägen. Allt var så bakvänt här. Mer müsli än mjölk, semester i december, "höststart" i januari och trafik på fel sida av vägen. Och mitt i allt detta sken en sol som rörde sig åt ett nytt håll. Från höger till vänster.

När de kom tillbaka till Huskisson beach, hade flera team redan börjat rigga sina båtar. Enligt remsan med turordningen skulle Tobbe och Pernilla stå över första racet och i stället delta i de två nästkommande för dagen. Och hur var det med vinden då? Ja, idag var det annat ljud i skällan. Det blåste tjugo knop, det vill säga 11m/s och ingen, absolut ingen fick ge sig ut utan att ha koll på läget… Så sa speakern. Båtarna lämnade stranden och vinden ökade ytterligare, till 20-24 knop. Fjorton av deltagarna avslutade racet utan att nå mållinjen. Vinden ökade, nu till 24-28 knop. Pulsen var lätt förhöjd och Pernilla och Tobbe stod på stranden och väntade. Skulle de verkligen ge sig ut i det? Man var inte tillåten att rigga förrän klartecken gavs, så det var bara att vänta. Och höja pulsen ytterligare.

"Ska vi köra om vi får en start?" undrade Pernilla.

"Känns inte så, jag tror att det kan vara lite dumdristigt", svarade Tobbe.

Deras start sköts upp. Vinden låg nu på 25-30 knop. Dags för kaffe och fruktsallad. Och en promenad på stranden, en glass och mer väntan. När klockan var tre på eftermiddagen, blåstes tävlingarna av. Då var vinden över 30 knop, alltså 16 meter per sekund, typ 60 kilometer i timmen. Under sådana förhållanden seglar man inte. Dagen efter, vilken var den sista kvaldagen, skulle de i bästa fall kunna köra tävlingens fjärde och femte race av de tolv planerade. I båda dessa skulle Tobbe och Pernilla i så fall delta. Det här skulle nog inte gå ihop sig och väderutsikterna såg inte särskilt lovande ut. Det glunkades om storm.

"Kolla!", ropade Pernilla i blåsten. "Kolla på mina flip flop!" Vid varje steg trycktes de bort av vinden så när hon satte ner foten igen klev hon med foten direkt på marken. Flip flopen var på väg åt ett annat håll.

"Man får köra sån här shuffle-walk", sa hon och demonstrerade med släpande steg vad hon menade.

Ny dag och nya händelser. Klockan var nio på morgonen och vinden var helt okej så dags. Denna dag skulle Pernilla och Tobbe köra två race efter varandra men som vanligt med ett båtbyte emellan. Starten gick 9.30 och vindstyrkan låg kring 17 knop, med vågor upp till en meter. Deras start var okej men sedan fastnade de i nåt slags traumaläge i skitvinden bakom främre gänget. Tobbe fick det besvärligt med att komma ut i trapets på grund av gropig sjö, detta i sig bidrog till sämre fart i båten. På bra-listan hamnade i stället bra tajming i slag och gippar plus fina rundningar. På väg tillbaka till stranden inför nästa race, halkade Tobbe av och tappade skotet när en våg kom. Pernilla föll då rakt in i balken och slog sig hårt i låret men skador ingår i seglingen, det är sånt man får räkna med. Det blir nya minnesmärken för varje säsong, den här gången ett blåmärke stort som ett kastrullock på låret.

De checkade ut sin båt och checkade in den nya och gav sig ut igen. Under tiden ökade vindstyrkan till 18-20 knop. Redan innan starten hade tre båtar kapsejsat. Starten tutades och startklockorna pep. Även i detta race gjorde de en klart godkänd start, men i trängseln på startlinjen slogs nästan seglen ihop i varandra eftersom det var så höga vågor. De kände sig osäkra på gippar i de vindförhållandena som rådde eftersom det var just vid snabba gippar som de hade kapsejsat tidigare. Men de fixade det! Både slagen och gipparna, och de var långt ifrån den långsammaste guppyn i akvariet.

I andra racet sedan, precis efter en lyckosam gipp, tappade Tobbe balansen och föll helt sonika av båten. Hajmat, tänkte Pernilla. Tobbe tappade snabbt kontakten med båten så Pernilla fick en singelresa ombord vilken inte varade särskilt länge innan båten reste sig på stäven och slog en kullerbytta. Mer hajmat, tänkte Pernilla innan hon landade av farten rakt ner i masten och därför lyckades hålla sig kvar vid båten. Under tiden la Tobbe ner all sin kraft på att simma för att få kontakt med dem. Så nära som en halvmeter från den flytande masten kom han men nådde den aldrig, så säkerhetsbåten fick hjälpa till.

Och vad tänkte Pernilla på under tiden som Tobbe simmade och hon själv tog sig upp på skrovet på den omkullkörda båten? Tänkte hon egentligen på hajar? Eller på Tobbe som simmade och simmade? Tänkte hon kanske på båten, på masten eller på rodren? Tänkte hon på hur det skulle gå? Ack nej. Medan Tobbe, som för varje simtag han tog, tänkte på orken och alla farliga saker i vattnet och kämpade för att nå masten, så tänkte Pernilla på *resultaten*. Eller på DNF-noteringen som skulle stå efter deras namn på resultattavlan. "Did not finish", det var lika med många poäng det. Pernilla ställde sig upp på ena skrovet och lyckades precis räta båten själv så Tobbe kunde kliva ombord. Det säger en del om vindstyrkan, att Pernilla kunde få upp masten ur vattnet och räta hela båten själv. Det skulle aldrig ha hänt på hemmavattnet Baggen.

Vid det här laget blåste det 24-29 knop och de tyckte att de hade fått nog. Lite överallt låg andra båtar och guppade med seglen nere i vattnet istället för uppe i luften. 28 av 44 kom i mål och nästa race blev först uppskjutet, sedan inställt. Vindstyrkan hade ökat ytterligare till 24-32 knop och det var nu längre inte bara blåsigt utan även byigt.

"Wind is over security limit" läste Tobbe högt på informationstavlan när de sedan stod på land. Samtidigt fullkomligt blåste kaffet ur muggen. En kaskad av mjölkskum hängde i luften innan den landade på Tobbes arm. Fem av tolv race avklarade.

För att det inte skulle bli ojämnt mellan A- och B-gruppen, tänkte tävlingsledningen om och tillät två av dagens inställda kvalrace att köras nästa morgon, på finaldagen. Först därefter skulle hela ligan delas upp i en guld- och en silverfleet för att köra finalerna.

"Tror du att vi får plats i guldfleeten?" undrade Pernilla lite retfullt, väl medveten att så inte var fallet.

"Kan väl säga som så", svarade Tobbe tillbaka, "att vi kommer säkert bland de sista i silverfleeten, guldfleeten är vi inte i närheten av."

Klädstrecket fylldes, de duschade och bytte om och åt sedan dagens middag inne i Toyotan. Detta var möjligt sedan de hade bäddat undan sängen och förvandlat utrymmet till en matplats. Maten var av märket take away. Eftersom det visat sig att kylen inte fungerade som det var tänkt, ville de inte ladda den med mat. I stället handlade de det som behövdes för dagen.

De hade lovat att skriva hem rapporter så ofta som möjligt, en önskan som kommit från både seglare och kompisar, så därför startade de en blogg. De visste också att Rut och

Twist ville ha rapporter levererade, de hade varit eld och lågor innan avfärden och tjatade mest av alla efter bilder och berättelser. Hittills hade Tobbe och Pernilla lyckats ladda iväg några bilder och berättelser, så pass att folk visste att de kommit fram, men det hela var svårjobbat. Wi-Fi på området var under all kritik och det fanns bara ett fåtal platser med täckning.

Italienska lär vara det vackraste språket att skölja öronen med även om man inte förstår vad som sägs. Därefter kommer tydligen svenska. Eller kom snarare, ända tills man hört den svenskan som lämnat Pernillas mun.

"Jag är så fly förbannad på den här jävla paddan."

iPaden, den stackar'n ha fått alla nidnamn man kunde tänka sig vid det här laget och Wi-Fi så mycket skäll att nejdens alla antennen böjt sig.

"Och WordPress", fortsatte hon, "borde heta Word-Go-To-Hell i stället." Hon hamrade med fingret på skärmen som om något skulle lösa sig av det.

Tobbe försökte lugna henne och tog över det tekniska för ett ögonblick. Hans tålamod är dessvärre inte större än en skallerorms och snart började även han att sucka. Ut kom det mest bara ett gutturalt stönande.

"Ja, vad faaan. Vi har väl inte åkt till andra sidan jorden för att vara arga. Vi är ju här för att segla, för att njuta av värme och för att bara ha' det. Vi skiter i det här nu, tids nog kommer det igång igen".

"Jag kan se Ruts och Twists besvikna miner om vi inte hör av oss, de sitter och väntar där hemma och längtar tills kvällen när de kan läsa... så har jag förstått av tidigare meddelanden." Pernilla var fortfarande mycket irriterad på situationen.

Nästa morgon vaknade de av att det smattrade på camperns tak. Det var regn. Lite förvånade blev de över att det kunde regna i Australien. När de var där!? Temperaturen sjönk från

25 till 18 och det tillsammans med vinden, gjorde att det kändes jättekallt.

Klockan nio skulle B-gruppen köra sitt tredje race. Så dags var förhållandena rent av idealiska. Det hela genomlöpte bra utan kapsejsningar eller annat trubbel, vilket var synd för Pernilla och Tobbe som därmed ohjälpligt gled allt längre ner i den totala resultatlistan.

"Jaha!? nu har jag nog missat nåt, var det inte många poäng som var bra?" skojade Pernilla. "Var det inte det man skulle ha, varför kunde ingen ha sagt det innan vi samlade på oss en bit över hundra poäng?" Ett skämt som inte roade Tobbe det minsta lilla.

Efter sista kvalseglingen delades alla 86 kombattanter upp till en guld- och en silverfleet. Guldfleeten annonserades. En efter en i tur och ordning, från den som placerat sig som 1:a och sen alla ner till och med plats 57. Teamet som låg etta till och med teamet på femtonde plats fick röda båtar. Nästa gäng i placeringslistan fick gula, därefter de gröna och de som låg i botten av guldfleeten fick de blå. Klart som kristall, fullkomligt begripligt och inga frågor på det. Tobbe och Pernilla hade endast lyckats kvala in sig som åskådare, trots att de hade slitit så hårt när de körde sina race. De var väl medvetna om hur skickliga besättningarna var där ute i den alltmer tilltagande vinden. Seglarna gjorde imponerande insatser, och var ett gäng otroligt duktiga och erfarna sådana. Tobbe och Pernilla gick längst ut på udden för att komma så nära tävlingen som möjligt och med dagens väder var det tröja och regnjacka som gällde. Fronten vällde in mot kusten.

Redan innan starten gick, var det 8-10 båtar som kom tillbaka till stranden. Efter första varvet, ytterligare ett tiotal. Den som lyckats hänga med i upplägget med färgkodningen, förstår att majoriteten av dessa "hemvändare" var blå och gröna båtar. Totalt halva guldfleeten bröt till slut, på grund av vindbyar på över 30 knop. De som först var tillbaka på stranden efter målgång och som därtill tog hem Masterssegern var Sydafrika. Tvåan kom också från Sydafrika och trean från Brasilien. Röda båtar rakt igenom.

"Tanken var att det skulle köras två finalrace och att vi i silverfleeten därefter skulle köra men, återigen... kolla på informationstavlan", sa Tobbe till Pernilla.
"The wind is over safety limit", läste hon.

Masters Class totalt fyra tävlingsdagar avslutades med sittande middag i eventtältet inne i Huskisson. Skivat kött, potatisgratäng, sallad plus frukt och bakverk till dessert. Sammankomsterna i event-tältet var verkligen underhållande och viljan till mingel stor, både före och efter middagen. Folk tog kontakt och skojade. Pratade om eskapader och misslyckanden, minnen och satsningar. En del länder hade tiotals team på plats och många kanske bara sågs just på mästerskap. Kramar och ryggdunkningar delades ut om vartannat. En trevlig kväll medan regnet smattrade på taket utanför. Arrangörerna pustade ut i tacksamma applåder och naturligtvis, vad vore en tävling utan prisutdelning? Ettan, tvåan och trean applåderades och hurrades.
"Åh, Gud vad jag beundrar den prispallen. Hur sjutton gjorde de? Hur kan lyckas man?" hördes det från Tobbe.

Dagarna efter bestod av tre tävlingar som kördes parallellt. Dels besättningar med endast damer, dels ungdomar och så Grand Masters då rorsman måste vara över 55. Tobbe och Pernilla som hade såväl fel ålder som fel kön, fick inte delta i någon av dessa grupper. I stället blev det några semesterdagar innan de andra svenskarna skulle anlända. Ytterligare tre team var på ingång, så nu skulle flottan som seglar under svensk flagg, äntligen stärkas upp.

"Ska vi ta vitt eller rosé?" frågade Tobbe där de stod och funderade.

"Rosé är väl alltid godast, men frågan är vilken? Jag känner inte igen en enda etikett."

"Akta, du blir påkörd, hoppa upp här!" Tobbe drog lite i Pernillas ärm. Hon hann precis hoppa åt sidan.

De stod inne på Systembolaget längst bort på Huskissons huvudgata. Ett bord väntade på dem på en riktigt fin kalas-krog vid namn "Stonegrill". Där stekte man sin egen mat på en steksten på bordet och när det gick upp för dem att det var Bring Your Own Alcohol som gällde, pinnade de snabbt iväg till bolaget. Där stod de nu och höll på att bli påkörda eftersom det även var drive thru som gällde där. Flaskan tog man sedan med sig in på restaurangen och det man inte druckit upp, plockade man ner i väskan och tog hem. Aussie style, inget konstigt med det.

De beställde en trerätters. Räkor i vitlök och bläckfisk till förrätt, kyckling och biff fräste på stenen… mums… olika sallader och såser plus cheesecake på det. En otroligt skön kväll med massor av strategisnack och pepp.

"Snart är det hög tid att vi skärper till oss" avslutade Pernilla i bloggen den kvällen. Hon hade äntligen fått lite Wi-Fi kontakt.

Förutom Tobbe och Pernilla var det tre team till som skulle delta i mästerskapen. De andra var klubbkompisar som de genom åren seglat med på hemmaplan, men Tobbe och Pernilla var nog de som tävlat minst internationellt. De andra svenska teamen hade erfarenheter från flertalet VM, EM och internationella cuper. De hade seglat alla möjliga sorters jollar och kölbåtar, deltagit i havskappseglingar och förberett sig inför OS. De hade tränat på starter i stora fält och hade nerver för att ta för sig och tillräcklig skicklighet för att ta täten. Tobbe och Pernilla som inte hade lika ge-digna erfarenheter hade som övergripande mål att förbli hela och friska och att klara sig utan materiella haverier. I bästa fall hamna någonstans i mitten resultatmässigt. Deras stående mål sedan många år tillbaka var att aldrig komma sist.

De andra svenskarna skulle komma på plats lagom till Openklassens start vilken skulle ske i tre steg. Den kommer att inledas med tävlingar för dem som *inte* är seedade. Pernilla och Tobbe som förkvalificerats eftersom de vunnit svenska cupen hemma, kommer inte att vara med då. Ett antal kvaldagar följer sedan och leder de tävlande fram till Openklassens semifinal. Det är då Tobbe och Pernilla kommer in i tävlingarna. Semifinalen körs i tre dagar och sedan är det två finaldagar. Men än hade de inte kommit dit. Nu var det som sagt ungdomar och damer inplanerade under några dagar i tävlingsschemat.

De passade på att se lite av omgivningarna så de tog en lång och härlig promenad från Huskisson till Vincentia längs med Collingwood Beach. Målet för promenaden var Supermarket. Då och då stannade de till för att kolla på den pågående seglingen ute i bukten men också för att häpna.

"Vi har verkligen kommit till gräddhyllan", konstaterade Pernilla.

"Kolla, det där huset, det är bara ett i raden av alla varianter av strandlyxvillor, och havsutsikten är i det närmaste oändlig."

"Det mesta är nog för uthyrning", svarade Tobbe, fast det trodde inte Pernilla. I stället trodde hon att Tobbe sagt så för att skyla över den stigande avundsjuka han kände. Han fullkomligt avskydde folk som skaffade fina ställen i utsökta lägen som de senare bara struntade i. Som stod tomma. Hon trodde att det var vad han själv kände för deras landställe och att det kom fram så här, på avigt vis.

"Tänk på att det är off season här nu", skyndade hon sig att säga.

"Folk jobbar igen nu efter att de haft semester på landet och bebott sina hus. Det är därför hus efter hus står tomma". Sanningen att säga så var många hus uthyrda till de som deltog i tävlingarna. Det såg man eftersom murar, staket och inhägnader var draperade med olika nationsflaggor. Pernilla log lite när hon tänkte på campern och den svenska flagga med måtten 27 gånger 22 centimeter som de riggat upp där.

De hittade till Supermarket och köpte det de behövde av frukt, energibarer, kaffe, lite småtugg och öl. De köpte också Chili con Carne på burk för att få anledning att prova sitt lilla kök där längst bak i campern. Den kondenserade mjölken på tub var verkligen det märkligaste de skådat... och också smakat i kaffet sen. Resten av dagen pendlade de mellan seglingsområdet och campingen. De tog filtar, böcker och frukt med sig och hade en fin och underhållande picknick. Där, långt borta på andra sidan jorden, det var verkligen fantastiskt. Någonting annat som fått följa med till landet Down Under, var en påse skumtomtar. Vad annars?
"Det här är bergis allra första gången som en sån här påse har funnits i Australien", sa Pernilla och viftade med den framför Tobbe tills det blev oreda bland tomtarna där inne. Där satt de sedan och njöt och tuggade i sig, läste och snackade. Även denna tävlingsdag bestod av uppskjutna starter. På eftermiddagen var den största aktiviteten i området, vid sidan av tävlingsledningens tysta frustration, vågorna som vräkte sig tunga mot stranden. De hade det lugnt och skönt och solen höll sig mest bakom molnen.

På kvällen gick de på Open Qualifiers Welcome party i event-tältet och bjöds där på plockmat och skumpa. De träffade delar av de andra två svenska teamen och ytterligare ett svenskt team var på ingående inom några dagar. Det var riktigt kul att träffa de andra. Tobbe och Pernilla berättade om seglingen i Masterstävlingen och förklarade att det kändes högst nödvändigt med förstärkning. En plan smiddes som gick ut på att de nyanlända skulle hålla rent i det främre fältet, medan Tobbe och Pernilla skulle hålla det bakre fältet i schack. En bra plan, tyckte de alla.

Under kvällen delgavs alla deltagarna de tankar som funnits kring detta tjugonde Hobie Worlds. Hur arrangörerna arbetat och skapat evenemanget, vem som gjort vad, hur dagarna var planerade och hur kul det skulle bli. Upp på scenen bjöds tidigare världsmästare och även fyra seglare som varit med redan vid det allra första världsmästerskapet i Honolulu 1976. Ålderstigna herrar som skulle delta även i detta världsmästerskap. För så var det med Hobieseglare; sköna blandningar av åldrar och olika sorter. Sammanfattningsvis var det en kväll med många applåder.

Kvalen började och Tobbe och Pernilla hade tre spännande åskådardagar framför sig. Vädret stabiliserade sig och bjöd på sol, 35 grader i luften och inledningsvis bra vindförhållanden. Men redan efter första racet ställdes tävlingarna in, vilket var rutin när medelvinden nått upp till 25 knop.
"No more racing today due to high wind", stod det på informationstavlan. Detta kändes klokt med tanke på skaderisker och materialhaverier. Nästa dag hann de med tre race innan vinden tog över hela föreställningen och slutligen på tredje dagen hände något nytt. Då var det knappt någon vind alls så banan fick plötsligt kortas av, följt av att "apan" hissades och tävlingar ställdes in. Totalt hanns bara fem race med dessa kvaldagar och det svenska teamet totalplacerades som 5:a.
"Wow, vilken prestation", sa Pernilla. Då kom de med i Open, men hur många ur kvalet åker ut?", undrade Pernilla.
"Ja, av de 112 teamen som kört kvalet kommer de 39 bästa ur kvaltävlingarna att få platser plus 73 nya team från lite varstans i världen, alltså de som förkvalificerats", svarade Tobbe.
"Det är bland annat du och jag! Nu är jag med, svarade Pernilla.
"Japp, i och med det har vi en ny flotta på 112 team som kör semifinalen, hänger du med?"

"Ja, nu fattar jag. Det ska bli kul att köra i morgon igen, och skepparmötet är som vanligt tidigt som fan. Jag lyssnade visst inte."

"Klockan åtta. Ingen sovmorgon här inte."

Till kvällen var det återigen mingel i eventtältet enligt konceptet ut med det gamla och in med det nya. Det var massor av folk på plats. Flera av dem som seglat de närmaste dagarna och som kämpat sig igenom Masters, Grand Masters, Ungdomarnas och Damernas. Och alla de som seglat i kvalet. På plats var också lite nya ansikten; det vill säga alla de som varit förkvalificerade och som dittills inte seglat något av racen. Denna tillställning fick avsluta ännu en spännande dag. Gud, vad de trivdes.

En ny dag sparkade igång och därmed nya utmaningar. Återigen gavs information om regler och restriktioner och återigen fick de instruktioner och watch outs presenterade för sig. Sen fick de en ny remsa där båtar och race tilldelades de olika teamen. Båtarna riggades i ordning och när allt var klart låg Jervis Bay återigen blank som en spegel med enbart några smala stråk som krusade sig. Det här var för övrigt den andra dagen nu i molnigt väder och bara någon grad från stekhett. Trettio grader varmt och trettio knop verkade hänga samman på något vis. Och om 25 knop var en övre gräns i vindstyrkan för kappsegling, så finns det givetvis också en undre. "Less than 5 knots, no racing", stod det nu i stället på informationstavlan.

Klockan blev 11, hon blev 12, 13 och 14. Samma vindstilla läge. Alla hängde runt på området. Pratade, vilade, käkade, väntade, spelade bollspel och sällskapsspel. Några badade, andra skejtade. Slutligen när klockan blev 15 gick tutan som blåste av all segling för dagen. Båtarna riggades av och ställdes tillrätta prydligt på stranden som om ingenting hade hänt. Och det hade det ju inte heller.

Tobbe och Pernilla körde i stället ett annat race. De möblerade om Toyotan och gjorde den till en farbar bil. I den åkte de några vägar fram och tre rondeller bort till något som hette Worrowing Heights. Där, hade de hört att det på eftermiddagarna samlades ett femtiotal kängurur för att beta i hästhagar efter att hästarna flyttats bort till andra hagar. Tobbe och Pernilla hittade dit de skulle och det var så häftigt att se. Kängurur som vilade, diade, betade, slogs och hoppade. En klart minnesvärd upplevelse. Om de inte fattat det hittills, så var det solklart nu. De var i Australien!

Nästa dag var morgonen lugn och utan vind. 112 team stod i startgroparna. Dags för semin. Det totala antalet delades upp i två grupper och 56 båtar skulle vara igång per race. Två av de svenska teamen ingick i grupp A. Tobbe och Pernilla ihop med ytterligare ett svenskt team tillhörde grupp B detta första race.

Under dagen sedan som blev rätt lång, byttes det båtar och grupper flera gånger. Tävlingarna höll på ända till sju på kvällen. Dagen bjöd på 5-8 knop och de hann alla med tre race var. Men Tobbe och Pernilla fick under dagens lopp en allt tyngre skämsfilt över sig för varje race som genomfördes. De fick liksom aldrig riktigt till det.

Ett av delmålen för dem hade varit att känna på att få starta i stora fält. Ett annat att hålla båten hel och dem själva skadefria. De hade också som mål att inte komma sist.
"NU HAR VI KOMMIT SIST, vilken jävla skit", skrek Pernilla när de var på väg tillbaka mot stranden efter målgång.
"De andra är så himla duktiga, helt enkelt mycket bättre", svarade Tobbe och fortsatte, i alla fleeter måste det finnas en top five och en bottom five. Det här är vårt första VM."
"Och där kom vi till avdelningen dåliga ursäkter och galna undanflykter", svarade Pernilla.

"Ja, så kanske det är men vi tycker ju att det är ovant och svårt att segla i vågor och vi är helt ovana att ta snabba nya beslut när vinden trasats sönder i den stora fleeten." Pernilla summerade placeringarna efter de tre racen. Hon pratade lite för tydligt och plågsamt noggrant där de stod framför resultattavlan senare.

Team Sweden Tobias/Pernilla Wanjelin: 56-53-54.

"Alltså okej... vi är sämst men vi var i alla fall här, alla har inte ens lyckats med det. Rut och Twist kommer i alla fall att känna sig stolta over oss."

På den sista dagen i Open semin, vaknade de i fuktig luft i deras lilla etta med kök på fyra hjul. De två senaste dagarna hade det varit mulet och en del regn, så luftfuktigheten var hög. Även denna morgon hängde regnet i luften till en början... men ytterligare något annat hängde i luften. En illaluktande stank av skörd.
"Tobbe, det stinker av nån slags skörd här."
"Vadå? Jag känner inget, är det gräs som luktar eller vad menar du?"
Pernilla var tyst ett tag och sa sen med ett kvävt skratt:
"Nej, det luktar poängskörd. Hög poängskörd, gruvligt hög."
"Fan för dig, men idag ska vi göra bättre ifrån oss" svarade Tobbe.
Solen bröt igenom och alla seglare samlades i väntan på vind. Det låg bara ett litet vindstråk på mitten av bukten. Denna kväll var det Cut Party och de 112 teamen skulle delas upp i en guld- och en silverfleet inför finalen. Men först måste varje grupp ha fyra race avklarade. Vid elvatiden drog vindmaskinen igång med 6-9 knop och senare med 10-14.
"A classic doublewired racing", sa speakern i högtalaren.
Första gruppen startade sitt fjärde semirace strax efter och

sedan var det gruppen där Tobbe och Pernilla ingick som stod på tur. Då hade vågorna redan byggt sig höga.

De fick till två coola starter denna dag genom att de roffade åt sig positioner i luckor längre fram på startlinjen. Genom att ligga längre från startbåten och i skydd av andra båtar kunde man "nästan" tjuvstarta utan att det märktes, ett tips som de hade fått av de mer erfarna seglarna. En del utmanade ödet lite väl mycket och straffades med svart flagg och diskvalificering. Det var mer puls och hets längre fram och ett gapande och skrikande mellan båtarna. Sånt gillar Pernilla men det är klart, det medför större risker för kollisioner och annat.

I första racet hade Tobbe och Pernilla fyra båtar efter sig i mål plus att ytterligare två diskades, så där fick de en femtionde plats. I det sista racet hade vinden ökat till 17-23 knop och vågorna med. De tyckte att de jobbade på bra och gjorde allt de kunde men gick ändå i mål som sista båt.

Efter målgång hade de alltid en seglingssträcka tillbaka till stranden och då fanns det lite tid att prata om hur racet gått och vad de kunde göra bättre alternativt tänka på till nästa race.

"Jag var supernöjd med alla slag och gippar och kände att vi var med på vattnet", sa Pernilla. "Helt säker också på att vi hade ett gäng bakom oss, så när vi gått i mål vände jag mig om för att räkna."

"Ja, du brukar göra det", avbröt Tobbe.

"Absolut, man vill ju ha koll. Men jag blev så förvånad när det enda som fanns bakom oss var målbojar, en massa hav och en rak horisont. Inte en enda båt. SKIT! Vi skulle ju aldrig bli sist och nu har vi blivit det två gånger. I VM!"

Pernilla var, om inte arg som ett bi, så tjatig som en falskspelande fiol och givetvis riktigt, riktigt besviken. Därmed var semin över och de fyra svenska teamen totalplacerade sig på en 3:e, 34:e, 78:e och 111:e plats. Vem som stod för vilka poängsummor känns ointressant att lägga ord på, men två team kom med i finalen. Semins poäng plockas med till finalen som sedan kördes i två dagar. Tobbe och Pernilla fick nöja sig med att stå som publik så klart. Igen.

På kvällen var det ännu en gång samling i eventtältet för en presentation av superflottan på 56 team, den så kallade guldfleeten. Alla bjöds på plockmat och minglade runt.

Campare är slarviga. Den finfina välorganiserade ordningen som iscensattes de första dagarna var sig liksom inte lik mot slutet. Lite smutsigt, något rent, annat fuktigt, det mesta skrynkligt och ingenting låg längre på sin rätta plats. Dessutom hade myrorna fått myrlivet om bakfoten och var lite all over. Spindlarna hade vävt provisoriska nät i ballerinaskorna som aldrig använts eftersom det var flip flop som gällde. Denna dag togs beslutet att pre-packa lite. Skitigt i en väska och rent i en annan, vilket fick bli en bra start på det som sorgligt nog snart skulle vara början på slutet.

De gick och åt frukost och hade hittat ett nytt frukostställe. "Supply" var namnet och där hittade man de fräschaste, mest färskpressade och lufttorkade samt finaste råvarugodisarna. En hel hylla med oljor, såser, dressingar, skojiga pastasorter och kryddor fyllde upp ena långväggen. Spännande müsli, nötter, färsk frukt och olika ostar. Just där åt de lyxfrukost denna morgon.

Därefter drog de på sig åskådarminen för att titta på finalracen. Då de alltså innerligt och ärligt skulle glädjas åt andra och låtsas som om det var en helt ny dag och att semins placering egentligen var okej. En speaker stod på land och refererade seglingen, och ytterligare en speaker vid varje märke skickade information vidare till land. Dessa röster underhöll dem under hela dagen med information som stämde ibland, och ibland inte. Dagen till ära var det utomordentligt fin seglingsvind och det var back to back races som gällde. I första, andra och tredje racet ökade vinden sakta men inte över 15 knop. Vid varje rundning var det ständigt nya namn men team från Australien, Nya Caledonien och Sydafrika låg flest gånger i toppen. Riktiga havskappseglare. Vid femte racet för dagen ökade vinden något, till 15-24 knop och så byar på det och snart ökade det ytterligare. Det ena svenska teamet hade plockat en sjätte plats och låg på plats 40 efter första finaldagen. Otroligt väl kämpat på den här nivån bland alla proffs, i rådande vindförhållandena och med så många race på en dag.

"Han som heter Colby och är från Australien, han har ju en otroligt jämn serie", sa Tobbe när de stod där och följde racen och resultaten.

"Ja, visst är det coolt att vara så jämn och utan några överraskningar... det är ju ganska likt oss, fast liksom i rakt motsatta änden av poängtavlan. Eller förresten, den delen av poängtavlan är typ nerriven."

"Ja vi får väl se hur det slutar om nuvarande världsmästaren Le Gal, lämnar över titeln till sist."

Den andra och sista finaldag bjöd på 9-13 knop, mulet och disigt efter ett regn som kört hårt hela natten. Det regnade fortfarande lite lätt. Tre race återstod. Vinden såg verkligen inte ut att passa "The Hobie Way of life". Den liknade mer vindförhållandena i Gröna Lunds kärlekstunnel med den skillnaden att där kunde man få upp trycket genom att skjuta fart med hjälp av väggarna. Fleeten återvände i sakta mak till stranden i väntan på att vinden skulle ta nya tag. Samtidigt låg regnet kvar i luften och tryckte till läget ytterligare.

Strax före klockan tolv gjordes ett nytt försök och alla 56 båtar lämnade stranden. Om det var disigt tidigare så var det dimmigt nu. Konturerna på bukten var inte lika tydliga längre men de färgglada seglen syntes från land långt där ute. Efter fyrtio minuter återvände fleeten igen. Det hade inte gått att få till någon start. Ny väntan på vind och först vid tvåtiden gick starten för dagens andra race.

När sista VM-racet gick var Tobbe och Pernilla på bageri. De hade spejat in det redan på morgonen och tänkte att dit, precis dit, skulle de gå någon gång denna dag. Och just när sista racet kördes, var de där. Det de noterade även från den åskådarpositionen var att såväl vind som regn faktiskt tilltagit. I just detta race hade det ena svenska teamet kommit i mål på andra plats medan det andra teamet fick en 55:e plats. Detta på grund av en straff efter en kollision.

När Tobbe och Pernilla anlände till stranden av Jervis Bay för ett par veckor sedan, var raden av alla sprillans nya Hobiesar det allra första fotot de tog. Helt oanvända båtar, utan skavanker och med nya styva segel. De avslutade på samma sätt, med att ta ett foto på raden av alla båtar. Nu var de väl använda och inseglade. Seglen hade under dessa två veckor tjänstgjort i samma utsträckning som ett årsgammalt segel. Och en båt var helt havererad. Roder hade bytts ut och styrpinnar likaså på flera av båtarna.

När de registrerade sig för sexton dagar sedan, fick de biljetter till sex olika evenemang i event-tältet. Det högtidliga och lite sorgliga tillfället hade kommit denna kväll då det hade blivit dags att sätta sprätt på den sista. Biljetten till "Open presentations & Closing ceremony".
Det blev en sittande middag och hela tältet var verkligen fullsatt. En fantastisk stämning rådde så klart. Arrangörer och sponsorer på alla nivåer tackades av och man konstaterade att hela evenemanget varit oerhört lyckat.
Tobbe och Pernilla tittade på varandra med ett leende när de helt plötsligt satt med varsin hand uppe i luften. Frågan som ställdes strax innan var:
"Kommer ni att delta på nästa VM också?"

Denna kväll applåderades givetvis också alla deltagare topp tio fram och extra många applåder till topp fem, där det också fanns ett svenskt team. Det var stort. Pernillas och

Tobbes anledning till att fira var att de varit med på sitt första Hobie Worlds. Många av deltagarna hade varit med i flera Hobiemästerskap, några i så många som femton. Första VM gick alltså 1976 och årets VM var det tjugonde. När applåderna började klinga av, sträckte sig Pernilla mot Tobbes öra och sa:

"Hoppas vi kan vara med någon mer gång. Jag tänker med så många olika typer och storlekar av katamaraner som nu finns, blir det säkert svårare och svårare att få ihop deltagare."

"Ja, fast Hobie 16 är fortfarande en stor klass, jag tror tredje störst som egen klass. Bara optimistklassen och Laser har fler båtar".

"Så du tänker att man värdesätter och håller hårt i denna lilla entypsbåt just därför?" frågade Pernilla samtidigt som de satte sig ner igen.

"Ja, engagemanget känns fortfarande starkt för 'sexton', ja utom i Sverige då men just hit var ju rekordmånga anmälda", svarade Tobbe.

Kvällen innehöll mat, dryck, dans och prat om bravader och prestationer. Ett långt fyrverkeri sköts av i regnet och många fantastiska dagar tog slut i den krutröken.

Efter sista natten i Cribben, packade de ihop sina väskor, rullade upp mörkläggningsgardinerna och stuvade bort sängkläderna. De fick en tragisk frukost i form av varsin banan, en energibar och en kopp kaffe. Sen knoppande de av sig från utsikten, vågornas brus och hela härligheten. Det sista de gjorde var att lämna ifrån sig nyckeln till Ensuit 10 som varit deras dusch-och toaletthus under vistelsen. På seglingsområdet och stranden var aktiviteten med att påbörja släckningen av 20th Hobie Worlds Championships redan i full gång. Båtarna mastades av, speakerhuset packades ihop, anslagstavlor och flaggor togs ned, kablar rullades ihop och högtalare ställdes undan.

Rullgardinen gick ner helt, det kändes så ledsamt att åka därifrån och ungefär då började det regna igen. Det fullkomligt vräkte ner.

Regnet höll i sig under hela återresan till Sydney och vindrutetorkarna gick på högsta frekvens. Flyget skulle gå strax före 22. Toyotan tankades upp och återlämnades på 1581 Botany Road. Buss 309 tog dem till Sydney och plötsligt blev de avslängda. Bussen hade nått sin ändstation. De hade hamnat precis vid Circular Quay och operahuset.

Kapitel 3
Om tomtarna som plötsligt försvunnit
samt Ruts dokumentationsiver och duschrenoveringen

Det var tidig morgon och Rut stod med kaffekannan i ena handen samtidigt som hon vred på kranen med det andra. Hon skulle brygga dagens första kanna. Trots att klockan bara var tjugo minuter över fem, var Twist redan uppe. Vart han tagit vägen, hade hon däremot ingen riktig aning om. Hon tittade ut genom fönstret för att se om hon fick syn på honom. Han hade mest troligt börjat förbereda för utfodringen så han var säkert utanför gethägnet och bar höbalar och tog fram hinkar. Hon kikade och kikade, men han syntes ingenstans. Kunde han vara kvar inne då, undrade hon.

"Twist!", ropade hon rakt ut i huset men fick inget svar. Rut visste att det fanns kvinnor som inte klarade sig själva mer än korta stunder i taget. Kvinnor som var helt handfallna såväl i tanke som i handling utan sin man bredvid. Själv hade hon levt långa perioder, årsvisa perioder utan någon man. Det var när barnen var små. Då för tiden fick hon vara både mamma och pappa, tänkte hon. Hon hade fått axla rollen av att vara duktig över sin förmåga, för inte ville hon väl att det skulle märkas att barnen var skilsmässobarn inte. De skulle inte vara trasigare eller smutsigare än någon annan unge, snarare tvärtom. Bra dagis med lagom långa dagar och bra skolor var viktigt. Läxor skulle skötas exemplariskt, alla matsäckar skulle vara på topp och det skulle ständigt vara påfyllt i korgen för extrakläder på dagis och skola. Ingen skulle tro att Rut inte hann med. Hon trivdes med att vara själv med barnen. Det var barnen och hon, så såg livet ut. Hon trivdes däremot inte alls att vara själv *utan* barnen för inte hade hon väl skaffat barnen för att vara utan dem halva deras liv. Ju yngre de var desto mer saknade hon dem. En saknad som klöste djupa sår i henne varje gång de sagt hejdå inför pappaveckorna varannan helg.

Men visst saknade hon en man ibland också. Hon kunde titta med längtansfulla blickar på barnfamiljer, så kallade *hela* barnfamiljer på picknickfiltar som dignade av matsäckar och samvaro. Rut däremot hade armar som gick åt höger och vänster både innan utflykter, under utflykter och efter utflykter. Det blev sällan den där fullfjädrade myspicknicken då mor och far trånar och barnen tindrar. I stället var det små fötter som klampade runt mitt i maten, någon som inte gillade innehållet i densamma och ytterligare någon som undrade när de egentligen skulle åka hem igen.

Medan hon slängde sina längtansfulla blickar på andras filtar tröstade hon sig och tänkte; en del av de där kvinnorna skulle inte klara sig en dag utan sin man när, inte om, dagen kom för separation. Denna tanke tyckte hon sig ha belägg för eftersom hon genom åren hört så många som beklagat sig över allt jobb de hade med barnen medan maken var bortrest. Jaha, oj vad jobbigt hade Rut sagt då och samtidigt undrat hur länge kvinnan i fråga haft det så, och om maken skulle vara borta länge. Ja, han åkte igår och kommer i morgon hade de svarat, och med eftertryck tillagt att de fullkomligt gick på knäna av trötthet. Ruts "make" var liksom alltid bortrest skulle man kunna säga.

Det hon hade utvecklat i stället för utschasighet var en förmåga att göra både och, och helst samtidigt. Det vill säga att både laga mat och tvätta, tömma hängrännor och byta däck, skura golv och hjälpa till med läxor, olja altan och byta blomkruksjord, klippa gräs och sköta ekonomi, rensa avlopp och koka grytor. Det hela var inte riktigt klokt men gick för det mesta bra, fast det kanske inte var så kul alla gånger. Exempelvis när det på toppen av alla sysslor blev totalstopp i avloppet så badvattnet, i stället för att lydigt slinka ner i avloppshålet, började fylla upp hela badrummet. Då kunde hon bara sätta sig ner och grina. Hon var egentligen helt slut vilket märktes när det oförutsedda hände.

Och pengarna gick nätt och jämt ihop, särskilt när hon pluggade. Dagisavgifterna var skyhöga och huslånet krävde sitt. När alla räkningar, bilens bränsle och maten var betald, hade hon ibland bara femhundra kronor kvar. Det var surt eftersom det exempelvis skulle räcka till kläder, skor, nöjen och presenter. Och pappan sen på sin ambassadörspost i Kanada, han betalade på kronan vad det fastslagna under-hållsbidraget var. Inget mer. Jo om det var något stort, som en cykel, nya fotbollsskor eller en lägeravgift, då delade de på kostnaderna. Pappan resonerade som så att dels hade Rut barnbidragen som hjälp till barnen och dels ett hus i flermil-jonersklassen, så ville hon, kunde hon ju alltid sälja det och flytta till lägenhet. Visst var det så, att det hade sett bättre ut att en ensamstående mamma bodde i en liten trerummare i centrum. Rut hade redan utrett den saken och kommit fram till att det knappast skulle bli billigare på grund av hyresav-gifterna. Men som sagt, det hade sett bättre ut och det hade varit lättare att beklaga sig då. Bor man i fristående villa kan man vara tyst, punkt slut.

Rut kom ihåg att tårarna rann längs kinderna på henne den dag hon behövde lägga en fjärdedel av sin femhundring på ett nytt Lucialinne åt dottern. Hon hade verkligen inga pengar till sådant som kallades extrautgifter. Men nota bene, bor man i hus så är man tyst. Ibland hjälpte Ruts mamma till, exempelvis om barnen behövde nya skor.
"Jag står för skokontot", sa Maja en dag och en stor börda föll från Ruts axlar. Barns fötter växer som bekant fortare än lönekontot.
För att dryga ut det obefintliga överskottet slash hushålls-kassan något, jobbade hon extra. Rut sökte ett helgjobb som simskolelärare och gick på en intervju. Det var en privat simskola som hade både plask och lek samt simskola på

flera olika nivåer. Nybörjarkurser och fortsättningskurser. Arbetet gick ut på att göra barnen vattenvana, lära dem lite om sjöräddning, att leka, flyta och bubbla, ta märken och tillräckligt många simtag för att föräldrarna skulle bli nöjda. Hon hade tre till fem kurser efter varandra varje söndag och trots att det var en varmvattenspool, var hon svårt frusen efteråt. Hon fick någon hundring i timmen "svart", så det blev ett välbehövt tillskott på ett och ett halvt tusen varje månad. Hon kände sig rik som ett troll ända tills den dagen då hon inte fick någon utbetalning. Simskolan skötte inte sina betalningar för poolhyran, så de bommade igen och simskolan blev som uppslukad av marken. De bara försvann, likaså gjorde extrainkomsten. Det hon däremot hade kvar som ett minne från sitt extrajobb, var ett och ett halvt kilo blandade simmärken.

Just idag var det den Internationella kvinnodagen och den firar Rut utan att det märks, men hon hyllar ändå duktiga kvinnor. Både dem med man och dem utan.
I Mexico 1975 höll FN en första internationell kvinnokonferens. Då kom ett förslag om att införa en gemensam kvinnodag. Tre år senare beslutade generalförsamlingen att det var en bra idé, och kvinnodagen infördes som en opolitisk högtidsdag på FN:s lista över högtidsdagar. Dagen firas på varierande sätt i olika delar av världen, som en dag då män uppmärksammar eller uttrycker sin kärlek till kvinnan. Med firandet fokuserar man också på kvinnors kamp för lika rättigheter och jämställdhet.
Rut reflekterade över att man just idag i Stockholmstrakten uppmärksammade kvinnodagen fast enbart genom att notera rekordvärmen 16 grader. Man konstaterade att detta var den varmaste temperaturen som uppmätts så här tidigt sedan mätningarna började 1756. Rut trodde att många tyckte det var lite skämmigt att fira en kvinnodag så då valde man att göra som generade gör... man pratar om vädret i stället.

"Twist, var är du?" ropade hon igen från nedre våningen, fast denna gång gick hon fram till trappan som ledde till den övre våningen. "Twiiiist!"

Rut hade ansträngt sig för att uppfostra barnen lite genusmedvetet. I alla fall värderingsmässigt. Hon ville inte att de skulle falla in i typiska könsroller där dottern gjorde det köksiga och sonen det maskindrivna. Ändå för ett par kvällar sedan när de stora barnen var hemma hos Rut och Twist på grillmat, hade Sixten kommit insusande, ställt något i kylskåpet och sagt "hej" innan han tagit på grillförklädet. Siri kom också insusande, ställde något i kylskåpet och sa "hej" innan hon började noppa jordgubbar. Genusarbetet har uppenbarligen legat i träda. Där hade nog deras pappa varit bättre. Hade det inte varit för boendet hemma hos honom så hade sonen mer sällan tagit plats i köket, det trodde hon. Rut hade senare på kvällen funderat över vad som hamnat i kylskåpet den där grillkvällen så hon gick och kikade. Dottern hade ställt dit en dryck med "fullvärdigt järn- och mineraltillskott"... och sonen: en BBQ-sås "Jack Daniels Hot chili sås". Tjej och kille. Olika fokus.

"Twist, är du där! Rut ropade ännu högre denna gång.

Det var märkligt, vart kan han ha tagit vägen? Hon tittade återigen bort mot gethägnet. Då fastnade hennes ögon på någonting, eller rättare sagt på *ingenting*. Det var ingenting, eftersom någonting fattades. I staketet precis utanför boxarna, i nischen som Twist hade byggt mellan boxarna och hönshuset, fattades något. Hyllan var ursprungligen tänkt för att ställa saker, verktyg eller en kaffekopp i och den belystes av en lampa. Där hade de ställt sin lilla fostertomte i sin lysande röda dräkt, men den akryklädda tomten stod där inte längre. Vad nu? Var i hela friden hade den tagit vägen? Tomten hade stått och lyst upp staketet så fint i flera månader, röd och stolt och nu var han uppenbart inte kvar längre. Vafalls!

"Twiiiiiissssst", ropade hon igen samtidigt som hon gick till hallen och drog på sig skor och jacka. Det var inte precis varmt ute nu och det var som sagt tidig morgon. En frostnupen sådan.

Rut gick fram till staketet för att inspektera hyllan lite närmare. Som om att hon skulle hitta tomten, i tron om att han hade krympt som teskedsgumman "åh Götapetter" helt plötsligt. Men nej, det fanns ingen tomte, vare sig i nischen eller på marken nedanför.
"Twiiiiiist", ropade hon igen. Denna gång hade hon kupat händerna runt munnen, i ett försök att han skulle höra henne lite bättre.
Hon gick förbi hönsen och kikade in i hopp om att hitta sin gubbe där men fick tji. Hon småsprang bort mot hästen och förbi kon med sina kalvar. Hon ropade gång på gång hans namn.
"Twiiiiiiist... Vaaaar äääää duuuuuu?"

Till slut började hon bli lite förbannad, varför gjorde han så här? Han kunde väl skriva en lapp, ge henne en ledtråd, göra någonting annat än bara försvinna! Nu var både tomte och gubbe borta, tänkte hon.
"TWIIIIIST!" skrek hon nu i högan sky samtidigt som hon närmade sig gethägnet. Där gick hon in och kikade snabbt igenom de olika båsen.
När de planerade och konstruerade gethägnet enligt alla konstens regler hade de verkligen tänkt på allt. Säsongsskiften och väderlek var minst lika viktigt att planera för, som att veta vad just Lappgeten som art behövde i form av utrymmen. De hade kalkylerat med sjuka djur och byggde därför ett par bås som var både separerade från varandra och från de övriga. Utöver det hade de bås för dräktiga djur och

för killingar. Alla de båsen tittade Rut in i, och när hon snabb kikade in i det sista killingbåset, som vid det här laget stått tomt ett bra tag, reagerade hon på något. Det var sig inte likt. När tomt var tomt, det hade hon koll på hur det skulle se ut, men här var det något som inte stämde.

Hon tryckte till haspen på utsidan och gick in. Längst in vid foderbord och vattenhink låg det något och tryckte i halmen. Hon kunde inte se vad det var för något. Hon gick närmare och satte sig på huk. En liten röd tygbit skymtade och en skylt med någon text på stack upp ur halmen. Det stod: "Frusen söker värme". Hon tryckte ner handen i halmen och fiskade upp tomten. Han hade omsorgsfullt stoppats ner där på en bädd av packad halm och med ett extra lager halm uppe på.
Rut började skratta högt där hon satt med tomten i handen. Jaha, då har tydligen Twist tagit över leken med tomten nu, det nöjet som Pernilla och Tobbe haft ihop med sina grannar tills Pernilla blivit så infernaliskt trött på allthopa. Rut och Twist hade blivit stolta fosterföräldrar till tomten och ställt honom i vaktposition i nischen, men nu tyckte Twist tydligen att han skulle bäddas ner i killingbåset. Jaja, låt gå för det då.

"Du skulle ju vakta gården och hålla koll på räven så den inte kommer och tar våra höns", viskade hon i tomtens öra. Ja, eller öra och öra förresten, det fanns visst inget men hon viskade detta i tomtens luva.
"Här skulle du ju inte ligga", sa hon sedan och pussade på honom lite innan hon bäddade ner honom igen.

Därefter drog hon jackan tätare kring kroppen och gick vidare bort mot ladan igen. I ena änden bodde det djur och i andra änden, helt lukt- och värmeisolerat från djurdelen, hade de stora utrymmen. Där fanns dels stora kylar som användes vid ostframställningen och dels utrymmen som fungerade som lager och verkstad. Där fann hon Twist stående mitt på golvet, kliandes sitt morgontrötta huvud.

"Men vad håller du på med? Jag har letat, ropat och tjoat efter dig jättelänge. Har du varit här hela tiden?"

Hon tittade på honom där han stod bland uppbrutna kartonger, packband, bubbelplats, maskindelar, någon slags kvarn och ett långt rör.

"Jo här har jag nu varit länge och väl. Jag vaknade i natt och fick en idé om hur jag skulle kunna starta hopsättningen av musterimaskinen. Allt var så klart i tanken och då vågade jag inte somna om så jag tassade ut."

"Nå, hur går det då?" undrade Rut, som samtidigt förstod att frågan var dum eftersom det syntes hyfsat tydligt att läget var allt annat än under kontroll.

"Jag vet inte så noga men med Macs hjälp kanske det går att få ihop det här även om det inte känns så just nu. Jag ger nog upp för tillfället och det är väl dags att ta hand om djuren förresten."

"Och tomten", fyllde Rut i.

"Vadå tomten, han har det väl bra? Han är väl den enda som det inte är något pyssel med egentligen."

"Ja verkligen!" instämde Rut. "Fast lite busig är han allt!"

Twist svarade inte men tittade till på Rut med en suspekt blick. Hon var ju inte riktigt klok ibland, tänkte han.

När de tagit sin alldeles vanliga fodringsrunda och omsorgssväng bland djuren, sett över staket och hagar och kollat av allt som hörde till morgonrutinerna, satte de sig med frukosten. Twist bredde ut morgontidningen över smulor och frukostrester medan Rut i stället satte igång datorn. De båda följde Tobbes och Pernillas segling i Australien genom bloggar som de skrev och rutinen var att kolla just på morgnarna. I Australien, som ligger många timmar före tidsmässigt, var det nu eftermiddag och det var då som deras text med tillhörande bilder brukade levereras långt där bortifrån. Om något var nyinlagt, läste Rut det högt och de njöt gott av allt de läste. För dem var en sån här resa fullkomligt otänkbar, både som resa betraktad och med det innehåll som fyllde Tobbes och Pernillas dagar. Rut och Twist skulle nog aldrig få komma till Australien, det var ett som var säkert.

"Ja! De har gjort ett nytt inlägg! Nej, vad konstigt det är ett gammalt inlägg som vi måste ha missat. Här är de ute och går i naturen, klart de ville ge oss fler upplevelser av Australien än bara segling." Mini gled in genom dörren, faktiskt lite tidigare än han brukade och satte sig i deras sällskap. De hejade och erbjöd honom lite frukost, sedan satte sig Rut och läste högt. Twist släppte alla tankar både på musterimaskinen och på Dagens Nyheter.

Idag bestämde vi oss för att göra en utflykt i naturens tecken. Detta beslut togs just den dagen då solen gassade som besatt och släppte ner sina bedrövligt farliga 29-gradiga UV-strålar över New South Wales. På med skönaste skorna och ner med vatten, bananer och solkräm i ryggan. Nu kör vi! Målet var Hyams Beach, en strand med den vitaste sanden i hela världen.

-Va!? Ska ni gå hela vägen dit? frågade de som vi berättade våra planer för.

-Japp det ska vi! svarade vi.

Vi följde havet hela vägen bort och passerade strand efter strand. Först Collingwood Beach (den med gräddhyllan och alla stora hus), sen Orions och Nelsons Beach (med ännu gräddigare gräddhylla). Där såg vi delfiner...obs med sina kalvar, som var på väg söderut i sakta mak. Därefter hamnade vi i naturreservatet och då gick vi på stigar och spångar i skogen men fortfarande längs med havet. Vi passerade stränderna Barfleur och Greenfield, den ena vitare än den andra och sen var det bara Chinamans Beach kvar innan slutmålet. Efter två timmars promenad kom vi fram till Hyams Beach, stranden med sanden som gnällde under fötterna. Den var verkligen kritvit och som potatismjöl i konsistensen.

Vi fikade en stund och sen la vi oss på den mjuka sanden en halvtimme och bara njöt. Strax senare vände vi tillbaka samma väg som vi kommit. På vår väg såg vi ödlor och trollsländor och vi lyssnade på cikadornas högljudda filande. Vi såg trädstammar med strukturer som påminde om åderbråck och en ohyfsad rovfågel som flög så högt över våra huvuden att den knappt gick att fånga på bild. Å andra sidan var det andra som nästan gick över vår filt. Nån typ av igelkott, en krabba, en stor läskig bagge och annat farligt stötte vi på. Men läskigast var nog den stora råttan som låg död intill vägen. Den var stor som en liten katt, se här… jag har lagt min banan bredvid! Annat värt att nämna. Det finns så många coola kvinnor här i Huskisson. De kör trailers, husvagnar och olika släp med sån briljans att man häpnar. Samtidigt hänger ena armen ut genom den nervevade rutan, de tittar mer åt sidorna och bakåt än framåt och ser totalt relaxade ut. Supercoola som sagt. I stället sitter gubben bredvid och ser skitstressad ut. Han tittar stint framåt och sen snabbt i backspegeln, han kollar kanter och bredder, precis som om det är han som har huvudansvaret för lasten där bak….. Så slår det oss, det är ju faktiskt så det är. Det ÄR han som kör, bilarna är ju högerstyrda! Det är så svårt att vänja sig vid vänstertrafiken och alla högerstyrda bilar. Lika förvånade blir vi också varje gång vi ser alla dessa herrelösa bilar som är ute och åker. "Herregud! Gör något… det är ju ingen som styr, var är chauffören? Det är också helt omöjligt att titta åt rätt håll när man går över gatan. Därför har vi effektiviserat vårt korsande av väg enligt Kambodjamodellen. Vi bara rusar. Det här var en äventyrlig dag, nästan i farligaste laget. Hoppas ni har det bra där hemma. Hallå där Rut, Twist och Mini… skulle ni vilja ha några av djuren på gården där hemma? (se bilderna)

Rut, Twist och Mini tittade på bilderna länge, länge och kom fram till att det nog inte var så många av de där djuren som passade gården. Heller inga djur de ville ha där. Hur påhittig Rut än var skulle hon aldrig kunna komma på tanken att ha delfiner plaskande där. Inte heller igelkottar eller råttor och definitivt inga baggar instängda med vilja. Ja, förutom Ulvar då, tänkte Twist och skrattade till.
"Sur-Ulvar vill inte ha något sådant sällskap", sa han.

Mini rös högljutt åt alla insekter. Djur av alla sorter låg honom varmt om hjärtat, insekter undantagna. Dessa oberäkneliga kryp och flygfän som det inte går att få ögonkontakt med, som uppför sig helt vildsint och som man inte kan klia bakom öronen.

"Bara otrevligt", summerade han.

Twist funderade ett tag över hur det kom sig att han ens snuddade vid tanken på om Rut kunde tänka sig delfiner på gården. Rut var rik på idéer, så hade det alltid varit. Ibland kunde det vara lite påfrestande, för fick hon en idé i huvudet satt den där och bråkade tills hon prövat dess giltighet. Helst genom att verkställa den. Det skulle mycket till innan hon gav upp och skrotade idéer eftersom hon tänkte att allt som kom till en, gjorde det av en särskild anledning. Twist kom ihåg bröllopet som de, eller kanske mest hon, planerade in i minsta lilla detalj. Allt skulle hänga ihop, allt skulle vara välplanerat men ändå enkelt. Inget fick vara så fint eller flådigt att gästerna skulle få svårt att känna sig annat än varmt välkomna och bekväma. Därför ordnade de festen i hönshuset. Hönsen fick ett temporärt hem och Rut och Twist ägnade en massa tid åt att städa ur och sanera hela huset. Det var ett alldeles lagom utrymme och femtio personer skulle få plats.

I mars månad skickade de ut inbjudan och i juli skulle bröllopet gå av stapeln. Samma datum som de hade sin första dejt, samma datum som de förlovade sig på. Ringen som de valde skulle ha 14 små diamanter, lika många som klockslaget för bröllopet. Det hela skulle vara genomtänkt på ett eller annat vis. Dagen för bröllopet var en torsdag, vilket anses vara en bra dag för bröllop. Ruts yngste son Sigge var den som fick hålla reda på och bära fram ringen i kapellet, och det skötte han briljant. Då var han nio år. För övrigt var alla viktiga på plats och stunden i kapellet fullkomligt dallrade av kärlek. Och värme. Det var en tryckande högsommarvärme, den varmaste av alla dagar. Direkt efter själva ceremonin samlades alla gäster på gårdsplanen utanför kapellet. Det föll ett stilla regn några få sekunder, precis som det ska vara. Regn i brudkronan betyder ju att äktenskapet blir kärleksfyllt då regndropparna symboliserar de tårar som bruden inte behöver fälla senare i äktenskapet. Under hela kvällen sedan fläktade en ljum och ganska stark vind över festen, dansen och alla gäster. Man säger att bröllopsdagens väder är "brudparets väder" och med det menas att äktenskapet blir som bröllopsdagens väder. För Rut och Twists del verkade det innebära värme, små stänk och mycket vind.

Inbjudan då, hur var den utformad? Det var givetvis tydlig information om var och när man skulle infinna sig för att bevittna bröllopet, det var också tydligt var festen skulle hållas samt att det rådde totalt presentförbud. Fester med offentlig presentöppning var det mest uttråkande och pinsamma som fanns och det var present nog att närvara punkt slut, så tyckte de båda. Däremot önskade de två andra saker som kunde likställas med presenter om någon tyckte så skulle vara. Det ena var att man gärna själv fick ta med det man önskade till kvällens bar. Med tanke på alla olika idéer som folk hade kring vad som var god smak, skulle baren bli enastående trevlig med den variation som gästerna själva ville fylla den med. En annan detalj de önskade av sina gäster, var att de under dagen skulle ta så många bilder de alls orkade på festen och varandra för att sedan tanka över dessa i den dator som skulle finnas på plats. Genom båda dessa önskningar, skulle Rut och Twist slippa två tidskrävande detaljer. Dels att lägga tid på att fylla en bar med innehåll och dels hyra in en fotograf. Två mycket genomtänkta flugor på smällen där.

Rut som alltid jobbat med att föreviga viktiga ögonblick i livet, hade genom åren gjort album till sina barn. Det var inte ett album till varje barn, utan snarare fem, sex stycken. Och, viktigt i sammanhanget var att det inte fick vara så att första barnet hade många album, nästa barn kanske ett och sista barnet inget alls. Sådant fick inte förekomma i Ruts värld, så varje barn hade två alldeles egna album. I just dessa fick barnet vara huvudperson och de flesta bilder, dokument, och händelser rörde enbart barnet självt. Sedan hade de ytterligare flera album, men där fanns fler bilder och händelser på hela familjen, på vänner och kompisar. Ett album per år.

Rut själv hade däremot inget eget barnalbum, så hon samlade ihop tusentals diabilder från barndomshemmet och framkallade dem till papperskopior innan hon skapade sitt eget album. Rut i ett nötskal, hade Twist tänkt om det. Så, en tredje önskan fanns kring bröllopet men den var inget gästerna visste om förrän de var på plats den aktuella dagen.

Medan Twist förirrat sig i tankar om bröllopet, hade Rut och Mini uppehållit sig ett tag kring vad det egentligen var med insekter som gjorde dem så illa omtyckta. De pratade på och berättade för varandra om sina egna skräckupplevelser som hade med insekter att göra. Twist satt mest tyst. "Vad tyst du blev", sa Rut. "Vad tänker du på?" "Eh, inget speciellt antar jag. Jag hamnade i lite funderingar bara", svarade han samtidigt som han masade sig upp från stolen. De hade blivit sittande ovanligt länge denna morgon. "Är det musteriet du tänker på?" frågade Rut. "Nej, inte precis, eller jo kanske", fick hon till svar. "Jag tar nog en sväng över till Frödins", sa han sedan. Så knallade han iväg över gården och var snart tillbaka i sina tankar kring fotoalbumen.

Som sagt, det fanns en tredje önskan också till gästerna, vilken var tanken om att de kunde hjälpa till att göra Ruts och Twists bröllopsalbum. Först skulle ett fint, eller förresten, ett absolut perfekt fotoalbum införskaffas. Efter lång om länge hittade de ett. Man skulle kunna säga som så, att om Rut stod för idéerna, så stod Twist för tålamodet. Han ställde upp på att gå från affär till affär tills hon var nöjd. De valde ett album vars pärmar var klädda i turkost tyg, ett album som kunde fyllas med ett valfritt antal sidor som dessutom kunde byta plats och flyttas runt. Det var tydligen viktigt. I tyget på pärmens framsida lät de trycka texten: *Plead the fleeting moment to remain.*

Tanken som Rut hade, var att tre pennor i olika färger skulle sättas fast på albumet. Pennorna skulle användas av alla gäster som ville meddela sig, eller säga något till brudparet. Hon tänkte att många kanske blev fångade av stunden men inte vågade hålla tal och inte ville dra uppmärksamhet till sig. Folk var så rädda för att göra fel, kanske trodde de att de inte fick säga något om de inte föranmält sig eller kanske var de rädda för att göra bort sig eller så... Därför fick de chansen att skriva precis vad de ville och med vilken färg de ville. Så hade Rut tänkt. Albumet skulle gå från bord till bord under kvällen. Men hur skulle gästerna få reda på det då? Jo, Ruts syster skulle vara Toast Madame och hon fick tydliga instruktioner om att avslöja avsikten med albumet och pennorna, samt att upprepa det hela lite då och då under kvällen. Dessutom påminna gästerna att vara flitiga med att fotografera. Så fick de också över tusen bilder från bröllopsdagen, tagna av många olika fotografer och med en variation av kameror och ambitioner. Mycket kärlek.

Rut hade också plockat fram bilder på alla gäster och Twist hade laddat ned samtliga på datorn. Efter kyrkan och när alla sedan skulle anlända till hönshuset skulle bilderna rulla på en stor skärm. Alla skulle känna sig varmt välkomnade. Skärmen skulle förnya sitt bildsvepande med nya bilder från dagen och kvällen, i takt med att gästerna lämnat sina kameror för övertankning. Rut hade också samlat information om varenda gäst som var bjuden och skrivit en liten presentation om var och en av dem och dessa texter var samlade i häften. Ett på varje bord. Häftena och även bröllopsinbjudningarna samt programbladet i kyrkan plus skylten som gav information om var barinnehållet skulle lämnas hade samma mönster. Även Twists tygnäsduk i kavajfickan, hade samma mönster. Och vilket mönster var det då? Jo, givetvis samma mönster som i brudens klänning. Ett blommönster som var långt ifrån tantigt. När man tittade på klänningen fick man bara en enda skön sommarkänsla. Brudparet i marsipan som stod högst upp på tårtan och svajade, var specialbeställda från ett tårtföretag som tryckte alla möjliga motiv i marsipanen till tårtorna. De skickade en bild på klänningstyget även till dem och kunde senare hämta sitt brudpar i marsipan. Marsipanbruden var klädd i brudens klänning och brudgummen hade en lika blommig näsduk i sin kavajficka som brudgummen själv.

Bröllopsalbumet hade de nu där hemma. Det var tjockt och innehållsrikt, precis allt blev dokumenterat. Först och främst ett exemplar av inbjudan till bröllopet. Dessutom lappar med nedklottrade förberedelse- och inköpslistor, programbladet från kyrkan, sångtexter på melodier som sjöngs i kyrkan, den aktuella dagens väderinformation, bordsplaceringen, Toast Madames program, fotografier i färg och i svartvitt, gratulationskort, SMS och nedtecknade tal samt här och där många sidor med fina hälsningar som skrivits till brudparet under kvällen. Hälsningar skrivna i tre olika färger.

Twist var nu framme hos Mac och Pia-Carin och knackade på dörren. Det tog ett tag innan någon besvarade knackningen och då var det med en ny knackning. Någon stod på insidan och knackade. Twist knackade till igen varpå han hörde nya knackningar, även den gången från insidan. Till slut gav han upp och klev in. Knackandet fortsatte och Twist letade sig mot ljudet.
"Hallå, hej!" ropade han när han såg Mac genom badrumsdörren.
"Vad händer här då?"

"Aha hej, var det du som ropade?", svarade han.

"Jo det är som så att nu har huset vårt stått till troget förbrukande i hundratals år.... ja så känns det i alla fall. Så efter nära 15 000 duschningar har det slutligen blivit dags för duschrenovering. Fyra olika hantverkare har varit på hembesök och kikat på objektet och lämnat offerter efter sig. Vi har valt bland kakel och duschbeslag, klinker och duschdörrar." Mac tittade sig omkring på eländet han hade framför sig.

"Okej", sa Twist.

"Men nu står du tydligen själv med alltihop då eller?"

"Njae egentligen inte, för alla våra önskemål... ja eller frugans snarare, slogs samman till en enda svensk-kroatisk överenskommelse mellan oss som beställare och herr Hantverkare. I bordsalmanackan på kontoret skrev jag orden *dusch påbörjas* och smart som faaaan skrev jag med just en blyertspenna.

"Ja det kan vara smart förstås. Själv använder jag telefonen för allt. Där använder jag kalenderfunktionen också, smart som sjutton. Så fort något ändras så flyttar man bara bokningen till ny position."

Mac blängde till på Twist.

"Bokning... position. Du pratar som du har förstånd till. Nej jag använde min bokningskalender som jag gjort i alla år, och som sagt en blyertspenna. Det senare använde jag mest troligt för att när det skrevs in, kände jag på mig att det skulle bli till att sudda och ändra dag. Hantverkare har ju bland det oförtjänta ryktet om sig att vara lite hoven droven med tider och deadlines. Och varför i hela friden arbetar de inte aktivt med att rasera det ryktet? Helt enkelt börjar visa folk hur fel folk har. Att det bara är rena ryktesspridningen, att folk driver spe med dem, förtalar dem och har förutfattade meningar."

"Bra idé där!" slank det ur Twist.

"Klart att det borde vara angeläget för dem att ändra folks uppfattning." Han var inte säker på om Mac hade hört honom, för han bara pratade på, mer och mer obegripligt.

"Det är möjligt att vi som ohantverkare kanske har lyssnat på slliddersladder eller haft fel svibbel i kasten... men somliga hantverkare har faktiskt inte sina klockor synkade mot Greenwich Mean Time, eller mot den gregorianska kalendern och tajmar väldigt dåligt mot just Jesu födelses tideräkning med. De har en annan kalender, en annan tidsuppfattning och ett synnerligen klurigt förhållningssätt till vad skorpan hostar och dinkan raspar. Hellre än å riva vår snuskiga dusch satt de bergis med fredagsölen å spana på farstaglitter å tugga på om fan å hans moster, som värsta själskåpen." Mac tystande plötsligt.

"Så nu har du börjat riva duschen själv alltså?" sa Twist försiktigt och log lite för sig själv åt Macs sätt att välja sina ord.

"Ja, exakt så, men nu kan vi kanske ta en fika. Jag börjar visst bli jobbigt sur. Kommer du med?" undrade Mac.

På köksbordet i Macs och Pia-Carins kök låg ett vykort, ett ganska stort ett till och med. Det var inte ofta som folk skrev vykort nu för tiden, tänkte Twist.

"Ha! Vad fint med vykort. Det är inte ofta man skickar sådana numera", sa han.

"Visst! Finns det något bättre sätt att skicka semesterhälsningar på egentligen? Svarade Mac

"Det beror så klart på, men många skriver hälsningar på Instagram, Facebook eller som Pernilla och Tobbe... de har skrivit blogg medan de har varit i Australien. Då kan man också lägga in bilder. Det blir lite mer än ett vykort faktiskt. Plus att det kommer i tid.", svarade Twist.

"Det här", sa Mac och nickade åt vykortet, "det här är ett vykort från just Pernilla och Tobbe. Det är stil på dem. De vet vad jag gillar", la han till triumferande.

"Var så god och läs du!"

Twist vände på vykortet och läste texten som var lätt hop-
tryckt och skriven med mycket små bokstäver:

Hej Mac och Pia-Carin!
Det har verkligen gått sisådär med seglingen för vår del och nu har vi
tagit vår Toyota och åkt till Sydney. Vi parkerade i närheten av Cir-
cular Quay, ett av alla områden man ska ha sett här. Vi gick sista
biten ut mot Bennelong Point för att se Operahuset. Och plötsligt var
det där! En häftig känsla att något så ofta avbildat, omskrivet och
därför så bekant, bara dyker upp i verkligheten. Vi gick runt, in, ut,
upp, ner och överallt. På köpet hade vi ju Harbour Bridge och Sydneys
skyline där, allt i ett. Vi hade blivit tipsade om att fish & chips
skulle vara så gott i Australien så vi tänkte testa det. Vi jagade runt
och hamnade på ett litet ställe bakom George Street. Mätta och hyfsat
belåtna (så himla bra var inte fish & chips just där) letade vi vidare i
trakterna efter kaffe. Det hade vi inte fått något sedan morgonens
buttra bitterkaffe. Vi lyckades med konststycket att hitta ett fik som
hade en liten mysig innergård där vi fick vårt kaffe under en regntyngd
markis.
Avslutningsvis gick vi ”The Royal Botanic Garden”. En fyrahundra
hektar stor park, full av Australiens träd och växter. Där fanns regn-
skogar och medelhav, jättestora fikusar som riktiga Harry Potter-träd.
Vi såg en fantastisk änglatrumpet, en blomma som vi kämpat med
hemma för att hålla vid liv, och den här var stor som ett träd.
Hmmmm… en orättvis sanning. Alla dofter från träd och buskar
förstärks i Sydneys fuktiga luft. Och parkens välkomstskyltar var
generösa: Please walk on the grass, smell the flowers, hug the trees and
picnic on the lawn. Vi ses när vi är hemma igen, hälsa de vi känner!
Kram från oss.

”Trevligt! Ja, det är något speciellt med handskrivna med-
delanden, det kan jag hålla med om. Kul att de skickade
det”, sa Twist.
”Japp, det gillar jag skarpt”, svarade Mac och ställde ner
varsin kaffekopp åt dem på bordet.

Som så ofta när Twist gick sina ärenden kände han att det som han kommit för, egentligen kunde vänta. Mac var inte riktigt på humör och det där med duschrenoveringen hade inte ens Twist vetat om. Han tänkte att Mac minst sagt hade fullt upp och därför nämnde han inte ens sitt musteribekymmer för honom. Han skulle nog få ordning på det själv, det trodde han. Twist och Mac sa hej då till varandra när de fikat klart. Han stack in huvudet i kammaren till Pia-Carin som satt och skrev. Skrivandet var någonting hon la ganska mycket tid på, enligt Mac.

"Du borde nog ha något bättre att skriva på än den där maskinen", sa han i förbifarten, rädd att han störde henne för mycket redan som det var. Pia-Carin tittade upp och vinkade lite förstrött till svar.
"På återhörande", sa han sedan till Mac.
"Och säg gärna till om du vill ha min hjälp med att riva duschen eller så. Vid sidan av att laga prylar, är jag en hejare på att riva och bära!"

Kapitel 4

Om Bonoboer, penisfäktningar och laxerande kramper
samt kostcirkeln och de franska kyssarna

Pernilla och Tobbe hade lyckats pricka in varenda förkylning som funnits i bygden sedan de kommit hem från Australien. Alla varianter av halsont, nästäppa, rinnsnuva och torrhosta hade cirklat runt mellan dem alla i huset. Sett ur träningssynpunkt var det otroligt irriterande, annars överlever man så klart ett par förkylningar. Den som tränar regelbundet löper mindre risk att bli sjuk men träning gör också att det går lättare att tillfriskna, det visste de. Men där satt de nu i ett ekorrhjul där förkylningar, träning och tillfriskande liksom trasslat in sig i varandra.

Träning är också bra mot depression. På Karolinska Institutet hade man kommit fram till att möss med mycket muskler har högre nivåer av enzymet KAT i musklerna. KAT bryter ned det ämne som bildas vid stress och som är farligt för hjärnan. I studien fann man att vältränade muskler tillverkar ett enzym som renar kroppen från skadliga ämnen och skyddar hjärnan. Genom denna vetskap tänker man sig en helt ny form av behandling mot depression. I stället för att behandla hjärnan, skulle man kunna behandla musklerna. Denna dag bestämde sig Tobbe och Pernilla för att behandla musklerna, kosta vad det kosta ville.

Inte en kotte var på plats. Inga ytterkläder och inga skor syntes. Haha, först in på gymmet alltså, tänkte Pernilla som såg varje möjlighet till tävlan som värd att notera. Ibland vann hon, ibland förlorade hon men att mäta sig var ett nöje i sig oavsett.
Så smög plötsligt en liten gubbe fram, nej två och så ytterligare en. Från ingenstans bara kom de. Och de var många.

Smög fram ur varenda vrå och snart dök Tobbe upp bakom ryggen på henne. Han kom från omklädningsrummet.

"Va' fan, har de sovit över? väste hon till honom.

"Vilka då?"

"Ja, alla pansiosar. De har ju fullkomligt tagit över stället. Jag trodde att vi var först."

"Du hoppades kanske att just du var först min lilla fighter?"

De satte igång, var och en med sitt. Kämpade på och gav järnet, slet och pressade. Det var den skönaste tiden så här på morgonen, innan kroppen blivit trött och huvudet fått fullt av bry medan kroppen kändes lätt, utan ens en frukost som tyngde den. Det var sådana morgnar som Pernilla kunde springa en mil på löpbandet. I dessa stunder var det hon, musiken i lurarna och vattenflaskan. Fast idag körde hon styrka. Tobbe var i ena änden av lokalen, hon i den andra.

Plötsligt hördes en röst flera maskiner bort.

"Gör du dig snygg för din man?"

Eh, ditt lilla pucko, jag måste ha hört fel, tänkte Pernilla. Men nej, samma fråga upprepades strax, trots att hon inte visat att hon noterade den första.

"Nej, inte vad jag vet" svarade hon fast det hon egentligen skulle ha frågat om han alls hade med saken att göra.

Personen gav sig inte. Han hade dessutom kollat in Pernillas träningströja som det stod *Midnattsloppet* på.

"Ha, du verkar ha bra kondis också", fortsatte rösten.

"Har du sprungit många långa lopp?"

Hon svarade inte. Det blir en hantel i huvudet nästa gång. Eller fastsurrning vid löpbandet. Sånt där kan verkligen störa. Alltså regel ett: Man pratar inte på gymmet. I alla fall inte med dem man inte känner. Man låter varandra vara. Man ägnar tiden åt att träna.

För att kompensera den tillkortakomna träningen under rådande förkylningstider ägnade sig Pernilla, långt mer än

Tobbe åt att tänka nyttigt kring maten. På Pernillas agenda stod för det mesta att mat skulle vara grön, genomtänkt och välbalanserad. Tobbe ville helst bara ha kött, och gärna grillat. Men i stället var det mat från *hela* kostcirkeln som stod till buds och innehållet i kostcirkelns alla tårtbitar skulle ligga på tallriken. En gång stod Pernilla inne i en butik med kökstillbehör och tummade på en tallrik som var indelad i flera olika fack. Några mindre och några lite större. Det porslinet var hon allt bra sugen på, men då sa Tobbe "nej". Skaffade hon det, skulle han skaffa plankor, sådana där plankor med en grop i ena hörnet. I gropen skulle det enbart ligga en tomat och resten av plankan skulle vara fylld med potatismos och en stor välstekt köttbit. Alltsammans skulle vara täckt av en härligt gyllengul bearnaisesås. Pernilla hade tittat lite äcklat på Tobbe och sedan, utan ett ord, lagt tillbaka sina tallrikar med de olika facken.

Nu var de tillbaka hemma igen efter morgonens stund på gymmet och de njöt av en välförtjänt och efterlängtad frukost. Pernilla hade precis återgivit vad som utspelat sig bland maskinerna och tog sen en klunk av sitt kaffe. Återigen blev hon irriterad när hon berättade om karl på gymmet och tippade till muggen lite för häftigt. Klunken blev större än hon tänkt så det rann över och ner på hakan. En beige fläck bredde ut sig på tröjan.

"Par som kysser varandra oftare och mer än genomsnittet, upplever en högre sexuell tillfredsställelse i förhållandet", sa Tobbe plötsligt till Pernilla som satt där med ljusbrunt dräll på hakan. Han hade morgontidningen på bordet framför sig.

"Och flitigare kyssare är tre gånger så lyckliga, detta gäller särskilt män, tillade han."

"Mmmm", lät det från Pernilla som med disktrasans hjälp börjat bearbeta kaffefläcken.

Han pratade vidare, men läste nu valda delar innantill. Tidigare information hade han lyckats memorera.

"Genom att kyssas utsätter de älskande varandra för bland annat cytomegalovirus som gör att kvinnan blir immun mot viruset. Cytomegalovirus kan bland annat leda till dövhet och blindhet hos barn. Ett par kyssar är minst sagt bra, det minskar risken för att det ofödda barnet smittas i livmodern."

"Eh, tror du verkligen på det?" frågade Pernilla. "Alltså man behöver inte tro på allt som sägs bara för att det står tryckt i text. Det kan faktiskt vara någon som skojar med oss, har du tänkt på det? Som liksom utnyttjar människors respekt för det tryckta ordet. Det tror jag är vår tids farsot."

Tobbe tittade upp från texten.

"Forskningen säger så, det står att det är en studie. Det står också att kyssar är ett sätt att välja partner på. Vi människor är ju biologiska varelser och doftar och smakar oss fram till den som vi kan avla den bästa avkomman med. Även en del djur tycker om att gosa till det med läpparna, både schimpanser och bonoboer gör det."

"Forskningen säger och forskningen säger, även den är ju subjektiv", kontrade Pernilla.

"Det är trots allt någon som valt vad studien ska innehålla, redan där har objektiviteten fallit."

Hon tänkte här exempelvis på den rasbiologiska forskningen, det akademiska ämnet som studerade människoraser och som bedrevs på 1800-talet. Även då var det förmodligen ett politiskt initiativ att besluta vad man skulle lägga forskningsresurser på, tänkte hon. Och det man då prioriterade, var att studera möjligheten att dela in människor i vita, svarta och gula. Man mätte huvuden och näsor, man analyserade och kategoriserade och resultat redovisades. Tryckt i text, med bilder, förklaringar och allt. Högst vetenskapligt. Det är nästan svårt att tro att det har hänt på riktigt och läsningen är fullkomligt obegriplig. Förmodligen betraktades det hela mest troligt som god forskning, den var ju akademisk och prioriterad.

"Jag kan ge mig sjutton på att den som forskar också har en aning om svaret och därför driver studien åt ett visst håll och studerar och studerar tills svaret blir det hen tänkt. I studierna om kyssar kan det till exempel vara någon som sedan lång tid tillbaka levt i ett äktenskap som gått i stå. Där det kanske var länge sedan hen fick kyssas och säkert ännu längre sedan hen fick ligga, det kanske var väldigt, väldigt länge sedan. Så i stället för att fundera över vad det kunde tänkas bero på... typ att hen inte lyssnar på sin partner, inte drar fram dammsugaren nånsin ever, alltid fyller sopkorgen till bredden och skiter i att ta ut dem, inte låtsas se bajsspåren i toastolen, inte överraskat med en utflykt, typ bortsett från att en romantisk middag av sällsam sort skulle vara helt awesome, struntat i att boka en teater- eller konsertbiljett... så startade hen en studie. Tänker att räddningen för att få en kyss eller ett ligg, skulle kunna vara ett forskningsresultat som hen sen kan slänga på frukostbordet framför sin partner. Förresten bono...vad?" hann Pernilla undra innan hon äntligen blev tyst för att kippa efter lite luft.

Oj, tänkte Tobbe. Här måste jag ha trampat på en öm tå eller något, så mycket som kom fram där... och som ett rinnande vatten. Hon kanske hade rätt. Det var ganska länge sedan de sist ägnade sig åt att vårda förhållandet, de har nog mest bara kört på den sista tiden. Bortsett från det där med bajsspåren och dammsugaren, kunde han hålla med. Däremot trodde Tobbe verkligen inte att hon hade rätt beträffande forskares avsikter. Alltså, gosar man för lite är det väl för att man har häcken full? Det sista man då skulle dra igång, var väl en studie? Det krävde väl väldigt mycket för att få studien att anses trovärdig. Alltså det finns krav på både reliabilitet och validitet vid mätningar, sådant tar ju tid att skaffa, plus att man behöver göra upprepade mätningar och mäta korrelationen mellan mättillfällena, så nej... då skulle man ju aldrig få ligga. Inte heller kyssas.

"Bonoboer", sa han.
"Det har jag googlat på medan du pratade för jag undrade också. Hör här:
Bonobon använder sex för att lösa konflikter. Aktiviteterna omfattar allt från kyssar till smekningar av könsorgan, penisfäktning, hanar som bestiger hanar och även honor som gnider sina uppsvällda könsorgan mot varandra i ett anfall av upphetsad systerkärlek. Bonobon har förbryllat oss människor ända sedan den upptäcktes i slutet av 1920-talet. Bonoboer liknar schimpanser, och från början kallades de dvärgschimpanser. I dag betraktas de som en självständig art, Pan paniscus, och deras beteende skiljer sig markant från schimpansernas. För det första har honorna högst status i flocken, och så använder de sex som socialt bindemedel."
"Åh, herre Gud", lät det från Pernilla. Vi skiter i aporna nu, men okej, vad har du mer läst när det gäller kyssar?"
"Ja, till exempel att den mänskliga kroppen älskar pussar. De stärker banden mellan de älskande. Aktiviteten får hjärnan att spruta ut lyckohormoner och minskar utsöndringen av stresshormonet kortisol", sa han.
"Men, nu lät du som Twist!" flikade hon in, "när han hade sin genomgång av allt läckert som var på deras matbord när vi var där. Allt han berättade om Lykopen, det röda färgämnet, som hjälper till att förhindra depressioner. Aminosyror och B12 och allt vad han sa."
"Stämmer! Jag blev lite inspirerad faktiskt", sa Tobbe innan han tog ett nytt andetag och fortsatte.
"Franska kyssar, alltså pussar med öppen mun där tungorna möts, ökar sexlusten hos både män och kvinnor. En teori är att mannen för över testosteron genom saliven till sin partner. Testosteron är ett könshormon som bland annat påverkar det sexuella begäret. För övrigt producerar både män

och kvinnor testosteron, fast män i högre nivåer än kvinnor. Men det visste du väl, fröken som du är?"

Pernilla tyckte det hela lät lite sisådär men så kom hon att tänka på hur det var när hon och Tobbe precis hade träffats. De hade ett par tidiga träffar och de kände inte varandra alls, verkligen bara väldigt lite. Ändå envisades Tobbe med att kyssas. Alltså franskt. För Pernillas del var det inte själva kyssandet som störde, alltså det kan man väl hålla på med utan att känna varandra... fast egentligen inte eftersom man kan få "kissing disease"... men det var det där med andedräkten.

När man väljer ut sin partner, handlar det tydligen om att man omedvetet luktar sig till den, alltså att det sker ett urval baserat på doftintrycken. Då handlar det inte om dofter man känner, utan om andra dofter, typ körteldofter. Man har hittat två speciella doftämnen som kan vara mänskliga så kallade sexualferomoner och de doftämnena finns i vanlig armsvett. Det ena finns mest hos män, det andra mest hos kvinnor. Med hjälp av doften sprakar det till i de delar av hjärnan som har med reproduktion att göra, alltså hypothalamus. Så det kunde väl räcka med dofter på det omedvetna planet tyckte Pernilla som därför åt halstabletter och dofta-gott-ur svalget-godisar tills hon höll på att få laxerande kramper. Livrädd för att dålig andedräkt skulle få hela romantiken att flagna. Det hon önskade, var att vara nära. Bara att kliva innanför varandras komfortzoner i ett tidigt lära-känna-skede var stort. Att känna hud och bli smekt. Så, att kyssas på toppen av alla funderingar, ställde till det mer än lovligt. Men tydligen bara för Pernilla. Så här i efterhand var hon lättad över att allt det här låg bakom henne. Det var visserligen kul med dejter men också *mycket* energikrävande.

"Över hela jorden pussas det, aktiviteten förekommer hos ungefär 90 procent av den mänskliga befolkningen", fortsatte Tobbe och i nästa ögonblick frågade han henne om de inte skulle ta och boka något mysigt framöver, något SPA eller så. Det var väl ändå hög tid, och var det förresten inte dags att dammsuga? Men först en snabbis till centrum. Kopieringspapperet var slut och förresten behövde bilen luftas.

Tobbe och Pernilla återkom gärna då och då till "Skafferiet" vid Stora Skuggan, precis i utkanten av Stockholm, där de ingöt sina första goda tankar om varandra. Själva kallar de det för brottsplatsen lite skämtsamt. Snart var det hundra månader sedan de hade sin första dejt, det var inte klokt vad tiden pinnade på. Både Tobbe och Pernilla hade sedan ett tag tillbaka varit ute i dejtsvängen och till slut hittat varandra. Eller som Pernilla gärna och ofta påtalade: "Det var jag som hittade dig, och jag har betalat för dig, nästan trehundra kronor!" Just den där sista informationen, fick Tobbe att känna sig som en hamster, som om han var ett väl genomtänkt inköp. Han brukade skoja tillbaka då och fråga henne varför hon inte informerat om den bur som följde med i köpet och varför hans liv formats till ett springande runt, runt, runt i ett hjul? Och alla dessa grönsaker... fanns det verkligen inga hamstrar som var rovdjur?
"För att du trivs så, annars skulle du förändra något", svarade hon självsäkert. Så okej, han var väl ett väl genomtänkt inköp då. Trehundra spänn.

Stora Skuggan. Ett fantastiskt friluftsområde med en mysig servering, öppen året runt. På området finns också en 4H-gård och stora öppna ytor vart man än tittar. Just sådana ytor som sväljer många olika sorters människor och aktiviteter. Exempelvis dejter. Pernilla hade haft en dejt just där på en av gräsfläckar tillsammans med en man som visserligen var trevlig men som var just bara det. Trevlig. Han hade tagit med en filt och på den placerade han Pernilla och förutom det, också en massa godbitar. Charkuterier, grönsaker, ostar, melon och frukt, bröd och dryck. De satt där och pratade om ditten och datten som man gör när man lär känna varandra. Inga franska kyssar. Inga kyssar över huvud taget faktiskt. Varken vanliga eller ovanliga. Han var nog sugen, men hänsynsfullt tafatt, och nöjde sig i stället med att lite då och då ta hennes händer i sina. Just det tyckte Pernilla var närgånget nog.

Det jobbiga med att vara på dejt var just det faktum att någon skulle ta, eller skulle komma att ta, det första steget till kroppskontakt. För många kanske det var målet med själva dejten. Det kanske var därför de önskat träffen och bjudit till, både av sin tid och ur sin plånbok. Eftersom Pernilla var fantastiskt långt borta mentalt från precis den typen av upplägg och eftersom hon snarare hoppades på att kroppkontaktstadiet verkligen inte skulle vara aktuellt förrän efter *många* dejter, var hon noga med att alltid betala sin del. Hon ville inte vara den som var skyldig, absolut inte. En del karlar var just så enkla att de trodde att ett pengautlägg var lika med ett visst mått av ägande. Typ: "nu har jag haft ett utlägg för dig, då lägger väl du upp dig för mig?" Ett annat alternativ, om den hon dejtat betalat för något, såg hon nogsamt till att de båda betalat lika mycket innan dejten var över. Precis det här hade hon pratat med Rut om sedan det visat sig att även hon och Twist träffats på en dejtingsajt. Det var ett bestyr att få till balansen mellan det lagom spännande och lite vilda men också tydlighet angående ens avsikter.

Det visade sig besvärligt nog att killar hade en annan uppfattning om detta med dejtkontakter. Att Pernilla kände till dem, var för att hon hade frågat rakt ut. Hur tänker killar, eller rättare sagt... hur tänker dejtande killar? Svaret hon fick var att vid första dejten fanns det inga förväntningar. Då känner man bara av varandra. Om det sedan blev en andra dejt, var det hela satt i en urvalsprocess där man hade en andra chans att lära känna varandra. Då skulle det avgöras huruvida det var något att satsa på eller om det bara var en andra dejt, that´s it. Om det blev en tredje dejt efter det, hade man i det tysta accepterat en fortsatt relation. Då var det inte lek längre, utan mest troligt en fråga om kroppskontakt. Gulp, redan här? Pernilla var glad att det var just idag - och inte då - som hon lärt sig allt om vad Bonoboer tydligen pysslade med på sina dejter.

Alltså blev strategi nummer två, vid sidan av huvudstrategin som gick ut på att vara totalt öppen, att inte ha fler än två dejter med samme man utan att vara riktigt noga med spelreglerna. Ingen av dem hon hade träffat under sina dejtingmånader, avvisade henne, de ville bara träffas igen och igen och igen. En av hennes dejter från väldigt långt tillbaka i tiden, som hon tydligt avfärdat och förklarat vad hennes ställningstagande berodde på, hade fortsatt att höra av sig med ett SMS på hennes födelsedag i många år efter.

Pernilla hade sin egen urvalsprocess, en väldigt genomtänkt sådan. Dittills i sitt liv hade hon oftast själv blivit vald, hon hade inte valt särskilt mycket av eget initiativ. Den som valde henne och visade att han tyckte om henne, den var kanske värd att satsa på? Kort sagt, hon tyckte om den som tyckte om henne. Den här gången hade hon lovat sig själv att hon, just hon, skulle vara den som valde. Och hon skulle välja en man som var helt och totalt motsatsen till dem hon tidigare haft eller möjligtvis trånat efter. Så skulle hon tänka. Till alla hon dejtade var hon mycket öppen kring sitt upplägg och hon berättade också för männen i hennes dejtingvärld att hon hade flera dejter samma vecka. Huvudstrategin var att arbeta öppet och schysst men egoistiskt och effektivt. De män som fick höra detta, var mycket förundrade över hennes öppenhet och påstod att så gjorde ingen annan. Varför då? Var de flänga, naiva eller bara mitt uppe i drömmarnas värld? Alla visste ju hur det funkade, det vill säga att man träffar många, då kunde man väl lika gärna vara öppen med det? För hennes del var det omöjligt att veta vad hon hade sagt till än den ena, än den andra så öppenhet var ett villkor för att undvika situationer som annars skulle bli genanta.

Pernilla hade inte på år och dagar haft en roligare tid. Hon träffade så otroligt många trevliga killar. Det var sommar och solen sken praktiskt taget jämt. Det enda hon gjorde under den mest hektiska månaden var att duscha, klä på sig, färdas, dejta, ta sig hem och gå ut med hunden. Sedan duscha igen, byta kläder, färdas, dejta, ta sig hem och sova. Gå upp, klä på sig, gå ut med hunden, färdas, dejta och så vidare och så vidare. Hon skrattade, upplevde, pratade, frågade, kände sig för, analyserade, åt och drack, utflyktade och var på picknicks.

Som sagt, en av dessa picknicks ägde rum på Stora Skuggans gräs och det var lördag kväll. Inga kyssar men tafatta handtryckningar isch. Nästa dag, på söndagen var hon där igen, fast då med nytt innehåll och sällskap. En dejt som var olik alla andra. Plötsligt hade hon blivit berörd känslomässigt och hade till och med en önskan om att få bli hans på riktigt. Detta trots att dejtingtillfället i sig inte imponerade särskilt mycket på henne. Han bara pratade om sitt och hon som annars pratade fritt och gärna, visste inte var hon skulle få utrymme. Pernilla hade börjat längta efter att få kladda lite på någon, och just nu mest på honom. Hela vägen hem från dejten satt hon bara och log, fast han inte verkade riktigt klok och var många, långa mil från det hon någonsin skulle ha valt. Hur skulle hon få honom att fastna för henne?

En vecka senare var hon på väg på semester med barnen. Det plingade och plingade i hennes mobiltelefon hela tiden. Först fick hon ett SMS från Stefan. Han skrev:
"Ha en underbar semester, kommer att sakna dig, hör av dig när du är hemma, kram till dig". Sedan fick hon ett SMS från Peter. Han skrev:

"Må så gott nu på semestern, vi kan väl höras när du är framme, tjingeling". Därefter hörde Micke av sig med orden:
"Trevlig semester, det kanske blir svårt att ha kontakt nu, men jag gör ett försök om ett par dagar. Kram!"
Tobbe skrev också en hälsning och det var med honom som hon hade kontakt sedan hela veckan. Varje dag. På den tiden var det kontantkort som gällde till telefonen, så en mycket viktig rutin på dagarna, vid sidan av att köpa glass, var också att köpa kontantkort till telefonen.

Även om det nu var många år sedan de träffades för första gången, var de varandra mycket tillgivna och ville alltid vara tillsammans. Tiden de haft tillsammans var inte lång sedd ur en livslängd, men relationer eller i vart fall känslan för varandra i relationen, kunde gå i stå på bara några månader. Det visste Pernilla av erfarenhet. Vardagsrutiner, puberterande små tonåringar samt oändligt många "måsten" tog ibland över men Pernilla och Tobbe hade snabbt lyckats hitta tillbaka till kramarna och lugnet igen. Eller Tobbe i alla fall. Pernilla var mer på tå hela tiden och hade, genom sitt jobb men också i egenskap av att vara Tors mamma lite mer omkring sig. Hon var heller inte den som släppte garden så lätt. För hur var det möjligt efter en helt vanlig dag på jobbet, att orka vara annat än spänd som en fiolsträng?

Tobbe hade åkt till centrum i ett ärende och Pernilla satte sig en stund vid köksbordet för att planera ett par lektioner till nästa dag. Hon slog upp sin loggbok som hon förde anteckningar i efter varje lektion. Vitsen med det var att dokumentera arbetssysslor och följa elevers arbetsgång. Nu skulle hon ögna igenom vad de aktuella eleverna senast gjort och hur långt de då kommit. Den lokalen som hon satt i på skolan kallades Vintergatan, ett mycket passande namn med tanke på allt vad den dagligen innehöll på såväl micro- som macronivå.

Elev A (åk 7) kom till dagens första lektion och hade lite bekymmer med de fyra räknesätten och uppställning av dem. Först behövdes en snabb diagnos göras för att ringa in problemet. Var det verkligen alla fyra räknesätt problemen gällde eller var det kanske bara exempelvis division. Handlade det om höga tal, tal i decimalform, om tekniken för uträkning, hantering av nollor eller vad? Efter att ha snabbdiagnosticerat ämnet blev vi överens om att det mest handlade om multiplikation och uppställning med dubbla faktorer samt multiplikation med decimaltal. Lämpligt material rotades fram.

Så kom elev B (också åk 7). Hon hade läst 42 sidor i sin skönlitterära bok och skulle göra en personbeskrivning men kom vare sig ihåg vad boken handlat om så här långt eller vilken av personerna hon skulle välja. Dessa hade hon för övrigt blandat ihop och det var milt sagt ett kaos. Dessutom skulle hon ligga på sidan 72 tre dagar senare, vilket hon ifrågasatte möjlighet av. Hur skulle hon hinna? Tårarna buktade sig på ögats nederkant men rann liksom inte över. Här gällde det att backa upp innan ytspänningen skulle släppa och sminket likaså. Lika snabbt som jag i detta läge skumläste 42 sidor, lika snabbt utsåg vi gemensamt en av personerna som den som skulle beskrivas. Och till slut fanns en slags personbeskrivning. I alla fall ramverket till en.

Därefter rasade elev C, D och E in (alla i åk 9). De behövde repetera två kapitel i matematik, eller helst ett i alla fall för att nu ta en sak i taget. Det var prov om tre veckor och en av de veckorna var lovvecka då ingen av dessa herrar faktiskt hade tänkt sig att jobba matte. Stickprov togs från varenda sida. Läsa av tallinje, räkna med negativa tal, dividera och multiplicera med 10 – 100 – 1000, multiplicera och dividera med decimaltal, potensräkning, prioriteringsregler med mera… med mera. De bröt ihop, chansade och skrattade i jämna doser och på toppen av allt var en av dem skittrött och hungrig och de andra två hade kopiöst svårt för att fokusera. Dock var alla rörande överens om hur viktigt det hela var. Eller borde vara …love them!

Näe, ännu var det inte dags för lunch. Först lektionsbesök hos en åtta, ämnet var samhällskunskap. De var utspridda i olika små grupper med varsin mycket strukturerad uppgift. Den gruppen jag klev rakt in till, hade något som för ett otränat öga mest kunnat jämställas med ett otroligt trevligt och avspänt partaj. Musik var påslagen och elev F, G och H skojade och pratade om obegripligheter medan elev I hade fullt upp att rita på whiteboardtavlan med en svart penna. Det tog säkert tre, fyra minuter innan det var begripligt vad han ritade för små krokar med sin penna. Projicerad på tavlan fanns en skärm-släckarbild, en 1800-talsmålning föreställande Mozart, som hade dekorerats med svarta whiteboardmustascher. Projiceringen bytte plats lite med jämna mellanrum såsom skärmsläckare gör, och varje gång det hände, behövde elev I måla dit nya mustascher. Vid det här laget fanns det säkert ett tiotal mustascher på tavlan lite här och där. Bland dessa fanns också ord som "etik", "moral", "ansvar", "problem", "konsekvens", "arbetslöshet" och "orsaker". De pratade A-kassa och krav på den arbetssökande. Ja... och så höll de koll på mustascherna samtidigt. Med min inblandning blev det färre mustascher och fler dis-kussioner. Lunchbrejket kom lägligt.

Efter maten och innan elev J (åk 9) klev över tröskeln till spec.rummet, behövde elev K hitta kuratorn i ett "ganska så halvvik-tigt ärende" och elev L (åk 9) fick hjälp med sin inloggning på mejlen. Det gick vare sig att skicka mejl till dennes adress eller därifrån. Pro-blemet var sex dagar gammalt och oro fanns (befogad sådan) över hur många mejl som troligtvis fastnat på vägen. Här behövdes minst tre personer till letas rätt på för att få ordning på problemet. Någonstans mitt i denna uppsökande verksamhet hade elev M (åk 4) skjutit upp sin boll på taket, vilken ingen annan än personal hade lov att hämta ner. Nu höll deras rast på att brinna inne, eftersom bollen låg där den låg. Samtidigt svepte elev M (åk 8) förbi och önskade ett plåster. Inte för att någonting blödde eller var otäckt öppet utan för att det sved och kändes obehagligt. Plåster fanns i en sal på en övervåning exakt fem dörrar, två trappor och ett par korridorer bort. På vägen dit behöver elev N (åk 8) och O (åk 7) delas på eftersom de kramades lite väl hårt och risk fanns att kramen skulle kunna sluta i osämja. Plåster *levererades och nytt sikte togs inför nästa lektion. Eleven med mejlen ombads lägga sina inloggningsuppgifter i mitt postfack för vidare utredning … Eh, och när skulle det hinnas med tro?*

Elev J (åk 9) närmade sig och hade den delikata uppgiften i bakfickan att jämföra valet 2010 med valet 2014. Bara så där. Okej, då var det bara att bli "expert" även på det området. Minoritetsregering, koalitionsregering, samlingsregering och mandat. Och talmannens roll i denna härva, vad pysslade egentligen en sån med? Vad innebar det att ha vågmästarroll och varför vill man inte samarbeta med SD? Var det bra eller dåligt? …och för vem?

Det knackade på dörren och elev P behövde ha en bok inläst eftersom det var så fantastiskt klurigt att klara läsningen själv, men fanns det en CD och kanske en Daisyspelare att köra CD:n på så skulle det nog lösa sig. Så snart detta var överlämnat hade det blivit dags att leta upp elev Q inför den testning som överenskommits på någon av klasskonferenserna tidigare. Läsförmågan, läshastigheten och den fonologisk talangen skulle synas i sömmarna. Det hade framkommit att överensstämmelsen mellan elevens språkliga prestationer kontra den muntliga förmågan var dålig. Ett antal tester hade jag redan tänkt ut och förberett. Dessa utfördes den närmaste halvtimmen. Och rättades, analyserades och sammanställdes under dagens lopp. Föräldrakontakt togs, mentor informerades och åtgärdsförslag gavs.

Klockan hade hunnit passera 14 och visserligen var det något slags ätbart som landat i magen förut men ännu hade ingen rast fått plats i schemat bland planerade och oplanerade aktiviteter. Hade det inte blivit dags för dagens första toabesök kanske? Sen fanns det både pedagogiska kartläggningar att sammanställa och åtgärdsprogram att skriva. Men först elev R och S (åk 7) som jobbade intensivt med en Keynote-presentation om lodjuret, "The lynx". Arbetet var på engelska så glöm nu dagens tidigare kunskaper om politik, matematik, läsförståelse och mustascher. Nu handlade det om tassels, rodents, den and kittens. Ingen kunde säga annat än att dagarna var ganska omväxlande på denna galax. Idag kom jag ändå lindrigt undan eftersom inga vätejoner eller andra obegripligheter runnit över tröskeln.

Det sista som hände på galaxen Vintergatan denna dag, var att Per-
nilla skulle ta emot en ny elev i årskurs 7. Det hon inte visste var att
eleven skämdes jättemycket över att behöva gå till specen. Han skäm-
des så mycket att han bara satt och grät. Det han var mest ledsen över
och det som bekymrade honom allra mest, var vilken version han
skulle ge kompisarna om de skulle undra var han hade varit. Jag före-
slog att han kunde säga: "Jag har varit hos skolsköterskan" eller:
"Jag vill inte säga var jag varit" eller: "var snäll och fråga inte" eller
varför inte: "jag har varit på specen". Men så kom eleven själv på en
lösning. Efter en mycket strukturerad genomgång av för- och nackdelar
med alla varianter vi kunde komma på, så tyckte han att det avgjort
bästa var att säga att han varit på hemspråk. Toppenidé, tyckte jag
och på frågan om vilket hemspråk jag förväntades kunna, svarade han
arabiska. Ja, så nu är jag hans arabiska fröken och det har vi ganska
så kul åt och tårarna slutade rinna därefter.

Senare när Pernilla hade landat på hemmaplan, kunde fun-
deringar komma som rörde något av dagens alla stjärnfall.
Exempelvis den om hur det gick med bollen på taket. Kom
den någonsin ner eller tog hela rasten slut för elev M?
Om man skulle råka slappna av från detta tempo sedan
hemma, fanns det inte en betydande risk då att man skulle
tappa formen helt? Totalkollapsa, liksom en isbit på en
varm sandstrand, som en solros utan stöttning eller en bal-
long utan luft? Liksom bara flyta ut eller typ sjunka ihop? Så
tänkte Pernilla om det hela i alla fall. Hon hade hört talas
om dem som var så på alerten dagtid, att de bara la sig un-
der soffbordet och krampade kvällstid. Det tänkte Pernilla
inte utsätta sig för, alltså några kramper på kvällstid, hon
hade nog med ett och annat sendrag. Så, hon skaffade i stäl-
let "52 weeks of romance, just scratch and reveal".

Detta var små kort uttänkta att överraska *honom* och *henne*
med och de skulle få agera både stöttande pinnar och luft i
hennes jobbfria värld. Innehållen på korten skrapade man
fram ungefär som på en trisslott och de bestod av små ut-

sökta upplevelser som hon, ena veckan skulle göra för honom och som han, andra veckan skulle göra för henne. Han kunde exempelvis överraskas med att en kväll få inta sin favoritstol och från den se sin absoluta favoritfilm samtidigt som han skulle bjudas på varma popcorn ur en stor skål. Eller som det stod på kortet: "a bowl of hot buttered popcorn" fast osmörade då för att passa deras smak bättre (eller hennes i alla fall). Och vilken film valde han då? Jo, "Le mans" från 1971 med Steve McQueen. Hur skulle Pernilla i det uppkomna läget kunna hålla: 1) god min 2) sig vaken 3) romantiken vid liv?

Hon överraskades en annan kväll med en fullmånepicknick i kombination med levande ljus, champagne "and a few romantic nibbles". Vad det senare var kunde de inte lista ut så det utgick. Likaså de tända ljusen och faktiskt också att sitta ute i kylan men det blev en romantisk kväll inomhus och skumpan försvann absolut inte ur upplägget. Så, så där höll de på. Skrapade, ändrade om lite och utförde. Skrapade, justerade, utförde... tills en dag då de kom på att det plötsligt gått hur många veckor som helst sedan senaste scratchen och revealen. Upplägget hade brunnit inne, försvunnit i vardagen och helt glömts bort.

"Vi kanske skulle återuppta 52 weeks of romance, just scratch and reveal igen?" sa Pernilla när Tobbe kommit tillbaka hem från centrum.
"Med lite tur kanske jag... eller du, kunde få chansen att överraska med lite penisfäktning?"

Kapitel 5
Om högrev, världsekonomi och hundralappen
samt maskinfascisten utan Foppatofflor

Putsningen av köttet var klart och grytan puttrade. Det som i receptet låtit som en snygg akt, det vill säga att *putsa till köttet varsamt med en välslipad kniv*, hade förvandlades till rena slakten. För övrigt ett ganska vanligt upplägg när Rut förberedde kötträtter. De skulle strax sätta sig till bords för att äta Ruts högrevsgryta. Twist började prata ömsint om oxkind. Hans egna kinder ändrade färg till svagt rosa medan han inlevelsefullt berättade hur mjällt och fint sådant kött var. Han visade bilder på hur köttet såg ut och lät nästan som om han och oxkinden hade en romans. Med tanke på det hon nyss hört, höll Rut nu tummarna för sitt kärva högrev. Innan de satte sig för att äta kollade Twist av diskmaskinen. Sedan de bytt ut kranen i köket hade han kopplat ihop slangar, packningar och gängor igen till något som liknade de tidigare kopplingarna där under bänken. Nu drog han igång första diskmaskinen för att se om allt var i sin ordning. Rut lyfte under tiden på grytlocket och konstaterade att köttet var färdigkokt. Det doftade faktiskt ganska gott. Hon vred av plattan och ställde fram grytan på bordet. Hon lutade sig över grytlocket och väste lågt:
"Är du seg nu din lilla jävel, dödar jag dig".

Twist tog för sig först. Ris och kött plus sallad och en hummus av kikärtor, crème fraiche och kryddor.
"Det finns arbetsplatser där man innan mötet slår vad om vem av två som ska somna. Den som somnar blir fotograferad och måste betala hundra spänn", sa han.
"Jaså", svarade Rut.
"Vad är det för trams egentligen? Man är väl på jobbet för att göra det man ska, vem fasen sover då?

"Inte vet jag", sa Twist och sedan åt de en stund under tystnad. De lät så att säga maten tysta mun och Twists kinder var inte precis rosa längre, det bekymrade Rut.

Hon kände på köttbit efter köttbit i munnen och upptäckte till sin stora glädje att de delade sig så där lätt som det var tänkt. De liksom bara "föll sönder" som det så fint heter. Eller var det så att köttet föll sönder lite för mycket, typ så att grytan hade förvandlats till en soppa? Var det måhända sönderkokt? Ingen sa något och Rut släppte sina egna funderingar kring maten för ett ögonblick och började tänka i andra banor.

Hon hade gjort en fasansfull upptäckt. Maskinfascisten hade tagit över där hemma. En gång i tiden kunde hon sätta på sin tv, därtill programmera en inspelning och efter en enkel knapptryckning på radion lyssna på lite skön musik. Hon kunde ställa sin egen väckarklocka och enkelt fixa sig en kopp kaffe. Sedan Twist kommit in hennes liv hade han successivt bytt ut maskinparken, och med alla nya maskiner hade allt det som tidigare varit hyfsat enkelt, förvandlats till tidernas tankegympa. Fast dessvärre en ganska tråkig sådan. Helt plötsligt var hon tvungen att skriva lathundar och planlägga varje initiativ.

Det gick så otroligt mycket bättre när hon bekantade sig med all teknik på egen hand, utan att övervakas av Twist som kunde allting bättre. Och snabbare. Hon förstod inte hur någonting fungerade, hon sökte efter svar i alla knappar. Stod han i närheten talade han om vad hon skulle trycka på, precis i samma stund som hon själv kommit på det.

"Bra kryddning", sa Twist plötsligt och Rut avbröts i sina funderingar.

"Tycker du? Ja, sånt känner man knappast själv när man stått där i doftoset". Men det var bra, smakrikt faktiskt."

Rut jublade inombords och fortsatte snart i sina tankar om hemmets olika maskiner medan de åt vidare.

På nätterna hade hon börjat sova på helspänn i väntan på att få veta om väckarklockan skulle starta. Eller inte starta. Förr i världen fanns en enda liten lampa eller diod som avslöjade huruvida väckningen var på eller inte. Nu för tiden lyste hur mycket som helst. Det var som ett smärre tivoli där hemma och allting bara surrade.

Det nya vardagsläget hade blivit att vid sidan av surret, ha mest tyst omkring sig eftersom hon begrep sig inte på vare sig radion eller CD:n. Hon funderade också starkt på att gå över till te bara för att slippa Twists senaste inköp. Kaffe-maskinen.

Varenda gång Rut närmar sig maskinen ville den något. Den slurpade exempelvis orimligt mycket vatten och ropade hela tiden efter påfyllning. Den vräkte i sig dyra bönor och be-hövde en massa skötsel stup i kvarten. "Fyll på vatten", "töm droppskålen och sumplådan", "dags för avkalkning" var något av det som ofta stod i displayen. Alltid var det något, och den slog alla rekord i konsten att skaffa sig mycket uppmärksamhet. Det kändes som en kvartstjänst att sköta den. Twist tog den i försvar genom att poängtera att alla kaffebryggare behövde påfyllning, så även denna. Han bar hem kaffebönor till den toppmoderna espressomaski-nen med sådan målmedvetenhet att den tog all uppmärk-samhet från andra inköp, som exempelvis frukostbröd. Rut körde fortfarande sin bakmaskin från 80-talet och medan hon mätte i teskedar, matskedar, deciliter… pratade Twist om fyllighet, doft, arom och mustiga bönor.

Bakmaskinen hade en något slapp vev där i sin botten och lät kanske inte helt frisk om man sammanfattade läget. Rut gjorde sitt yttersta för att inte låtsas höra när Twist med nedlåtande ton undrade hur länge *den där* skulle stå och oja sig. Hon hade precis startat upp den och han hade rätt, den lät verkligen som något svårt lungsjukt på ECMO-centrum. "Vi får väl se vem som blir hungrig först", hade hon svarat helt lugnt. "Du med din kaffemaskin eller jag med min ojande bagare." Efter ett par timmar märkte hon till sin förvåning att det nog skulle bli de båda. Brödet blev nämligen platt som en lövbiff men dessvärre inte fullt lika saftigt och bakmaskinen har de därefter slängt. Kaffemaskinen, den lever vidare och kaffet som den bryggde var faktiskt riktigt gott.

"Jag tycker din gryta var god", hörde hon plötsligt mitt i sina funderingar.
"Vad bra, tack, det gläder mig att du tycker det."
Twist brukar inte tipsa om läsvärt men i kväll gjorde han det.
"Har du läst ledaren i Computer Sweden förresten?"
"Eh, näe? Ser jag ut som en som läser en sån typ av tidning? Vad var det för rubrik då? Sånt kan alltid avgöra om det är välinvesterad läsning.
"Hör här", sa han och petade loss en köttbit som fastnat mellan tänderna medan han sträckte sig efter tidningen.
"Själva tidningen kanske inte är så rolig men du är ju intresserad av idéer och ekonomi, det vet jag", sa han. Rut tog emot tidningen och läste rubriken högt: *Du måste förstå tekniken för att förstå affären.*
Fy, så tråkigt det lät. Verkligen inte särskilt upphetsande, men Rut lovade för husfriden att läsa artikeln lite senare. Var det här ett sätt för honom att få henne att bli tekniskt intresserad tro? tänkte hon sedan.
"Vad handlar den om?" frågade hon och hoppades att han skulle berätta så mycket att hon sedan slapp läsa artikeln själv.
"Ja, det som jag har pratat om länge", svarade han.
"Att det råder akut kompetensbrist inom IT-sektorn. Det kommer att saknas tiotusentals IT-proffs om femton år. Speciellt när det gäller IT-säkerhet och utveckling. Glappet mellan utbud och efterfrågan på arbetsmarknaden fortsätter att skena."
"Oj då", svarade Rut.

"Det låter allvarligt", la hon till och tänkte på det glapp de hade bara här hemma. Glappet mellan Twists utbud och hennes egen efterfrågan.

"Det är utomordentligt tokigt, för utan den här kompetensen får vi allvarliga problem, inte bara i branschen utan hela samhällsutvecklingen riskerar att bromsas in."

"Fast det kanske inte skulle skada, att vi hejdade den tekniska utvecklingen lite?" svarade Rut som nu närde en förhoppning om att den vanliga gamla väckarklockan och CD-spelaren skulle återinstalleras där hemma.

"Jag hoppas litegrann att vi hejdar den tekniska utvecklingen här hemma i alla fall", sa hon till sist.

"Jag har ingen som helst lust att lära mig något nytt än på ett tag".

Det har pratats om att skaffa ny spis också men i så fall skulle Rut bli spiskramare hade hon bestämt. Ingen fick röra hennes spis, det var ett som var säkert. Däremot kände hon stor tacksamhet över mixern, som gjorde kalla smoothies eller varma soppor. Motorn var starkare än en moppemotor och i mixern slängde man bara ner sådant man trodde skulle matcha smakmässigt. Därefter körde man igång motorn, höll för öronen i åtta minuter (den skränade snäppet högre än en motorsåg), smakade av och hällde upp. Den passade Ruts långtgående fantasier kring hur det kunde vara möjligt att förenkla matlagningen om man nu ville äta enkelt och lätt. Äntligen en teknisk pryl med begripliga funktioner och vardaglig finess.

"Vilken värld vi lever i", sa Rut.

"Allt finns inom räckhåll och vid sidan av att allt är lätt att fånga och handla, har vi också hur mycket hjälp som helst. Maskiner gör allt jobb åt oss och ändå stressar vi som aldrig förr. Är det för att vi har så oändliga många val att göra, att det i sig blir ett heltidsjobb. Att välja rätt?" Rut tystnade ett tag men eftersom Twist inte svarade, fortsatte hon.

"Allting började en gång i tiden med tvättmaskinen. Den ersatte handtvätten och tvättbrädan, ja rentav stortvätten vid bryggan och det spreds en eufori kring all tid som skulle sparas. Maskiner sparar ingen tid, i stället läggs tiden bara om i ett nytt flöde på något magiskt vis. Precis som med pengar".

Twist gäspade och Rut fortsatte:

"Och att läsa manualer, förstå sig på fjärrkontroller, timers och högteknologiska inställningar..."

"Ja, det gäller att hänga med", sa Twist. En stunds tystnad följde.

Rut tänkte på Frödins som än inte kommit till steget före steget, före det steget som gällt sedan den senaste tekniska innovationen. Hon grubblade över hur länge sedan de senast kan ha varit tekniskt uppdaterade, om de nu någonsin varit det eller om de alltid liksom hamnat lite "efter". Vad Twist tänkte på visste hon inte men plötsligt sa han:

"Tusen tack för maten. Jag tänkte ta en sväng ut till ladan igen och titta på musterimaskinen. Eventuellt passerar jag Mac och frågar om han kan titta lite på den. Kom ut dit sen om du vill."

Och alla dessa varuhus- och snabbmatskedjor. Rut hade läst att det öppnar ett nytt McDonalds var femte minut, hela tiden dygnet runt, någonstans i världen. Man kunde verkligen undra, hur många Mc Donalds det behövdes egentligen. Rut hade läst en intressant artikel för ett tag sedan som handlade om en mätmetod. Det finns ett Big Mac-Index som mått på ett lands prisnivå. Enligt mätmetoden, vid namn *burgernomics*, indikerar kvoten mellan en amerikansk Big Mac och samma produkt i andra länder omräknat i dollar hur landets valuta ligger mot dollarn. Alltså ett mått för att få en uppfattning om ett lands valuta är över- eller undervärderad mot dollarn.

Det var Big Max-indexet det. Finns det ett liknande så kallat Hennes och Mauritz-index tro? Hur många H&M-butiker tål världen? Den 30 november, på årsdagen av Karl XII:s och Stormaktssveriges död, hade sonsonen Karl-Johan öppnat butik nummer 1978. Rut hade intresserat sig för artikeln just med funderingen vad H&M hade för koppling till Karl XII. Han hade väl inga barn och än mindre några barnbarn, i vart fall ingen som kunnat öppna en H&M-butik i modern tid. Så klart Karl-Johan inte var Karl den tolftes sonson, utan sonson till H&M's grundare Erling Persson. Artikeln handlade om likheterna mellan H&M-koncernen och Stormaktssverige. Ja, att slagfält fanns i båda fallen, det visste alla som besökt H&M, särskilt under REA-dagar men vilka likheter fanns för övrigt? I artikeln funderade man över om koncernen likt stormaktssverige kunde expandera sig till döds och gick det för övrigt att tänka sig en värld utan H&M? Erling Persson öppnade den första Hennesbutiken i Västerås 1947 och bolaget hade från 2004 fram till idag lyckats expandera sitt territorium med sextiotvå procent räknat i antal butiker. Idag finns det en bit över tretusen butiker i över fem länder.

Frågan är: Hur många butiker kan världen hysa innan folk revolterar mot H&M-loggan? Innan H&M expanderar sig till döds? Det fanns en topp för Stormaktssverige, finns den även för H&M? Och för Mc Donald´s? Det var parallellen mellan dessa båda, om nu Rut förstått det hela rätt. Givetvis finns det en topp för allt, det förstår vi som har levt ett tag. För vart tog egentligen EPA, Tempo, Bra Stormarknad, Stor & Liten, Domus, Texaco, OnOff, Rolins och Skoman vägen? Jo, de blev uppköpta, utrangerade eller så... expanderade de sig till döds.

Nej, så här gick det inte att sitta och grubbla, tänkte Rut. Dags att ta hand om disken. Diskmaskinen var klar och utan minsta läcka någonstans. Han är duktig hennes Twist, bergis skulle han få igång musteriet också utan knot, det trodde hon.

Twist hade stött ihop med Mac ute på hans tomt när han bar ut ett stort flak med kakelplattor ur huset. Det var den gamla duschen som skulle ut och hantverkaren kunde inte komma förrän efter ytterligare ett par dagar. Mac hade därför själv tagit kommandot över hela rivningsprojektet. Det hade varit ett hästjobb med allt hamrande, hackande och bärande. Ett mycket dammigt hästjobb dessutom. Varje kväll gick dammsugaren och svabben för att det hela inte skulle sprida ut sig i hela huset. Under veckan som gick hade han kommit en bra bit på väg och var snart i mål. Medan han bar sa han:

"Vi kämpar hårt i våra försök att bo oss lyckliga. Inreder, möblerar om, ställer prylar på bestämda platser, byter ut, renoverar och fixar till men blir ändå aldrig riktigt nöjda. Varför är det så? undrade han.

"Men det stämmer väl inte när det gäller dig, du är väl oftast nöjd?" sa Twist.

"Nej kanske inte. Jag är nog en riktig fara för tillväxten. Och det verkar vara vad det mesta handlar om. Marknaden och tillväxten styr allt."

Twist tänkte på hur rätt Mac hade. Vi fostras av media som i sin tur liksom gift sig med marknaden och dessa båda trycker ut budskap och sanningar kring hur vi kan bli lyckligare. Vad vi ska köpa och var vi ska köpa det, hur vi ska ha det och vad som gäller just nu.

"Vi lever mitt i en pågående konsumtionsexplosion, somliga långt över sina tillgångar", sa Mac sedan. Tur att han lyckades ställa ner alla kakelplattor innan, tänkte Twist.

"Ja det har du helt rätt i Mac, jag håller med dig. Det är bara köpa och köpa som gäller och prislapparna har blivit astronomiskt höga. Ändå framstår priserna konstigt nog som normala och vi accepterar vad det kostar. Vi tänker; okej, det har blivit lite dyrt men vadå, det är vad det kostar. Billigt är dåligt, kopior är skit."

Twist funderade över vad han just sagt. Det kändes konstigt för att vara uttalat från honom själv. Han om någon resonerade så... handlade gärna det lite dyrare, med förhoppningen att det var bättre. Han hörde nog till dem som bara köpte och köpte, vilket Mac redan genomskådat tänkte han sedan. Twist fortsatte att lägga ut texten, som för att förklara sig lite.

"Jag tror att det är så att vi vill ha, men skäms också lite. Den ena listan efter den andra avslöjar vilka som är rikast där man bor eller vilka som tjänar mest i Sverige. Och det säljer. Folk vill veta. Det finns ett stort intresse av att tjäna pengar, vilja veta hur andra har det, att blänga på andra och undra hur de kan ha råd. Själv är man hemlig med sina pengar och inkomstkällor och vägrar prata pengar." Det här var sådant som Twist funderat över en hel del. Pengar var så komplext på något sätt. Det skulle synas, men ändå inte, att man hade pengar.

Mac gick tillbaka upp mot huset och Twist hakade på.

"Det är fult att prata om pengar, lite skamligt, trots att det är något som ändå upptar vår tid i ganska hög grad", sa Mac.

"Håller med", sa Twist.

"De som stagnerar och vägrar följa trycket, som inte har råd att spotta upp sig stup i kvarten eller helt enkelt bara sitter nöjda i sina gamla Foppatofflor, är tvärtom en fara för tillväxten. De kallas svennar, är såna man har åsikter om, ser ner på eller drar historier om. Kanske garvar lite åt. Säger: *men för faan, har du kvar den där gamla mobiltelefonen eller va... att du orkar vänta på att vattnet ska koka upp på den där gamla slöa spisen, skaffa en ny!* fortsatte Twist men kom precis på att det kanske lät som om han och Rut, eller kanske Tobbe och Pernilla pratat så om Mac och Pia-Carin, vilket absolut inte var fallet. Därför la han snabbt till:

"Fast egentligen om vi fattar lite, är det just de som lever som om vi bara har det här jordklotet och inte ett par stycken till, som vi verkligen ska se upp till. Hellre än dem som bara handlar allt."

Mac hade nog reagerade på det Twist uttryckt och han sa:
"På ett sätt har vi nog alla samma dröm. Att tjäna mer men jobba mindre, att få ägna oss åt varandra, ha råd att sätta guldkant på tillvaron och få en chans att lämna ekorrhjulet. Lära sig lite mindfulness, alltså att klara av att hålla medvetet fokus lite längre tid än den korta stunden det tar att bara *tänka* mindfulness. Leva här och nu, vara nöjda med det vi har och börja leva enklare".

"Men hur skulle det då gå med tillväxten?" fortsatte Twist.
"Grejen är den att det här kommer inte att hålla. Eller rättare sagt om det är explosionskonsumtion som är grejen, hur kommer det då att gå om alla sju miljarder människor på jorden vill ha det likadant? Det finns fortfarande massor av människor som inte ens hoppat i sina Foppatofflor men som gärna vill göra det. Och ännu några till som kanske har lust att hoppa ur sina? Om den miljard som lever på mindre än 10 kronor om dagen kliver ur sin fattigdom och vägrar nöja sig, hur går det då? Fatta!" Mac hämtade andan.
Det blev tyst ett tag. Kanske de båda just då såg några miljarder människor i olika storlek och fason framför sig som både klev i och klev ur sina Foppatofflor. Kassaapparater som gick varma och pengar som bytte plats. Och åtminstone *en* väldigt rik och glad före detta hockeyspelare med en kungakrona på huvudet sittandes bakom en av kassaapparaterna.
Mac högg tag med sina rejäla händer om nästa flak med kakelplattor. Twist erbjöd sig att ta det åt honom men Mac skakade på huvudet.

"De 80 rikaste personerna i världen har under de senaste fem åren fördubblat sina inkomster. Deras samlade förmögenhet är nu större än hela den fattigare halvan av jordens befolkning. Som läget nu är, kommer *den* rikaste procenten av jordens befolkning nästa år att äga mer än alla andra tillsammans", sa Twist.

"Och om alla de där andra sparkar bakut, då smäller det", fyllde Mac på och därmed kände de nog båda att det inte fanns så mycket mer att säga i och med det.

Twist hjälpte Mac att lägga ner den före detta kakelväggen på marken.

"Har du lust att titta förbi hos oss och ge mig ett handfast tips om var jag ska börja skruva när det gäller musteriet?" frågade Twist sen och det sa Mac givetvis ja till.

"Jag kan komma över nu på en gång", sa han.

På vägen över till ladan berättade Mac att mannen som skulle renovera duschen kom från Kroatien och inför offertskrivandet hade han varit hemma hos Mac och Pia-Carin. I Kroatien hade han hus och lägenhet, drev två kaféer och en restaurang. Han hade kommit till Sverige precis i slutskedet av Balkankriget där han först var med och krigade i två år. Då, i Sarajevo, drev han en butik som sålde skinnskor. Egentillverkade, dyra, välsydda skinnskor i finaste getskinn. Ingen tillverkar sådana skor längre, hade han poängterat. Han menade att ingen köper dem heller, de är alldeles för dyra. Alla köper billigt skit med sulor fulla av radioaktivitet från Kina dit exempelvis USA skickar sina plastsopor. Kineserna packar och pressar dessa plastsopor till skosulor och säljer sedan dåliga och giftiga skor vidare till stora butikskedjor. Din Sko och allt vad de heter. Ingen tillverkar och säljer riktiga skor längre.

Mac hade frågat om det var hans mamma eller pappa som var så händiga, var arvet kom ifrån, och då svarade mannen att hela familjen varit hantverkare sedan generationer. Han förklarade dem nästan som ett eget folkslag där i det forna Jugoslavien. De trodde inte på någon Gud och de hade inga kyrkor heller som de besökte. De trodde starkt på något annat, och det var *mamman*. De såg upp till och hedrade kvinnan. Det var hon som födde barnen, som såg till att allt flöt på och fungerade i familjen. Det var kvinnan som var tryggheten och framtiden. De levde i ett matriarkat, där kvinnans beslut hela tiden stod i centrum. Det var henne man lyssnade till. Hantverkaren i fråga sydde jeans också, inte bara renoverade badrum.

"Sen sa han något som var riktigt intressant och det var egentligen det jag skulle komma till", sa Mac.
"Han berättade att innersulor av grisskinn var fulla av kemikalier. Det var nödvändigt att använda kemikalier i tillverkningsprocessen eftersom grisskinn var så fett. Get var avgjort det bästa enligt honom".
"Ja, så klart!" sa Twist, "men för Guds skull säg inget om det till Rut för då ska vi börja göra sulor också".

I samma stund var de framme i ladan. Twist hade börjat plocka med delarna lite förstrött och Rut kom precis in.
"Vadå? Vad får du inte säga till mig? undrade hon.
"Näe, inte riktigt så, jag kan berätta sen", sa Twist. Nu fokuserar vi på det här i stället.
Mac hade lyft upp plastfickan med fraktsedel, garantibevis och monteringsbeskrivning ur kartongen. Den stod han nu och öppnade medan Twist rev upp de emballage han inte hunnit med sist. Han hade lagt ut alla delar på golvet som något slags legobygge utifrån hur hans mentala karta föreställde sig en musterimaskin och dess funktioner. Dum var han inte och det mesta gick ju att lösa, tänkte han med erfarenhet från liknande arbeten genom åren.
"Men hör här!", sa Mac efter en stunds tyst läsande. "Nog tror jag att vi skulle kunna lösa det här ihop, men det är helt onödigt faktiskt".
"Varför då onödigt?" undrade Twist och Rut i mun på varandra.
"Det här är ju en tvåstegsraket."
Å nej, tänkte Twist snabbt för sig själv. Säg inte för allt liv i världen, för allt smör i Småland och för allt elände på jorden att Rut har gått och köpt en raket!? Det kunde bara inte vara möjligt. Jo, det kunde det i och för sig men kunde det verk-

ligen vara sant? Nu fick det väl ändå vara nog med påhitt.
Han härsknade till och tittade på Mac som la till:
"Jo jag tänkte att det enklaste kanske vore att bara köpa sin
must i stället. Det finns massor av adresser här om man vill
handla", sa han.
"Det kanske till och med finns att köpa hos ICA-Bengt
snart?"
De tittade på varandra alla tre en stund. Mac tittade på
Twist och Twist blängde på Rut. Rut i sin tur tittade först på
Twist, sen på Mac och därefter på klockan.

Plötsligt började Mac flina. Och flinet övergick till ett skratt
och hans ögon lyste av bus. Rut och Twist stod och tittade
på. Twist undrade för ett ögonblick om Mac kunde tänkas
sluta skratta snart och i stället försöka prata.
"Det står ju här klart och tydligt att inköpet är en tvåstegs-
raket", sa han. "Det första man gör är att ta emot leveransen
och så fort man vet var man vill ställa sin nya mustmaskin,
så ska man bara ringa det här numret. Det går till företaget
som ni beställt musteriet av. De kommer hit och monterar
den. Som steg två i raketen."
"Jaha var det så enkelt", sa Rut som genast gjorde en
helomvändning för att gå tillbaka in. Hon sa i förbifarten att
hon kommit på att hon hade en kaka i ugnen och undrade
om Mac och Pia-Carin ville titta förbi på en kvällsfika. Om
en kort stund, kakan ska bara svalna".
"Visst, gärna! Jag hämtar Pia-Carin. Hon har visserligen helt
fullt upp vid sin skrivmaskin men en bit sockerkaka säger
hon aldrig nej till."

"Mac..." sa Twist, fast ganska lågt så inte Rut skulle kunna
höra. Kan jag få låna hundra spänn av dig till i morgon, jag
har en skuld att betala på jobbet och har inte hunnit förbi
bankomaten. Du får tillbaka hundringen i morgon."
Rut vände sig om innan hon stängde ladugårdsdörren. Hon
spände ögonen i Twist och han var säker på att hon hört

vad han nyss bett Mac om.

"Tomten är borta igen", sa hon innan hon lämnade ladan.

Kapitel 6
Om kottkrigaren, sherpan och självaste Gudfadern
samt tonårsskolan och den sömndruckna mormodern

"Tack för en bra vecka."
Så sa han den lille knallhatten innan han stängde ytterdörren. Det var fredag och dags för föräldraskifte. Ett skifte som allt oftare kom som en skänk från ovan. Mer än en vecka i ett svep orkade man knappt med. Tack för en bra vecka. Dessa ord var till Pernilla, som i aktuell stund endast hade smulan av självaktning kvar när hon sjönk ihop i närmaste smutstvätthög efter att dörren stängts. Veckan hade varit förjävlig. Igen.

Det som ur en trettonårings perspektiv kännetecknar en "bra" vecka, är att på magiskt vis undkommit såväl datorförbud som utegångsförbud, inköpsstopp, indragen månadspeng och absolut nej till kompisumgänge. Att en hel vecka hade passerat och slutligen kunnat summeras som "bra", måste ha sin grund i att tonåringen har någon typ av skyddande hand över sig. Hans betyg på veckan övertygar mamman om att minst en av dem måste ha ett utomjordiskt perspektiv på det som nyss passerat.

En människa som befinner sig i botten av sitt kaos, kan ibland hitta en liten strimma hopp i något som kallas kreativitet. Som från ingenstans kom idén om Traderaannonsen. Så här skulle den kunna se ut:
En världsfrånvänd, hyfsat galen, egenkär bålgeting i trettonårsåldern finns till försäljning för en spottstyver. Först till kvarn! Just det här exemplaret älskar att bestiga berg och trotsa vulkanutbrott och skyller alla förekommande missöden på sin sherpa. Ett extremt unikt exemplar, så passa på! Budgivningen kommer att pågå en vecka, sedan plockas annonsen bort. Likaså objektet.

Att Pernilla väljer Tradera framför Blocket, har sin grund i att en Traderaannons alltid leder till en rafflande kamp om högstbjudande samt garanterad försäljning. De som handlar på Tradera har ett samlarintresse, gillar sina fynd och har letat länge efter objektet. På Blocket däremot är det prutarnas marknad, det känns aningen mer oseriöst. Man prutar till och med innan man ens sett objekten och en risk finns därför att snart hamna på annons igen. Nej, den lille knallhatten skulle behöva en ny miljö men hos någon som såg värdet i fyndet. Vilket Pernilla just nu inte gjorde.

Eller vänta lite nu. Man säljer väl inte sitt barn? Det är en sak att ha köpt sig en man, men att börja sälja av sin familj, där gick väl ändå gränsen? Det måste finnas minst en lösning till innan de var där.

Det var när hon satt där som en utschasad och tämligen misslyckad biståndsarbetare, i högen av både smutstvätt och fula tankar, som hon hörde ett högt och skarpt motorljud. Av ljudet att döma, lät det som om det kom uppifrån och var ganska nära. Ljudet kom allt närmare. Det lät faktiskt som om något höll på att landa på taket.

Plötsligt blev det en spännande eftermiddag. Sist så mycket folk samlades, var på Valborg förra året. Människor strömmade ut från sina tomter; långhalsade och undrande. Vad gör en helikopter precis ovanför trädkronorna och vad är det som händer? Vad gör den nu mellan lyktstolparna och (hjälp) varför sätts den ned mitt i korsningen nära alla hus och ladugårdar? Folk pekade, pratade och undrade. Det var en ambulanshelikopter och det gjorde så klart att alla glodde ännu mer nyfiket. Det filmades och fotograferades, några skrattade och skojade. Det hela kändes som ett enda stort utomhuskalas. Att en person någonstans i närheten svävade mellan liv och död, det var för stunden helt satt i andra rummet. Helikoptern i det första. Ambulansmännen gjorde ett besök i ett av husen, var borta länge men kom sedan tillbaka. En ambulansbil hade kört fram från andra hållet så helikoptern behövde inte plocka med sig sjuklingen, det var markpersonalen som fick sköta det. Lika uppseendeväckande som när den kom, startade helikoptern rotorbladen, lyfte, tog sig förbi björkkvistar och lyktstolpar och körde vidare. Pernilla stod med öppen mun och tänkte, åh om man fick åka med. Just nu var det precis vad hon behövde. Bara få sväva upp i det blå och aldrig mer komma tillbaka. I stället återvände hon till sina besvärliga tankar och all tvätt i tvättstugan.

Tonårstiden är något man bara måste igenom, både tonåringen själv, och resten av familjen. Förutom allt det där som har med gott uppförande, att hålla överenskommelser och att plocka upp efter sig, så har tonåringen en alldeles egen dygnsrytm. Tonåringens natt, alltså den tid då tonåringen sover, startar någon gång mellan 02:00 och 04:00. Morgonen börjar som tidigast vid 12:00 men kan sträcka ut sig ända till långt efter 15:00. Då först tar dagen vid. Dagen å andra sidan sträcker ut sig till en bra bit in i det som övriga familjen kallar natt. På underligt vis finns ändå allt för tonåringen när helst något önskas eller en hand sträcks ut. Basbehovet för frukost, lunch och middag är täckt. Det finns mat i både kyl och frys. Toaletter, köksbänkar, vardagsrumsbord och allmänna utrymmen är avtorkade och fräscha. Golvet dammsuget och skorna i hallen står i ordning, lätta att hoppa i. Tvätten är körd, hängd, sorterad och inlagd på rummet. Gräsmattan klippt och snön skottad. Bilen är tankad, busskortet inköpt och cykeln pumpad i händelse av förflyttning. Mobilabonnemanget är betalt och månadspengen insatt. Avgifter till träningsaktiviteter, cuper och träningsläger är betalda och klädpengar kontinuerligt inpytsade på kontot.

Tonåringens eget bidrag till samarbete, kommunikation och till den allmänna ordningen är att då och då be om pengar och prylar, kanske höra av sig (men då ska man ha tur) samt att då och då delta vid middagar. Det senare bara om det passar tonåringen själv och i så fall inte förrän efter tredje eller fjärde anropet. Dessutom bara kroppsligen, sällan själsligt. I övrigt är tonåringen hungrig eller inte hungrig, lite hur som helst på dygnet. Oftast bara när tid finns och den tidsluckan i tonåringens fulltecknade schema kan faktiskt dyka upp när som helst. Till exempel när den övriga familjen redan ätit klart, plockat undan, diskat och gjort fint i köket. En tonårings tallrik fylls med så mycket mat att det nästan rinner över kanten eller så blir det tallrikar utan mat på och i stället en liten macka. På samma bipolära vis sköts hygienen. De duschar varannan timme eller varannan vecka och borstar tänderna mest bara om det behövs. Att sova över med kompisar är detsamma som att dygna och då vare sig duschas det eller borstas några tänder. När kompisarna är på besök ska alla andra i familjen hålla sig tysta och osynliga. Det mesta är onödigt och all energi behöver sparas. Sociala interaktioner sker via Shapchat eller Kik, möjligtvis Instagram. Tonåringen är som trevligast när den verkligen vill ha något. Måste hen svara används orden "venne" eller "Aa" och måste man fråga säger man "vaffö". Det ordet är gångbart i andra sammanhang också, exempelvis som svar på alla önskningar som vuxna har. Ordet kan gärna bilda kedja ihop med ordparet "väschta onödigt". Fler ord än så behövs inte, skulle vara "lol" eller "wtf" i så fall. Eventuellt, kan den mest munvige ge sig på en hel samling ord, då låter det i bästa fall så här: "kommer inte ihåg". Ler gör man absolut inte och visar hänsyn är sådant andra kan hålla på med, typ föräldrarna. Vilket de bäst gör genom att inte missbruka ordet "nej".

Det enda som inte haltar är tonåringens val av ordning i sitt eget rum. Där är det jämna resultat som gäller, alltså med samma inredningsstil som följer efter tätt återkommande markattacker. Just att rummet är dess "egna", är väldigt viktigt att poängtera och alltså med markeringen att där har man det som man vill, och ingen har med saken att göra. Att ha det som man vill innebär att ha det asgrisigt. Rummet är en utställning av föremål. Exempelvis fuktiga handdukar, tomma petflaskor, kladdiga skålar, smutskläder, rena kläder, glas, äppelskrutt, mattallrikar, träningsgrejer, skräp av alla sorter, mobilskal, deodoranter, hörlurar, pappertussar och allsköns blandning i en osalig röra. Precis överallt. Någonstans under allt detta sticker ett sänghörn fram, eller en bänkskiva och långt, långt ned i botten av allt finns ett golv som mormors fina matta ligger på. Nu är det i och för sig länge sedan den såg dagens ljus eftersom lager av smutskläder täcker den. Anledningen är att tonåringen helt enkelt tycker att tvättstugan ligger för långt bort. Det gör däremot inte hållplatserna för de buss- och tågresor som tar tonåringen till stan. Och de hinner absolut inte med alla betungande krav på hemmaplan plus att livet typ suger vilket till största delen är föräldrarnas fel. Och kompisars föräldrar är alltid bättre än de egna. De egna är pinsamma och skittråkiga. I tonåringens värld alltså.

Pernilla hade jämt ungdomar omkring sig, så klart i och med jobbet och hon trivdes bra med det. De allra flesta var hur mysiga som helst. Hon läste ofta det hon stötte på som förklarade tonåringars problematik. "Jobba på högstadiet, hur orkar du?", var det många som sa. Det hon inte var beredd på, var att det var den egna tonåringen som faktiskt gav de största utmaningarna. Hennes Tor. Den fina, kloka, gosiga, roliga och öppna Tor som på senare tid förvandlats till en sur och murken gammal stock. Han som för bara ett par år sedan hade undrat på vilket djur halloumi växer och kunnat berätta att pirayor föredrar grön paprika framför röd. Som på fullt allvar avslöjat att Loch Ness odjuret är en före detta dinosaurie som hållits gömd i en vrå. Han som undrat vad "klumpen" på masken är för något... han undrar och säger *ingenting* längre, vilket känns som en stor förlust. Inte minst på ett sällskapligt plan.

Pernilla kunde fundera över *när* detta hände, alltså när det där skedde som gjorde att Tor lämnade barnets funderingar och nyfikna syn på livet. När dagen kom då han slutade att ta del av allt som hände runtomkring. När han lämnade centilongstorlekarna på barnavdelningen och plötsligt började passa bättre i small på herravdelningen. Helt ärligt, så *vet* Pernilla exakt när det hände.

Det var en torsdag, och hon upptäckte det just på eftermiddagen, och just när hon cyklade. Faktiskt var det så att hon var på hemväg och körde på ena sidan av vägen när hon mötte två pojkar som gick på den motsatta sidan. Den ena log så rart mot Pernilla och eftersom hon tyckte att man alltid skulle hälsa, så gjorde hon det. Pojkarna hälsade tillbaka och uppförde sig riktigt trevligt. Härligt, tänkte Pernilla. Vad mysigt det är när ungdomar av alla sorter orkar titta upp under kepsskärmen och ge ett litet livstecken. Gulliga grabbar.

Precis när hon var jämte dem, slog det henne att en av gossarna hade något bekant över sig. Och precis när hon passerat dem och kommit ytterligare ett stycke förbi, insåg hon att det var Tor. Hon hade inte sett att det var han först. Så precis där, visste Pernilla, var den dagen då han hade växt... eller *hoppades* Pernilla, för vad fanns det annars för förklaring till att hon inte kände igen sitt eget barn?

Pernilla hade startat en sådan där liten blå skrivbok, en sådan som Emils mamma hade och skrev av sig i. Hon både beklagade sig, sökte förklaringar och uttryckte sin förvåning i en och samma bok. Det senaste hon skrev var just en massa förklaringar.

Pojkars pubertet startar vid 11-13 år. Hela puberteten brukar ta fem till sex år (puh... hur ska vi överleva?)

Kroppen förändras mycket under den här perioden. Den ser inte ut som förut, den känns och luktar annorlunda (ja min själ, det kan man säga.)

Under den första delen av puberteten växer kroppen
snabbt. Tonåringen kan upplevas som klumpig eftersom alla
delar på kroppen inte växer i samma takt. Till exempel bru-
kar händerna och fötterna växa mycket i början (oj oj oj...
det skokontot.)
Tonåringen blir mer uppmärksam på vad som händer i
kroppen och de flesta undrar mycket över vad som är nor-
malt och inte (fast just inom det området får man inga frå-
gor, i stället hälls det en dag ut ett tjugotal kondomförpack-
ningar med ett flabb på matbordet.) Tänker att flabbet var
en fråga men den hanns nog inte med riktigt och kådisarna
försvann lika fort.

Tonåringens tänkande är till att börja med mer som det
yngre barnets, det vill säga mycket konkret (jaså, är det verk-
ligen så? ... kanske till och med lite väl enkelt ibland?)
Tillvaron delas ofta upp i ett svartvitt tänkande, tonåringen
kan vara mycket kategorisk – antingen är det rätt eller fel
(eller så får man på tusen retoriska frågor bara svara "ja"
eller "nej".)
Tankeförmågan utvecklas påtagligt och tonåringar kan ägna
mycket tid åt att fundera och resonera (ehhhh? va? gör de...
hur vet man det?)
Ibland händer det att tonåringar fastnar i funderingar eller
föreställningar som kan vara svåra att ta sig ur (japp).
Det kan handla om allt från extrem självupptagenhet (japp
igen, rent av lite ego kanske?) till ett uppslukande engage-
mang för ett intresse eller någon speciell ideologi (räknas
FIFA 15 som en ideologi tro?)

Att pröva olika typer av gruppaktiviteter kan också spela en
viktig roll i sökandet efter den egna identiteten (men hitta
den nån gång då, kämpa fortare!)
Önskan att inte sticka ut från mängden kan vara stark. Att
vilja likna dem i samma ålder är ett sätt för tonåringen att
markera att det är bland dessa jag har min framtid (och för

122

att starkt visa detta, drar de tillsammans ned varandra och turas om att sitta hos rektorn i skolan då, eller?)

Det är vanligt att tonåringar ifrågasätter sina föräldrar och andra vuxna (förhandlar, tjatar, vägrar, ändrar, "bara frågar", flyttar fokus.)

De kanske tycker att föräldrarna är pinsamma, omoderna och ser sig själva som överlägsna (japp så skulle man kunna uttrycka saken.)

De flesta tonåringar prövar olika roller genom att fantisera och diskutera med jämnåriga och andra personer. Genom att gå in i olika roller prövar tonåringen hur det känns och ställer ofta olika roller mot varandra, vilket ska ses som ett sökande efter den egna identiteten (måste de vara så infernaliskt uppkäftiga i sitt sökande?)

Ett lämpligt tillägg här: Tonåringar lever efter devisen att allt som är bra eller går bra, har de ensamt skapat och själva styrt rätt. Allt som gick åt helsike eller blev misslyckat, är någon annans verk. Oftast föräldrarnas, eller lärarens. Kan vara busschaufförens eller kiosktantens fel också.

Tonåringen ska frigöra sig från sina föräldrar för att en dag klara sitt eget vuxenliv (å herregud, kommer det någonsin att funka?).

… Näe måste jag koka makaroner, det är ju så jobbigt och förresten är jag inte hungrig, jag äter i centrum.

Som en följd av detta helt naturliga inslag måste tonåringen testa, hävda sin vilja och kräva att få bestämma själv (Frukost på bordet med nybakade scones, massor av goda pålägg, till och med Oboy som önskats så länge. Alltsammans fixat av de goda vuxna.)

… Meh, måste ni väcka mig så tidigt (10.30), måste jag sitta här, palla… hur länge måste jag det, får jag spela nu?

(En eftermiddagstur med motorbåten. Bad, ett pannkaksberg och en kompis som hänger med?)

... Ååååå, hur lång tid då? Måste jag följa med, ska va' med kom-
pisar, jag stannar hemma.
(Vi tänkte gå ut och äta idag, var hemma senast halv sex så
åker vi.)
... Vaaa, ikväll?!? Varför kan vi inte äta hemma, hur lång tid tar
det? Jag ska ju va' med kompisar direkt efter maten, det har vi be-
stämt.

För föräldern blir det många gånger jobbigt (äsch då, man
kan vila på gymmet).
Detta att ständigt bli ifrågasatt, kritiserad och provocerad.
Tonåringen spelar ut de vuxna mot varandra.
... Varför kan du inte deeeet, varför får jag inte, varför, varför? Då
frågar jag Tobbe då... nähä men då ringer jag pappa.
Till slut bråkar även de vuxna med varandra. Mitt i på-
gående krig, ska man skydda sitt barn och hjälpa barnet att
växa upp till en mogen och klok vuxen.

Många bråk och konflikter mellan föräldrar och tonåringar
handlar nog om just detta, att det är dålig synk mellan barn-
och vuxenvärlden. Att låta tonåringen pröva sin förmåga
alltmer för att utvecklas (...vilken av alla förmågor?) För-
mågan att hänga tungt i soffan, lämna kvar sin skitiga mid-
dagstallrik på bordet, maratonkolla filmer på paddan,
knappt orka ta emot mat eftersom villkoret är att man måste
mata sig själv, slänga smutskläder på rätt golvyta eller an-
vända mobilen någon enda gång till att meddela sig med
hemmet. Tonåringen och föräldrarna är nog bara oense om
takten i tonåringens utveckling och på vilket sätt den ska gå
till. (Idag tänkte vi åka till stan och mysa runt på julmark-
nad).
... Meh, måste vi, hur lång tid tar det, när är vi hemma, jag ska va'
med kompisar, måste jag följa med?
Här blir det ofta konflikter.

Det hela har en positiv sida också, för tonåringen lär sig en hel del om hur man ska göra när man kommer i konflikt med andra genom att öva på sina föräldrar (tycker att själva övandet tar för mycket tid här hemma, när kan man skönja ett resultat?)

Som förälder visar man sitt barn att man löser saker genom att lyssna på vad den andre har att säga, att man ibland kan ändra sig när man har fått veta mer.

...Meh, du saaaaa ju... du sa faktiskt att vi skulle, du kan inte bara ändra dig så där, du looooovade ju, nu har jag ställt in mig, hur kan du bara ändra?

Då har man gett sitt barn en bra modell att använda sig av i samspel med andra människor (suck).

Pernilla blev både trött och lugn av sina anteckningar. Hon behövde påminna sig om de viktiga stegen en tonåring måste ta för sin utveckling och frigörelse. Det var mer än en gång i veckan som hon endera fyllde på eller bara läste igenom det hon tidigare skrivit. Det gav henne viss styrka faktiskt. Längst bak i boken hade hon samlat sju strategier för att hitta vägar ut ur konflikter. Det bästa med att de var just längst bak i boken, var att de gick lätt och snabbt att hitta. Och som alla vet, är det viktigt att vara snabb vid krishantering. Tipsen var:

1) Välj dina strider
2) Ibland måste din tonåring få chansen på nytt
3) Mer tjat hjälper inte alltid
4) Var tydlig och konkret
5) Beröm din tonåring
6) Visa intresse för sådant som fungerar
7) Var där när tonåringen vill

Punkt 1-4 prövades och avvägdes dagligen, ibland varje timme. Punkt 5 blev ett jättejobb bara med att sortera i vad man ansågs kunna förvänta sig och vad som var så pass överraskande att det skulle vara värt ett beröm. Ofta insåg man i efterhand vad som var "wow". Punkt 6 var en pågående stressfaktor att sköta snyggt och med överseende. Punkt 7 var väl den punkten som sammanfattade alla de andra, det vill säga; som vuxen ska du helst inte synas eller finnas men ändå sköta servicen hundraprocentigt och stötta i allt och det mesta.

Det är viktigt att inte "förhöra" och ställa för många frågor. Beröm tonåringens idéer och fråga hur hen har tänkt kring det som föreslås. Ta din vuxenplats men ge ansvar. Om tonåringen sårar eller gör dig ledsen, välj ett lugnt tillfälle och säg att du aldrig mer vill bli behandlad på det sättet. Det skulle kännas mer givande att gå på valpkurs. Valpar är i alla fall uppenbart glada över att man finns och om de spårar ur, kan man alltid muta med en skärva korv eller en halv köttbulle.

I ett annat sammanhang hade en klok uggla tipsat om hur man undviker syskonbråk på sommaren (som om det fanns andra tips på vintern?) Pernilla tänkte att det kunde ge en ledtråd till en lyckosam stund på den snurriga tonårsplaneten.

"Hjälp barnen att sätta ord på sina känslor. Skuldbelägg inte. Är barnen griniga, gör det bästa av situationen", löd tipsen.

Hon undrade lite över vilken sömntuta som kunde tänkas skriva sådant och slog fast att det inte kunde vara någon med vare sig barn, syskon eller pubertala små primater i sin närhet. Än mindre med kännedom om den anarki som ingår i paketet. Hon slog igen den blå boken.

Pernillas mamma gjorde det. Tobbes mamma med. Och mammornas mammor och pappor och mor- och farföräldrar med, i generation efter generation. Den enda generation som faktiskt inte hade gjort det, om hon tänkte efter, var Pernillas egen. Om man inte bott i skogen, vill säga, för då var man tvungen att röja dem ur vägen. De var ju så otroligt många. Pernilla och hennes syster fick ett öre för varje upplockad en och de användes sedan som grillkol vilket antagligen var hur giftigt som helst. Så gjorde man alltså på "deras" tid men hur gör man nu då? Jo, man plockar fram gamla generationers tankegångar och återerövrar det de gjort sedan urminnes tider. Fast nu på lite fel sätt, lite för hårt, alldeles för pricksäkert och med siktet helt fel inställt. Man skulle kunna säga att en avgörande skillnad i en jämförelse mellan då och nu, är att tidigare generationer inte blandade in en Lexus.

Det hela handlar om konsten att leka med kottar. Och på rätt sätt. Kottkastning, eller vad det än må vara för bus, hur dumma får fyra grabbar i trettonårsåldern egentligen vara? Någon förklarade tonårstiden i termer som att när kroppar växer, när hormoner och andra flöden drar igång, skrumpnar hjärnverksamheten en aning. Det blir för mycket annars att utvecklas på alla håll samtidigt och kroppens biologi måste få företräde. För Pernilla kändes det spåret ganska trovärdigt och verkligt just nu.

Kottar + Lexus + skråmor = besvärande dyrt och pinsamt.

Vi kan säga så här. Tidigare när telefonen ringde, fanns en viss irritation över att det kunde vara en telefonsäljare som störde. Nu *önskar* man i stället att det kunde vara det varje gång ringsignalen ljuder. Alltså, hellre det än den främmande rösten i andra änden som säger typ:
"Ja hej… det här är Pelles mamma, har du hört att killarna…." eller: "ja hej, är det Tors mamma jag pratar med…" eller: "ja hej, det här är Lisas pappa, jag vill bara rapportera att…" Nåväl, riktigt så illa var det kanske inte men för närvarande slog hjärtat en extra volt när någon ny okänd människa ringde eller nya nummer dök upp på telefonen.

Pernilla kände att det var dags för lite mamma-son-mys. Hon valde ett ställe som var helt fritt från möjligheterna att sitta med sociala medier, spel och annat plock. Hon ville ha en lugn och skön dag med chans till samtal, frågor om livet och lite förtrolig närhet. Det blev en heldag på SPA med inomhusbad, varmpool, lunch och vila. På förmiddagen fick de skön meditation och på eftermiddagen bad inomhus eller i varmpoolerna ute. Till lunch åt de en underbart god buffé, och frukt liksom te fanns att tillgå hela dagen. En mycket lyckad stund tillsammans och en alldeles ypperlig paus i livet. Den lilla blå skrivboken fick tillfälligtvis en paus den med.

Därefter skulle man kunna säga att skrivandet liksom brann inne, kvävdes av ångorna och begravdes i rasmassorna medan den som skulle stå för skrivarbetet, istället stod och tog skydd. Som i en spännande blandning av både tur och otur, var att Pernilla och Tor hade samma arbetsplats. Små antydningar hade kommit till Pernilla i personalrummet om att Tor inte riktigt gjorde vad han skulle på lektionerna. Att han verkade mer intresserad av annat och andra än av skolarbeten och att han upplevdes lite okoncentrerad. Första tillfället kom, då det var tvunget att göras en särskild insats för Tors arbetsro. Pernilla fick ett mejl med informationen om att han var så pass störande på mattelektionerna att han och en annan elev blivit placerade utanför den ordinarie undervisningen. Den informationen nådde Pernilla när hon och Tobbe var i Australien, så det blev lite svårt för henne att hantera. Vad kunde hon göra åt saken från andra sidan jorden? Men även på hemmaplan sedan löpte det på med små enrumssamtal och mejl från Tors lärare under några månader. Snart började en obekväm känsla infinna sig.

Pernilla som läst ett och annat om tonåringar började agera. Hon kom på att hon kunde muta sonen in i ett smartare sorts uppförande så hon sa: "Varje vecka som har gått utan att jag fått små händelserapporteringar i personalrummet eller mejl i min inbox, får du 50 spänn extra till helgen".

Jaja, tänkte hon, det kanske inte var en sån där supergigantisk summa men det skulle i alla fall bli 200 kronor extra varje månad. Bara för att uppföra sig. Det var liksom tummen upp på den idén. Frågan var vad Tor tyckte. Gjorde han också tummen upp? Jo då, han gjorde tummen upp, sen tummen åt sidan och därefter tummen ned i just precis den ordningen, och så särskilt många femtiolappar delades faktiskt inte ut.

Särskilt obekvämt, för att inte säga pinsamt, blev det när den första rapporten kom om att sonen deltagit i tråkningar av en annan elev i klassen. Inte som uppviglare, men som "hjälpreda". Sen kom en till liknande rapport och så ytterligare en som rörde elever utanför klassen, där sonen framställdes som hantlangare medan hans kompis eller kompisar mer varit initiativtagare i aktionerna. Pernilla som själv var medlem i likabehandlingsteamet, inte bara på nuvarande skola utan sedan många år tillbaka, skämdes som en hund. Efter att ha jobbat med mobbningsfrågor på skolan, engagerat sig och deltagit i ett antal mobbningsärenden, hade hon nu själv en unge som tänkte fel i allehanda situationer. Pernilla trodde att det mest handlade om kompistryck och att det grabbgäng som fanns i klassen inte var helt kompatibla med varandra. Så hade det varit ett tag nu och de var faktiskt inte riktigt schyssta tillsammans. Fast egentligen var det jättefina killar allihop, men inte alltid tillsammans. Kompistrycket var ingenting att skylla på, för eget ansvar går så klart först, men det kändes som en rimlig förklaring till att hennes annars så bussiga kille blivit en bufflig kille. Snacka om ha blivit rörmokaren med de droppande kranarna.

Pernilla implementerade en ny regel på hemmaplan som skulle möta veckans samlade rapporter på mejlen. Den gick ut på att fredagsrapporter med negativa anmärkningar skulle följas av en vecka utan kompisar *utanför* hemmet. Med andra ord; om man inte kunde uppföra sig med vuxna runt om, uppförde man sig gissningsvis ännu sämre utan vuxna i närheten. Det betydde att Tor fick ha kompisar hemma men var själv inte tillåten att sticka iväg. Och om han ville åka någonstans skulle det hela tidsbegränsas samt att han skulle bli skjutsad och hämtad. Så som man gör med små barn som inte klarar av frihet. De får stöd och hjälp. De döpte aktionen till "kompisfritt" och det blev många kompisfria veckor. Tors båda föräldrarna var benhårda. Tor förde ett oprovocerat oväsen hemma och föräldrarna som bodde på olika håll, pustade som sagt lika utschasat varje gång sonen bytte hem för veckan. Reglerna var lika oavsett hemvist, men uthålligheten blev allt svagare.

Mamma, kan jag få vara obeskrivbart otrevlig mot dig? Är det okej om jag är uppkäftig och kaxig och kan jag få skita i allt du säger? Kan jag också få vara stöddig och dryg, spänna bågen för högt och för vilt, ändra överenskommelser i sista stund? Jag behöver verkligen ifrågasätta precis allt med hetsig gäll röst och alltid ha hysteriskt bråttom utom när du ber mig om något för då måste jag få vara en trög Lori. Är det också okej snälla mamma att jag blir utskickad från lektionerna för att jag hellre vill leka än jobba, schyssta då... du kan väl ta din tid till att sitta i samtal med mig och en variation av lärare, kanske rektorn och kuratorn med? Är det också hyfsat godkänt att jag struntar i friluftsdagen eftersom jag har så ont i hälarna (jaja, jag kunde vara i centrum med kompisar och spela fotboll kvällen innan) men friluftsdag... alltså jag <u>tänker</u> inte vara med, fattaru!? Kanske vore det möjligt att få pressa dig mamma till ett utbrott ingen trodde fanns och kanske skulle jag kunna bara gå eller vända dig ryggen när du pratar? ...för att du är oväsentlig och långrandig. Snälla? För mamma, allvarligt talat. Jag vill så gärna vara på torget i Centrum till klockan elva på fredagskvällen och lyssna på artisterna där, alla andra får ju. Jag vill också hänga på Donken, ha ett busskort eftersom jag är den enda som cyklar nu och kan jag få nya skor och ett Fifa 15 med?

*Förresten måste jag verkligen prova skorna om vi ska köpa några,
åhhh palla. Och vad ska jag med två jackor till… jag har ju en? Ett
bankkort och ett leg vill jag också ha, men har föööör mycket att göra,
så det kan väl du fixa, åka i omvägar och stå i kö? Jag måste få va´
med kompisar i stället. Jag önskar helst att du planerar mina läxor,
att du läser för mig på kvällen så jag slipper kämpa med det som
känns trist. Jag önskar också att du gör min matsäck med bara
pannkakor i, alltså ingenting nyttigt till och säg "ja" till att hjälpa till
med läxorna sent på kvällen eftersom jag inte orkade göra dem tidi-
gare. Jag sa ju att jag ville vara med kompisar ju. Du kan väl steka
pannkakor och lösa mina mattetal samtidigt? Jag sa väl att jag hade
jättemycket att göra, sa jag inte? Det vore också schysst om du följde
mig på vägen, skickade med mig en slant, mötte mig halvvägs, häm-
tade mig när jag knäppte med fingrarna och servade på med full kraft
fast jag oftast låtsas att jag inte ser dig. Mamma, du är också bäst när
du säger "ja" och "nej" precis där jag tycker att det ska vara "ja" och
"nej", annars behöver du vara tyst, särskilt om du vill slippa höra att
du inte fattar ett skit. För mamma, du är min sherpa och jag bestiger
alla berg jättejättebra. Klädd i Converse, mina Adidasbrallor och en-
bart en t-shirt.*

Pernilla var vid det här laget ganska så slut. Det som var så
typiskt i situationer som redan hade slagit knut på sig, var att
det ofta bara blev mer knas. Det händer när de tio procen-
ten, som hjärnan tydligen bara har kapacitet att leverera, inte
räcker till och vardagen äskar efter ytterligare några ynka
procent. Hon kravlade sig upp ur slukhål efter slukhål och
en dag kom hon på den geniala idén att köra modell "Itali-
anstyle". Utan att alls veta om de har den modellen i Italien,
tyckte hon att namnet var perfekt och idén värd ett försök.
Hon utsåg sig själv till Gudfader och kallade hela Tors fa-
milj till ett familjemöte. De hade kunnat bli hur många som
helst (dels eftersom italienska familjer är stora men också
för att man inte nekar en Gudfader sitt intresse) men det
blev endast Pernilla och Tobbe, Tors pappa och de två stora
syskonen. "The big five". De viktiga fem. De som alltid

kommer att finnas där, som tar smällarna, som går att lita
på, som stöttar, kräver och uppmuntrar. Inte bara för Tors
del så klart utan även runt varandra. De träffades tillsam-
mans för att prata. De skulle prata om vilka förväntningar
man har på varandra i en familj. Hur viktigt det var att alla
skötte sin beskärda del av diverse åtaganden, att ingen vare
sig ville eller skulle behöva skämmas för någon annan. Man
skötte sig, punkt slut.

Precis som Mario Gianluigi Puzo hade lagt upp det; i sam-
förstånd utan en enda höjd röst men ändå med en tydlig
kravframställan. Tor var spak, de andra lite nervösa och alla
ovana. Han genomled evenemanget och trodde att det bara
skulle vara denna gång. Mötet var en och en halv timme och
det framgick att uppföljning skulle ske efter tre veckor.

När tre veckor hade gått och de sågs igen, led Tor lika hårt
som första gången, men tänkte att det bara var att bita ihop
och att det sen skulle vara över. När han förvånat mottog
nyheten att de tillsammans skulle fortsätta ses tills allt var
satt på rätt köl, såg han om möjligt ännu mera trumpen ut
än tidigare, men hade inget annat val än att acceptera Mario
Puzos regi.

Ungefär här började tankegångar om att man kanske skulle
behöva bryta lite mönster och flytta över Tor till en annan
klass. Det kändes som ett naturligt steg eftersom hans ming-
lande tonårstillvaro inte förde med sig enbart goda händel-
ser. Med nya kompisar och ett nytt schema i en redan struk-
turerad miljö, skulle saker och ting säkert lösa sig. Pernilla
började känna sig mer och mer spänd över både gamla och
nyuppkomna situationer som hände och var i kontakt med
såväl mentorer, som ämneslärare och kuratorn på skolan.
De alla var inblandade i samtal med både enskilda elever
och hela den klass sonen gick i. På skolan fanns en konse-
kvensstege och den började Tor klättra i, fast liksom åt fel
håll. Man skulle kunna säga att han sakta och ostadigt halade
sig ner längs med stegsidorna. Nu gällde det att komma på

bra idéer innan sonen så att säga skulle dimpa i backen. Klassbyte var en av dem. Både Pernilla och mentorerna var öppna för idén.

Så då la Gudfadern… mamman… läraren… whatever, fram förslaget på skolan om klassbyte. Det hade blivit dags nu att agera och bryta lite mönster. När förslaget lämnades till Tor, hade han med darrande underläpp insett läget och bitit ihop även om det beslutet. För lite så var det. Lika följsam som han alltid varit under sin uppväxt, lika mottaglig var han inför de beslut som presenterades. Han placerades i en klass där han redan hade några vänner och där han fick trygga och vänliga bordskamrater, ett trevligt umgänge och arbetsro samt glädjen tillbaka. Redan efter första dagen i den nya klassen var han jättenöjd och kände samhörighet. Tor vaknade glad, blev lugnare och kanske även aningen mer kommunikativ. Det bästa av allt var att rapporterna från skolan tog slut. Men ännu inte Mario Puzo-mötena, de fick finnas kvar ett tag till. Först ville de gardera sig för att Tor skulle börja klättra åt rätt håll på konsekvenssteget, vilket han faktiskt också snart gjorde.

Tanken med tonårstiden är att man skulle lära sig om livets goda, lära sig ta ansvar, utvecklas och inte begränsas. It´s a long way to Tipperary. Pjoh, det här med tonåringar är verkligen ett kapitel för sig.

Och hur fungerar den egna dagliga livsföringen när man är tonårsförälder? Finns det något "eget" och kan man tänka rena tankar?

En dag ringde Pernilla till banken för att beställa ett nytt electronkort till Tor som hade råkat bryta sitt mitt itu. Efter att ha slagit numret till Nordea och valt ett och två och ett och två om vartannat kom hon slutligen fram till en "agent". Han bad henne umgås med den automatiska telefonrösten för att bli guidad genom inloggningen.

"Jaha, tack för det", hörde hon sig själv säga. Rösten kopplades igång och transpirationen startade.

Det var tyst i andra änden … *vad var det för kod nu då?* …*rafs och krafs i lådan bland alla papper.*

"Var god knappa in personnumret tio siffror, avsluta med fyrkant" …*ah, där var lappen med koden, perfekt, då ska vi se här…*

"Förlåt jag uppfattade inte personnumret, var god knappa in personnumret tio siffror, avsluta med fyrkant" …*ojoj, 651217… knapp knapp knapp.*

"Önskar du logga in med mobilt ID tryck ett" … *ja, det blir väl bra, skiter nog i koden trots allt, trycker ett där… men mobilt ID finns ju på mobiltelefonen och var fan hade den hamnat nurå?*

"Tack. Var god anslut ditt mobila ID" … *men herregud, var är min mobiltelefon…?*

"Var god anslut ditt mobila ID" … *ahhh, där är mobilen… knappsats upplåst där, appen då… var är den? …ah… där! Nähä, det var Fortums app… vilket Tobbe upplyste henne om som stod bredvid och följde dramat…*

"Var god anslut ditt mobila ID" … *jaja, jävla tjat… precis innan första siffran i koden matats in hördes ett "tack" i andra änden.*

Precis så är det att vara människa i det moderna samhället. Total förvirring. Plötsligt var hon ändå igenom och i telefonen sa en röst:

"Jaha, det gick ju bra det där!" Det var agenten som var tillbaka och därmed räddat henne ur knipan.

Pernilla kunde svära på att det fanns ett uns av ironi i hans röst. Säkert hade han sett där borta på sin sida av samtalet hur otroligt illa det gick här på hennes sida och tänkt att nu hade hon nog svettats klart och kunde plockas tillbaka på tråden. Kanske märkte han hur otroligt lång tid allting tog och förstod fördelen med att ta bort Tant Kund från hela cirkusen. Det nya electronkortet beställdes dock efter viss förundran i rösten på agenten, som väl sällan hört att ett kort kunde gå mitt itu. Alltså på längden. Men så kände han inte Pernillas lille Tor heller.

Nästa vardagsbekymmer var Tors mobiltelefon. En morgon tog Pernilla med sig Tors telefon till jobbet, för att från den ringa till "Tre" med frågor angående hans abonnemang. Han har ett mobilskal som man kan skjuta in busskortet i och precis när hon kommit fram till jobbet, insåg hon att busskortet följt med henne i telefonen. Pernilla la ner Tors telefon i fickan och tog upp sin egen för att ringa honom. Hon slog alla siffror i telefonnumret och signalerna började gå fram. Samtidigt ringde det i hennes ficka, det var väl fan också vilken tajming. Vem var det nu som ringde? Hon fiskade upp telefonen och såg sitt eget nummer på displayen. Smart, Pernilla. Verkligen helsmart! Snabb som hon var tänkte hon om. Hon skulle ringa hem, innan Tor hann sticka iväg. Pernilla slog numret hem men ingen svarade. Efter ett par minuter ringde det på hennes telefon och hon hann precis registrera numret på displayen och förstod att det var Tor. Lättad över att de fått kontakt, svarade hon snabbt. Men det lät inte riktigt som Tor. I stället hördes en sömndrucken mormor i andra änden.

"Va, varför ringer du...?!" hann Pernilla få ur sig samtidigt som hon försökte förstå logiken med vad mormor hade att göra hemma hos dem på morgonen.

"...och så tidigt?" fortsatte hon sedan.

"Ja, du ringde", sa mormor i andra änden.

Plötsligt fick Pernilla ihop pusslet och hela händelsekedjan slog en loop. När hon alldeles för en stund sedan trodde att hon ringt hem, ringde hon visserligen hem, men till det hem som var hennes för över trettio år sedan. Pernilla hade alltså ringt sin barndoms hemtelefonnummer och väckt mormor. Där gav hon upp. Så trött på att stå i de där självpåtagna hjälpfixarbrallorna och känna sig dum, stressad och fel. Än var det bara morgon, då man skulle vara pigg och utvilad, tänka klart och ha händelseförloppen i ordning. Tonårsmammor som gick på högvarv var inte bara överansträngda, de var rätt så korkade också.

Innan jul höll cyklandet till och från jobbet ända fram till avslutningsdagen. Då hade det visserligen blivit lite halkigt på morgnarna men utan några vurpor så långt. Tre sorters cyklister var synliga dessa morgnar. Dels dem med reflexer på kläderna, samt dubbdäck och bra lyse på cykeln. Sen cyklister med vanliga däck, något sämre lyse men ändå med reflexer. Så fanns dem med helt vanliga däck men endast framlyse. En fjärde cyklisttyp stretade vägen fram också. Med opumpade däck och utan lyse. Det var Pernilla det. Vem i hela friden hann med att få ordning på sådana oväsentligheter egentligen, luft i däcken och lyse?
Efter Australien hade det blivit betydligt ljusare och hon hade startat upp sin cykling igen sedan alla isfläckar smält vilket var ett tag sedan nu. Det var på cykeln hon var själv med sina tankar. Tio minuter åt ena hållet och tio åt det andra. Pernilla pinnade hem från sitt kaosartade arbete vid 16.30-tiden för att möta nya behov. Av tonårig sort eller inte. Pernilla, Tor och Tobbe hade exakt tre kvart på sig innan de behövde äta och Pernilla skulle vidare på föräldramöte. Tor skulle ha matteprov nästa dag och behövde plugghjälp med det sista. Han hade under dagen på syslöjden, fått ett strykjärn på ena handen och var inte på bästa mattehumör bara därför.

Pernilla hade precis läst att en normal hjärna var designad för att spara energi. När de främre pannloberna aktiveras, aktiveras också hjärnans smärtcentrum. Det var därför som många människor tyckte att det var obehagligt att lösa matteproblem. Stackars Tor denna eftermiddag som hade både mattesmärtor och en brännskada. De kämpade på med matten under press och det blev en sådan där stund då Pernilla skämdes över att kallas pedagog, och till och med lärare med specialinriktning. Hon önskade att hon hade valt ett annat yrke, exempelvis kommandosoldat, grovplåtslagare, spårsvetsare, obducent... eller kanske satanist?

Under tiden Pernilla var på möte, skulle Tobbe och Tor till vildmarksbutiken och kika runt. Tor passade då på att skära sig på en kniv så illa att även andra handen fick lindas in i paket. Detta som rent komplement till den tidigare brännskadan. Han skulle bara dra upp kniven ur slidan för att titta på den och tog ett rejält grepp om höljet. Det var dessvärre trasigt så i praktiken var det handens insida som fick agera slida och blev därför uppskuren. En sån gräslig otur.

Efter föräldramötet var ett annat möte bokat, ett mycket nödvändigt besök ihop med de andra kottkastande barnen och deras föräldrar. Tillsammans skulle de inspektera lack och be om ursäkt hos den bilföraren som fått en massa kottar på sin bil tidigare i veckan. Men först skulle innebandyklubbor levereras inför nästa dag till en adress någonstans i nejden.

Direkt efter "kottmötet" var det bara att dyka ner i skolarbete igen. NO-inlämning om två dagar och så SO. Samma sak där, en inlämningsuppgift. Klockan hade nu blivit 21:30, den tid som gällde för lite skön högläsning, vilket de påbörjat som ett led i att alls ha lite umgänge och samtidigt få dagens läsning gjord. Denna kväll blev det ingen högläsning. Tor behövde i stället planera en innebandylektion som han skulle leda på idrotten nästa dag. Och ingenstans hade han någon särskilt redig hand att ta hjälp av, de var ju paketerade. Det tog ungefär en halvtimme att göra sista läxan och framåt 23 släcktes lamporna där hemma. Så där slutade den dagen.

Klart Slut. På mer än ett sätt.

Kapitel 7
Om hinkar, termosar och korvkantinerna
samt äppelkrig och den överförfriskade kanadensaren

Rut satt och tittade på sin skurhink. Till och med en sådan kan utlösa tankar. Hon började samtidigt fundera över hur många hinkar de kunde tänkas ha på gården. Olika hinkar för olika ändamål. Minst tre i varje ladugård och hägn. Hinkar för foder och för tilläggsfoder, för vatten, skurmedel, ägg, mjölk, och medicinska preparat.

Rut hade skaffat helt nya, fräscha hinkar till musteriet. Det stod stora hinkar, mer som kar betraktade, med dricksvatten precis överallt. Vidare fanns det regnhinkar, biltvättshinkar, sophinkar och som sagt skurhinkar. Hur många som helst och alla var märkta. Just det var superviktigt. Det gick inte an att råka ta mjölkhinken till biltvätt eller foderhinken till äppelmust. Det förstår väl varenda kotte? Ja utom Twist då vid ett särskilt tillfälle, vilket var ett tillfälle för mycket, så därför var alla hinkar nu märkta. För säkerhets skull.

Fikapauserna var det som ramade in sysslorna för Rut och Twist och det fanns nästan lika många termosar och termosmuggar som hinkar. Stora, små, okrossbara, med pip och utan. Termosar för vatten, för mat, choklad eller kaffe. En för varje ändamål. På våren hörde fikatermosen och skurhinken ihop. På sommaren var det fikatermos och badutflykt som bildade par. Till hösten gällde fikatermos och svampkorg. Och på vintern sedan fick fikatermosen hänga med på skogsfrukost eller till värmestuga. Alla utflykter var bra utflykter, till och med om de så bara gick till gethägnets norra del. Och utflykt blev det så fort termosen var med. Hink *utan* termos var jobb. Hink *med* termos blev mer som en tjänsteutflykt.

Det var så vårligt ute nu. Solen sken, den till och med värmde en aning och det droppade från taken. Talgoxarna filade på pipet och en svag doft av kattkiss låg i luften. Den meteorologiska våren hade redan anlänt till södra Sverige och var snart på väg upp. Meteorologisk vår, det kallade man våren när dygnstemperaturen hållit sig över noll grader, sju dagar i sträck. Och det blev snabbt allt ljusare. Sedan årets mörkaste dag har de nu fått fyra timmar och tjugo minuter mer dagsljus. Det gynnade vakenheten och inlärningen.

Rut hade läst sig till spännande fakta när det gäller arbetsminne och på vilket sätt det hänger ihop med musik. Ju mer barn musicerar, desto starkare blir deras arbetsminne och med ett starkt arbetsminne bli man skickligare på att hålla flera saker i huvudet samtidigt. Att hålla tillräckligt många saker i huvudet för att kunna upptäcka samband mellan dem, gör att de lättare fastnar. När man musicerar sker förändringar i hjärnan och förbindelsen mellan höger och vänster hjärnhalva blir större. Genom det påverkas lärandet. Barn som aktivt ägnar sig åt musik klarar i regel skolan bättre än andra barn.

Hon hade också lärt sig att arbetsminnet inte var fullt utvecklat förrän i tjugofemårsåldern och att pannloben är den delen av hjärnan som utvecklas sist. Det är där bland annat beslutsfattande förmågor, riskbedömningar och framtidsplanering finns. Hos tonåringar är i stället den känslomässiga delen av hjärnan mer utvecklad. Det är nog därför tonåringar när de hamnat i känslomässiga situationer ibland tar mindre genomtänkta beslut, tänkte Rut. Kanske börjar röka och testa på grejer de tidigare missaktat. Det är ett sätt att begripa varför ungdomar är så våghalsiga. De befinner sig i den delen av livet då de ska frigöra sig och träffa en partner vilket är oroväckande läskigt. Då behövs en hjärna som accepterar ett större risktagande, som ett filter kan man säga, som härdar dem. Framtidsplanering och överblick är alltså förmågor som inte är utvecklade riktigt ännu, i en tid i livet då de faktiskt både ska planera och prioritera i exempelvis sina studier.

Hur det förhåller sig med det visste inte Rut säkert men hon skulle nog fråga Pernilla om det. Hon borde veta.

Rut kunde vara rätt så vetgirig men hon var medveten om att det hela höll sig inom ett ganska smalt fält. Oftast läste hon om sådant som hade med kroppen att göra, exempelvis kroppsliga funktioner och dysfunktioner. Om det man stoppade i sig och sådant man borde undvika. Hon stannade gärna upp kring det som hade med hälsa att göra eller stressrelaterad hälsa samt orättvisor i världen. Utifrån det hon för stunden intresserat sig för, hamnade hon gärna på irrvägar.

Om texten dessutom drog iväg i stickspår, fick hon svårt för att återkoppla det hon ursprungligen läst och genom det for hon iväg och lärde sig mer. Sen satt hon ofta på nätet och läste, och med utgångspunkt i det som fångade hennes intresse där, hamnade hon allt längre bort genom länkhänvisningar och angränsande texter som rekommenderas. Så, hon hamnade ibland väldigt länge med näsan i texter skulle man kunna sammanfatta det som.

En ytterligare variant som omedvetet breddade hennes annars rätt så smala omfång av studier, var det faktum att hon själv drog iväg i sina funderingar. Det var garanterat det största hotet mot det som vanligt folk kallade för att fokusera på uppgiften. Helt plötsligt hade hon blivit intresserad av väldigt, väldigt mycket utan att ha haft de intentionerna från början.

Ett exempel på funderingar var denna om skelett och hjärna. Precis som ögonen är den enda delen av hjärnan som är synlig, är ju tänderna detsamma när det gäller skelettet. Om det visar sig att man har dåliga tänder, alltså inte på grund av misskötsel utan mer av födsel och ohejdad vana, har man då också ett dåligt skelett? Eller händer det något med skelettet när det utsätts för ljus och luft? Och om det nu är så att det finns ett samband här, hur mår då hjärnan hos den som har dålig syn? Sådana funderingar kom som från ingenstans och det var när hon vidarebefordrade frågorna till Twist, som han var helt säker på att Rut inte precis var någon gåva till forskarvärlden. Det var bra att hon läste mycket, men tack och lov att inga forskararvoden utdelades hur som helst här. För tänk om de skulle råka hamna hos Rut? I så fall skulle absolut ingenting komma ut av hennes studier annat än en vettlös röra som nog skulle stjälpa andra framstående bidrag till forskning och utveckling. Rut skulle passa bäst inom fakulteten "inveckling och urtid" trodde Twist. Detta gjorde han klokt i att behålla för sig själv förstod han.

Twist och Rut hade bakat scones hela förmiddagen. De skulle ha ett litet kalas på gården för att saluföra och introducera ortsbefolkningen om tankarna kring musteriet. En halv dag hade det tagit för två personer att sätta ihop samt testa musterimaskinen. Twist hade varit dem behjälpliga och fått utmärkta råd och tips beträffade vilka rör och tråg som snabbt kunde sätta igen och hur man lättast rensade dessa. Under tiden hade Rut dels ringt men också besökt ICA för att få ett bra pris på äpplen inför denna första körning. I första hand ville hon köpa 20 kilo för att få ihop i alla fall tre femlitersdunkar. Hon tänkte att det skulle räcka fint för detta lilla vårkalas då grannar och andra bjudits in.

"Ja hallå, vad är det frågan om", hörde hon i andra änden efter ett antal signaler.
"Hej Bengt! Det är Rut."
"Jaså hej, är det du som ringer." Anade hon att han lät lite vänlig på rösten när han hörde vem det var? Hon tyckte faktiskt det, eller så var det bara inbillning.

"Jo, jag ringer i ett ärende. Vi kan faktiskt kalla det för en affärsuppgörelse i bästa fall", svarade Rut.

"Jag gör inte affärer med vem som helst, men du är ju inte vem som helst kan jag tycka, eller det beror väl på. Vad vill du då? Inte den vanliga äggleveransen anar jag."

"Nej, äggen behöver vi inte orda så mycket om längre nu när Cindy är tillbaka på gården och du var klok nog att inte kontakta Livsmedelverket kring äggens vikt."

Det var helt tyst i andra änden.

"Det handlar om äpplen", sa hon och bet sig i tungan. Det gällde att inte väcka den björn som sov.

"Tjugo kilo äpplen vill jag köpa till ett bra pris. Får jag det billigt, köper jag 20 kilo till och så vidare. Jag håller på att göra must."

"Ska fundera, ska fundera... svarade han. Måste kolla med ansvariga på avdelningen för kött och grönt, vill inte gå bakom ryggen på någon."

Det förstod Rut sedan skandalen med kötthanteringen tidigare, då Bengt var ansvarig över köttkillen som var ansvarig över köttet. Om köttet som visserligen var kött, fast felmärkt både beträffande innehåll och pris. Och Bengt som inte hade haft en aning om vad som pågick eftersom han mest satt på kontoret och grubblade. Fast ingen visste över vad, inte heller Bengt. Det var inget han fick någon vidare rätsida på i alla fall. Så bakom ryggen på någon, ville han verkligen inte gå.

"Jag kommer förbi om en stund, så har du kanske bestämt dig?" sa hon och de båda la på luren.

Rut hade gått ner till ICA och med sig hade hon gårdens företagskort. Hon var säker på att det skulle bli affär idag. Hon skulle få ett bra pris, det trodde hon i alla fall. I den närbelägna orten på Hemköp, kostade alla svenska sorter 14:95 kilot. De importerade hade ett mycket varierande kilopris, till och med så högt som 21:95 kronor. På ICA fick kunderna betala tio kronor mer per kilo för de svenska, det visste hon. Även där var de importerade dyrast, de flesta kostade 22:90 kronor. Coop körde ibland extrapriser på importerade och då var det 14:90 som gällde medan de svenska kostade 19:90, fast Coop låg så långt bort så det alternativet fanns inte riktigt. Hon hade ingen lust att köpa billiga äpplen och ändå få kostnader i form av bränsle. Dessutom var det viktigt att tänka på miljön. Handla där du bor, bättre än du tror.

Förutsättningen för att få hållbar ekonomi med musteriet var att själv plocka frukt alternativt be folk komma med sina äppelkassar. I nuläget handlade det bara om att köpa några pallar och Rut ville gärna gynna Bengt men inte till vilket pris som helst. Hon hoppades att hon inte skulle behöva ge sig in i ett äppelkrig.

När hon klev in på ICA styrde hon stegen raka vägen mot kontoret där hon med all säkerhet trodde att Bengt satt. Och rätt hade hon. Sedan hon knackat på, hörde hon ett bestämt "kom in" från Bengt därifrån han satt på andra sidan dörren.

Rut gick in och satte sig på en av stolarna som var placerade framför Bengts skrivbord. Det fanns två stolar till men de båda var lastade med papper enligt något slags system som byggde på att varannan bunt låg i longitud och varannan i latitud. Bengts lutande torn på ICA, tänkte Rut och log lite. Hon kikade snabbt runt på skrivbordet och såg en röra som påminde om en krigsskådeplats där hon stod vid fronten medan Bengt och hans pappersbuntar utgjorde själva slagfältet. Rut tittade vidare ut över själva kontorsytan och alla tidningshögar. Hon förmodade att de byggts upp enligt principen; ny hög när rasrisk för nuvarande föreligger. Det var upp emot tio liknande högar och ingen av tidningarna såg ut att någonsin ha öppnats. Längs med den bortre väggen var lika ståtliga högar uppbyggda men denna gång av kartonger. De var märkta såg hon och läste snabbt på dem.

"Nästrimmer", "rakapparat", "locktång" stod det på de lite mindre kartongerna och "gryta" samt "köksmaskin" på de större. Där utefter väggen fanns många fler sorters kartonger men hon såg inte vad det stod på dem alla.

"Sätt dig, eller förresten det har du ju redan gjort", sa Bengt som kändes något avig och snudd på tvär. Han var stressad, det syntes lång väg och det bådade sällan gott för affärerna. I samma stund ringde det på snabbtelefonen. Det var köttkillen.

"Chefen, har du glömt att ordra crème fraiche? Det finns nada i kyldisken och jag har inte hittat nåt på lagret. De kryddiga varianterna borta i charken är bommade, kan du rissla hit och kolla läget?"

"Kommer", svarade Bengt som därpå bad Rut att vänta. Han skulle strax vara tillbaka.

Rut fortsatte att kika runt utifrån sin sittande position och såg en rad hyllor längs med ena väggen. De var givetvis helt fullproppade men där verkade ingen grundläggande princip om ordning finnas. Hyllorna innehöll bland annat produktkartonger, broschyrer, pärmar, pappershögar, böcker, förpackningar, reklamblad, VHS-band, hålslag och tejprullar, dokumentsamlare, stearinljus, en kaffekopp, en gammal radio plus flera olika typer av kontakter samt ett gäng sladdar. Som sagt, det verkade inte finnas någon tanke om att var sak skulle ha sin plats på hyllorna utan det mesta var praktiskt taget ditslängt bara. Hon tänkte lite på Twists ordning och tyckte nog att den var snudd på pedantisk vid en jämförelse.

På den mittersta hyllan såg hon att Bengt hade två fotoramar. I den ena ramen satt en bild av två blonda tonårsflickor och i den andra en bild av en flicka med lite mörkare hår. Hon kan ha varit i femårsåldern kanske, eller strax över. Det måste väl vara Bengts barn då, tänkte Rut.

Hon lät blicken röra sig utmed skrivbordet. Det fanns en dator såg hon därifrån hon satt och genom att sträcka på halsen lite såg hon också ett tangentbord. För att alls nå över befästningen som byggts upp av böckerna "Hälsosam familj på 30 dagar" längst fram på skrivbordet, räckte det inte med att sträcka på halsen. Rut fick sträcka på hela kroppen för att se över. Hon såg en datormus med sladd och en utan, en räknemaskin och en kalkylator. Det fanns fakturor, kuvert, pennor, en kalender, kladdblock plus flera broschyrer och reklamblad travade på skrivbordet. Hon förmodade att de var mer aktuella än samlingarna borta i hyllan. Precis bredvid pennburken stod tre flaskor TippEx hopställda som om de hade något slags socialt samspel med varandra. Eller egentligen var det två flaskor TippEx plus ett förtunningsmedel. Så märkligt, används sådant fortfarande? Den hon möjligen föreställde sig som den sista brukaren på jorden, skulle vara Mac men då var de i alla fall två i TippEx-klubben, tänkte hon och log lite för sig själv. En liten hög med pappersremsor låg längst bort, närmast fönsterkarmen. Rut blev nyfiken och undrade vad Bengt använde sådana till. Inget var skrivet på lapparna så vitt hon kunde se, om det inte var så att de låg upp och ner. Rut funderade över om hon skulle våga resa sig upp och vända på en av lapparna och kika på den utan att de skulle märkas. Men nej, tänk om Bengt skulle komma in precis när hon rotade på hans skrivbord? Så där som på film. När sådana scener spelas upp sitter Rut alltid och nästan skriker: "Nej, gör det inte, fan vad dum du är, gör det inte, han kommer att komma, snälla strunta i det".

Skulle hon själv nu vara så korkad och göra det hon varnar andra att inte göra? Hur nyfiken fick man egentligen vara? Var det nödvändigt? Åh, varför började hon ens titta runt? Hon kunde lika gärna ha tittat på sina skor eller börjat fingra med sin mobil. Hon var farligt nära att göra ett brott, men vilket var hon inte säker på. Hennes så kallade modus operandi var klart. Av de tio element som definierar modus operandi, skulle det polisiära arbetet i så fall kunna sammanfatta sex av dem. Men så långt skulle hon inte gå, hon skulle inte ta något. De sex elementen i tillvägagångssättet skulle aldrig någonsin behöva noteras. Hon slappnade av i kroppen och lutade sig tillbaka i besöksstolen.

Nej, jag gör det! bestämde sig Rut för plötsligt och så reste hon sig, sträckte sig mot högen av remsor och lyfte på den översta.

I samma ögonblick fylldes rummet av ett högt skränande ljud och en röst som sa:

"Hallå, jag ser dig allt! Hur huvet ditt går från det ena till det andra, var inte så nyfiken du! ...Psssst, han kommer tillbaka nu!"

Rut skrek, släppte remsan och satte sig ner, en lätt oreda syntes i högen. Det började sticka i hennes armar och ben, så som det alltid gjorde när hon blev riktigt, riktigt rädd. Handsvetten bröt fram och hjärtat slog som en stånghammare.

Den som nyss hade satt skräck i henne avslutade sitt skrikande med en hård och högljudd skrattsalva, det lät som om den aldrig skulle ta slut. Köttkillen. Det var han som hade sänt Rut ett prov på sin alldeles speciella humor över snabbtelefonen. Och hon som trodde att det var Bengt som smugit sig in genom dörren bakom henne.

Rut skälvde till där hon satt men var ändå lite nöjd. Hon hade hunnit se vad det stod på remsan. Nu satt hon och räknade hur många remsor det var där i högen, samtidigt som Bengts steg närmade sig kontoret.

"Jag ger dig ett kilopris på femton kronor", sa han när han var tillbaka. Han satte sig inte ens ner utan stod där han stod i dörrhålet när han lämnade priset. Rut hade rest sig upp och stod framför honom. Plötsligt kändes det som om det var hennes kontor och han som kommit dit i ett ärende. De hade liksom bytt position mot hur det såg ut från början. Hon på kontoret och han nätt och jämnt utanför.

"Men det är inte möjligt, hur tänker du då? Jag ska ju köpa minst tjugo kilo äpplen, inte sex eller sju stycken!"
"Det är det priset du får, punkt slut. Jag kan inte vara dig behjälplig mer än så och dina projekt får du ordna med själv", sa han. Sedan vände han sig om och gick sin iväg.

Rut stod kvar ett ögonblick medan hon såg hur Bengts ryggtavla bara försvann längre och längre ifrån henne och hon hade aldrig känt en tunnare hinna av bristande respekt gentemot någon. Hennes mun öppnades och stängdes gång på gång som på en guldfisk. Rut var så förbannad att hon inte fick fram ett ljud. Hon begrundade möjligheten att gå med på Bengts pris, köra lite lyxmust och samtidigt inte bråka med honom i onödan men så ändrade hon sig. Så fasen heller att hon tänkte blidka Bengt, den spjuvern. Han kan ta sig någonstans. Så ropade Rut efter honom:
"Jag befinner mig i slutskedet av Yin-vägen".
Lite förvånad blev hon över var orden kom ifrån och att hon alls funnit dem. Det var en tanke hon haft, att säga just det vid lämpligt tillfälle, och det var tydligen nu enligt hennes undermedvetna. Rut märkte att Bengt stannade upp för ett ögonblick men någon större notis än så om hennes Yin-väg gjorde han inte. Han bemöda sig inte ens om att ta reda på vad det var för något hemskt som hade drabbat Rut men hon visste att han skulle börja undra. Han var ju ändå en människa.

Gradvis på sin väg hem släppte ilskan och Rut började i stället styra tankarna mot högen av pappersremsor på Bengts skrivbord. Hon hade räknat att de var fjorton stycken och den lappen hon lyckats vända på, fanns ett telefonnummer skrivet. Ett nummer hon kände igen ögonblickligen. Det var Pernillas mobilnummer, 070-3141592. Hon antog att samma nummer även stod på de andra lapparna, något hon inte hunnit kolla, så det var bara ett antagande. En tanke dök upp kring den efterlysning av kattungen som satt på anslagstavlan förrförra hösten. Rut kom ihåg att hon tyckte det var så konstigt att alla telefonnummerlappar utom en var dragna. Hon mindre också att hon tänkte tanken att någon rivit av alla lappar, kanske för att förhindra andra att leda katten till sitt rätta hem. Hon hade tänkt att någon redan hade katten hemma hos sig och ville försvåra efterlysningen. Och var det inte så att Bengt frågat henne om vilken kattmat som var den godaste och bästa? Tänk om det var han som hade Pernillas katt? Rut bestämde sig för att prata med Pernilla om sammanträffandet vid tillfälle. Det var ju ändå Pernillas efterlysning från början. Samtidigt skulle det vara jobbigt att behöva erkänna att hon rotat på någon annans skrivbord, så hon visste inte. Det fick anstå så länge. Åter hemma igen tog Rut med sig Twist i Audin och åkte raka vägen till Hemköp. Om de så var lika dyra eller dyrare skulle hon handla där. Nu var det bojkott av ett stycke bitter ICA-handlare som gällde. Han var trist, dum, tjurskallig, snål, obetänksam och därtill en kattjuv, tänkte hon.

"Nu är det äppelkrig alla mina dagar", sa hon till Twist så fort Audin hostat igång.

På vägen till Hemköp hade de åkt förbi macken invid motorvägen för att tanka. När bränslet var påfyllt gick de sedan in för att betala. I kassan såldes det kaffe och fikabröd av alla sorter. Det var donuts, bullar, munkar, muffins och wienerbröd. Korvgrillen var laddad och helt spontant fick de för sig att ta varsin korv, så där bara på stående fot. Normalt sett var det inget som fanns på Ruts önskelista över ätbart medan Twists lista snudd på toppades av en grillad med bröd. Twist började prata med tjejen som langade korv.

"Går det åt mycket korv en sån här dag?"

"Ja, kanske fyra, femhundra stycken", svarade tjejen medan hon drog på svaret en aning. Hon började titta ner mot golvet och tycktes räkna lite med överslag så där. Det var där kantinerna och alla korvar höll hus.

"Oj, va?!" svarade Twist.

"Jaaa, en kantin är på cirka hundra korv, så på ett treskift... vi snackar tjugofyra sju går det nog åt åtminstone fyrahundra. Eller nästan fem".

"Det var som sjutton", sa Twist.

Rut stod under tiden och undrade vart det hela skulle ta vägen. Hur länge kunde man egentligen stå och prata korv, tänkte hon men avbröts i sina funderingar av att det hela fortsatte.

"Vi fyller kantinen flera gånger, kör full grill hela tiden. Och med det här läget....", sa hon och vevade runt med grillspaden. "Stor trafikplats det här. Och så är det ju bästa korven också. Sibylla."

"Sibylla ja", instämde Twist som precis levererats en korv som han satte tänderna i så det sprätte till. En bit korvkött for iväg och landade på diskens blanka kant där den hängde kvar ett tag innan den släppte taget om plåten och landade på golvet. Rut kände sig nästan kräksfärdig. Hon fick sin korv men gav bort halva till Twist som gladeligen mosade i sig även den.

På Hemköp hade de blivit så entusiastiska över initiativet att de hade gett Rut ett kilopris på åtta kronor. Tänk att trakten har ett eget musteri, resonerade de. Det är klart att vi vill stötta det, hade de sagt. Rut hade köpt femtio kilo utan att blinka och bjudits på tio kilo extra så här vid första köpet. Ett handslag hade givetvis avslutat affären. Därefter hade de använt musterimaskinen där hemma och det var hur smidigt som helst. Äpplena skulle tvättas, krossas, pressas och tappas upp. Ingenting skulle rensas bort från äpplena. Skal, pinnar, kärnhus och skador... musteriet svalde allt. Ruts och Twist stora jobb var att lite då och då rensa olika kärl och tråg från restprodukter samt montera dunkarna för upptappning. Sen var det klart.

Och nu satt de där på gården med alla nybakade scones, en god curd som Rut lagat i ordning, gårdens sagolikt goda getost, eget smör och numera även egen must. "Laduviks Must" stod det på etiketterna på kartongerna. De hade nio kartonger och det var musten som stod i fokus för kalaset. Inget sprider sig så bra som mun-till-mun-information och nu skulle munnarna få smaka. En ren, osötad must med frisk smak och utan tillsatser. På smidigt vis kunde nu alla äpplen som hängde i folks trädgårdar tas om hand. Rut var villig att besöka folk för att plocka ner deras äpplen. Hon hade verkligen en affärsidé här.

Halv elva den aktuella dagen kom deras kära grannar och alla som blivit inbjudna eller förstått att det bara var att dyka upp. Rut visste exakt vilka som hade många äppelträd men som aldrig någonsin plockade sin frukt. Alla dem hade hon bjudit in förstås. Givetvis var Mac och Pia-Carin där, och Mini så klart. Likaså Pernilla och Tobbe och de hade tagit med sig Tor. Förutom de inbjudna kom och gick folk under större delen av dagen. Och Twist han bakade bara fler och fler plåtar med scones. Mini som inte gillade när det var för mycket folk som planlöst rörde sig runt, drog sig till köket och hjälpte Twist med bakningen.

Besökarna och de själva åt och drack, de tittade runt på gården och framför allt beundrades Ruts musteri. Hon beskrev för alla som ville lyssna hur bra det hela fungerade. Man lämnade äpplena i vilket skick som helst så länge de inte var mögliga eller ruttna. Det gick bra med både kvistar och blad och äpplena kunde rentav plockas från marken. Maskinen bara tuggade på.

Rut berättade att det kostar tjugo kronor per liter att få sina egna äpplen förvandlade till härlig must. Musten pastöriseras i femliters bag-in-box förpackningar som passar i kylskåpet och det är enkelt att fylla på ett glas iskall must direkt från kylen. För varje liter som såldes hade hon bestämt att en krona skulle gå till Världens barn, så en femma per box alltså.

Det var när hon stod och pratade om precis det, som en välbekant person tittade in i ladan där musteriet var stationerat. Det var Bengt. Rut som länge känt sig irriterad på Bengt med anledning av äppelkriget, hade ändå bjudit honom att komma. Det var bästa sättet att släppa på aggressionerna tyckte Rut. Att liksom ta dem i hornen. Bengt gick fram till Rut men tog henne lite åt sidan för att få ha henne för sig själv. Han var nog också en sådan person som inte gillade att vara bland för många människor och framför allt inte när de inte hade något mål med sitt varande. Man gjorde det man skulle, sen gick man hem. Så resonerade Bengt. Att slösa med tid och intentioner var inget Bengt förstod sig på. Han inledde med att säga att han tyckte att det var fint på gården.

"Du har ordnat en trevlig fest här", sa han.
"Och musten din var god, jag blev bjuden en mugg innan jag gick hit in."
"Jo, ja det blev himla lyckad, likaså festen. Det är viktigt för sammanhållningen och känslan för varandra. Musten är inte riktigt min, den är till hälften Hemköps faktiskt", sa hon och blängde till på Bengt.
"Twist är inte här?" undrade han snart.
"Han är inne och bakar men han kommer nog snart."
"Och Pernilla? Har hon varit här?
"Ja, hon har kommit och gått", svarade Rut, något förvånad över Bengts fråga.
"Och Frödins grabb skrotar runt ser jag", tillade han när han såg Mini komma ut med en ny korg full med nybakade bröd.
"Skrotar är det sista han gör", svarade Rut. "Mini jobbar nog mest av oss alla här. Han skulle aldrig sitta bort sitt liv på ett kontor han. Mini är social och kontaktsökande, lär sig

fort och arbetar hårt. Dessutom är han alltid vänlig och vill andra gott. Gör ingen skillnad på vare sig människor eller djur."

Det var tyst ett tag.

"Jag vill be om ursäkt", sa Bengt. "Jag vill be om ursäkt men inte för det där med äpplena... jo givetvis det också, men för en massa annat skit som jag haft för mig. Fast jag vet knappt vad det är. Det enda jag vet är att det är mycket. Svårt att veta var allt började och var det slutar. Om det slutar."

Rut var helt tyst och fullkomligt häpen. Hon fattade inte att detta pågick, det hela kändes helt surrealistiskt. Här, hos henne, vad hade hänt? Bengt tittade ner i backen. Ögonkontakt verkar inte riktigt vara hans grej, eller var det möjligtvis så att han skämdes? Det var på tiden i så fall, tänkte Rut vidare.

"Hur som helst", sa han, "så är jag hemskt ledsen för att du befinner dig i slutskedet av Yin-vägen, där skulle inte jag vilja hamna."

Aha, där fick hon svaret. Han hade hört att hon ropat det efter honom i butiken och det hade landat precis där hon då önskade. I hans dåliga samvete. Rut höll på att explodera av skratt eftersom hennes tricks hade fungerat. Hon höll sig gravallvarlig när hon sa:

"Bengt, jag godtar din ursäkt alla gånger om, och yin-vägen är det sista du behöver bekymra dig över för egen del. Förresten borde du redan ha varit där", la hon till och tänkte på Bengts ålder. Rut visste det Bengt uppenbarligen inte hade koll på, nämligen att Yin-vägen var samma sak som klimakteriet.

"Det lovar jag dig", sa hon sedan.

"Du", sa hon. "Om jag var du skulle jag ta kontakt med Pernilla för att få hjälp med hur man sköter en katt. Hon vet allt om den saken." Återigen försökte hon fånga Bengts blick men nu fullkomligt borrade han ner blicken i backen.

"Jaså du säger det", fick Rut till svar.

Hela dagen hade varit så trevlig och skönt minglig. Det kändes inte som om någon hade särskilt bråttom hem. Det var ju lördag och solen sken.

Det blev sen kväll och Rut bestämde sig för att skypa med sonen Sigge. De hördes av ganska ofta och särskilt när det hade hänt något extra. Idag var en sådan dag. Nu var det tre höstar sedan de vinkade hejdå till varandra fast de då trodde att det bara var för ett år. De visste inte i att trivseln i skolan och alla kompisar skulle hålla honom kvar hos hans pappa så länge. Sigge lyckades på kort tid bygga upp ett helt nytt liv som sedan blev svårt att lämna. En gång hade Sigge varit och hälsat på Rut och Twist men i övrigt var det Skype och Facetime som hade räddat deras behov av kontakt. Sigges syskon hade varit hos dem i Kanada på besök i ett par omgångar men de hade inte riktigt tid över till att resa. Egentligen hade alla fullt upp i sina liv med studier och arbeten att sköta.

Rut och Twist hade aldrig kunnat komma iväg så långt av förklarliga skäl, det var trots allt en bit mellan Sverige och Kanada. Rut tyckte ändå att de hade en fin relation med Sigge även om hon kände att hon hade missat stora delar av hans uppväxt. Å andra sidan hade de aldrig någonsin några jobbiga och kantiga diskussioner. Hon behövde inte slita som Pernilla med en till synes oändlig mängd av pubertetsdilemman. Rut hade klarat sig undan smällar i dörrar och "jävla skitmorsa" så här långt i alla fall. Deras relation var respektfull och lugn, hon visste att han hade det bra, att han var en lycklig kille på femton år.

Rut satte sig vid datorn i ett försök att kontakta Sigge. Hon fick inget svar. Hon försökte vidare med Sigges pappa. Inget svar där heller. Hon slog också en signal på deras respektive mobiltelefoner men Sigges var avstängd och en telefonsvarare var det enda som svarade i Sigges pappas telefon. Jag försöker väl senare då, tänkte hon och gick in i köket för att diska av lite brödplåtar.

Twist hade gett sig ut för att gå en runda om djuren när han plötsligt ropade:

"Ruuuut, kom ut är du snäll!" Rut hörde att det var något särskilt för så där brukade inte Twist stå och gapa på henne. Hon gick ut till ladan.

"Tomten har kommit till rätta! Jag såg honom högst upp i ladan där han stod och balanserade på den översta höbalen. Tänk, där hade han stått hela dagen och spanat på alla människor."

"Va?! Så högt upp?"

"Men, vem är det som flyttar runt honom?" undrade Rut.

"Jag trodde att det var du som tagit över Tobbes och Pernillas tomtelek."

"Och jag trodde att det var du", svarade Twist.

"Efter den här placeringen var jag säker på att det var du som lekt tomteleken. Att du ville ha honom som en maskot med överblick över hela musteriproduktionen."

"Och vet du vad? sa Rut. Tomten är verkligen vår maskot, för tidigare idag... jag har inte hunnit säga något än, kände jag mig plötsligt säker på att det var nya killingar på gång. Syn och Älva är dräktiga."

"Är du säker? Ska vi ha killingar på gården i sommar? Visst var det väl i killingbåset du hittade tomten först, var det inte?" sa Twist samtidigt som han skrattade till och kramade om Rut.

"Japp, turtomten gör jobbet! Jag har känt lite på dem båda dagligen, över ryggraden och på juvret för att känna om de förändrats. Nu tycker jag till och med att man ser att de blivit runda, ser du inte?"

Det höll Twist med om, det var helt uppenbart att det skulle bli småklövar på gården framåt juli.

Så avbröts de av att telefonen ringde.

I andra änden hördes en skärrad och stressad man. Det var Sigges pappa. "Sigge är jättefull. Jag har precis fått ett samtal angående det och jag har inga detaljer... men han har tydligen suttit hemma hos mig och druckit för sig själv medan jag varit borta för dagen."

"Vad är det du säger?" svarade Rut. "Det där tror jag du fått om bakfoten. Skulle Sigge dricka? ...och själv? Hade han inga kompisar med sig? Nä, nu får du sluta."

"Det är den informationen jag har fått, jag var som sagt inte hemma så jag vet inte."

"Men vad har han druckit och hur illa är det? Är du i närheten nu eller vad?"

"Det var en kompis till Sigge som kom dit, Sigge hade tydligen suttit där hemma helt själv och börjat dricka. Han visste att jag skulle komma som i kväll. Han ringde mig tidigare idag för att fråga när jag skulle vara hemma så han började kanske vi 13-tiden..."

"Men vänta", avbröt Rut. "Vadå för kompis?"

"En kompis som han träffar ofta. Sigge hade skickat lite filmsnuttar till kompisen och först skrattat och sagt att han var yr, sedan sagt att han inte mådde så bra och de sista filmernas innehåll var mer panikslaget om man säger så. Kompisen trodde först att han skojade."

"Näe", var det enda som slapp ur Rut.

"Stackars Sigge."

"Kompisen hade visst skickat ett meddelande vidare till ytterligare en kompis som precis åt lunch med sin pappa. Pappan hade förstått allvaret och åkt dit. Sen hade grannar och andra hjälpt till och allt är en salig röra nu. Fem vuxna och två ungdomar är på plats, ja och så Tor själv då. Om man nu kan säga att han är på plats. Han är rätt medvetslös faktiskt."

"Jaha, åhhh", sa Rut och kände en sådan obeskrivlig lättnad och tacksamhet över alla som fanns där och hjälpte Sigge.

"Men hur är läget nu då?"

"Jag vet inte. Jag är framme om en knapp timme och det blippar hela tiden i min telefon, så jag behöver ta det och så återkommer jag."

Rut blev djupt bekymrad. Undrar vad som kan ha flugit i ungen. Att sitta hemma själv och dricka? Var det något man förstått vikten av här hemma så var det att hålla koll på sina ungdomar, att inte låta dem fladdra omkring med kompisar på kvällstid, och hänga runt ute. Fråga mycket, prata mycket och vara vaksam för sådant som planeras kompisar emellan samt ha bra kontakt med andra föräldrar. I Ruts vildaste fantasi fanns inte möjligheten att det farligaste var att lämna sitt barn hemma utan kompisar och föräldraövervakning mitt på dagen. Det här krävde verkligen en förklaring. Längre hann hon inte tänka innan det ringde igen.

"Ja hej, det var jag igen", sa Sigges pappa.
"Jag har precis pratat med dem som är med Sigge på hemmaplan och från att han varit medvetslös och alldeles spishet, så har han nu börjat kräkas."
"Å fy... oj oj oj", sa Rut.
"Vad har han druckit då, är det någon som vet?"
"Mellan kräkningarna är han helt borta och de får inte i honom någonting att dricka. Eventuellt behöver han vätskeersättning. De har ringt larmcentralen men de tyckte att så länge han kräktes var det lugnt. Det hade varit värre om det inte kommit upp något."
"Jag förstår", sa Rut som bara kände sig fruktansvärt hjälplös och så otroligt långt borta."
"Vänta, nu ringer det visst på min telefon igen, jag återkommer."
Rut återgav för Twist i all hast, vad som hade hänt och började samtidigt gråta. Hon hade ju haft två tonåringar innan och ingen av dem hade ställt till det så här. Det måste finnas någon förklaring, det var hon säker på. Så ringde telefonen igen.

"Hej igen. Tydligen har han börjat andas konstigt nu. Han låter som en liten fågelunge. Flämtar med korta andetag och är bitvis utan andning. När de ringde sjukvårdsupplysningen sa de att de skulle skicka en ambulans och att Sigge behövde komma under läkarvård, eventuellt tar de med sig honom då.

"Näe", slapp det ur Rut igen, för vad mer fanns att säga. Det hela lät ju helt fruktansvärt. Ännu en gång frågade hon vad pojken hade fått i sig. Tydligen hade han druckit så mycket som en halv flaska whisky och, som synes i filmen som han skickat till kompisen, i snabba klunkar under en knapp timmes tid.

"Men Guuuud! Det är ju superfarligt. Han kan ju dö!"

"Nu är jag framme här, sa Sigges pappa och ambulansen också ser jag. Lägger på nu, jag behöver få information om hur allvarligt det är. Ringer senare så får du veta."

Man kan vara mer eller mindre förberedd. Man kan ana ugglor i mossen, man kan föreställa sig situationer, se mönster, veta genom olika informationskällor vad som är på gång. Man kan ha lärt sig genom egna erfarenheter, man kan ha god fantasi för vad som är rimligt, men... man kan verkligen inte vara på alerten när det gäller allt. Även den som planerar allt in i minsta detalj, som går igenom alla tänkbara scenarier, både de rimliga och de som inte finns på kartan, för att förbereda sig... upptäcker att det ändå är helt andra saker som händer. Sådant man aldrig kunnat föreställa sig. Och då var det bara att lösa det. Telefonen ringde igen.

"Nu är jag på väg tillsammans med Sigge i ambulansen sa pappan. Jag sitter vid fotänden och klappar på honom och en sjukvårdare sitter vid huvudänden av britsen och klappar han också, fast ganska hårt på Sigges kinder. Han måste hållas ur medvetslöst tillstånd. Vi är på väg till sjukhuset nu, till avdelningen för fyllesjuka, det kallas väl Maria Ungdom hemma i Sverige? De kommer behålla honom där under uppsikt hela natten, sen blir det ett möte där i morgon. Det hela kommer att anmälas till socialförvaltningen och så blir det fler möten sedan på hemmaplan. För uppföljning."

"Det var bra att han får vård men också obehaglig information tycker jag, sa Rut. Vet du någonting om vad som kan ha hänt innan han började dricka? Var det någon vadslagning, någon lek eller vad?"

"Absolut ingen aning. Det är nog bara Sigge som vet det, så vi får utforska det i morgon. Jag hör av mig om något tillstöter, är det okej?"

"Det är väl okej, gissar jag. Det känns gräsligt att inte vara på plats kan jag tycka."

"Ja men nu är jag här och det funkar bra. Han kommer att klara det här. Och vi med."

Rut föreställde sig hur det mest troligt ser ut i rummet där Sigge sedan hamnar. Hon såg sitt barn under en sån där noppig sjukhusfilt med huvudet på enbart ett cellstoffunderlag och utan kuddens mjuka form. Hon såg honom liggandes på en madrass på golvet i ett avspolningsbart rum som ett anonymt bylte. I en miljö där avvaktan, skam och misär mest troligt var slagorden för dagens arbete. Det kändes så otroligt fel.

Den bilden fick rymmas bland andra mindre ljuva minnen som funnits med under hennes tid som förälder. Som exempelvis minnet av sin lille nyfödda och nakna bebis med kanyler i kroppen, i ett virrvarr av livsuppehållande slangar, ljudlöst grimaserande i en kuvös långt bortom hudkontakt och mänsklig värme. Eller minnet av ögon uppspärrade av skräck och ett ansiktsuttryck av full panik på sitt icke simkunniga barn, som sekunden innan glatt hoppat ner i en pool på för djupt vatten. Det var en skräckupplevelse att hon som förälder inte varit på plats i tid för att se till att hoppet stannade vid att vara just bara en lek. Ytterligare ett minne var det att se sin tonåring slå sina starka nävar det hårdaste, hårdaste mot sitt eget huvud och kalla sig idiot och

158

dumskalle. Detta på grund av på tok för mycket press, för enveten kontroll och felanpassade krav. Det hon som förälder i stället skulle ha gjort men inte hunnit med på länge var att ge kärleksfulla, tröstande och evighetslånga björnkramar. Få saker hade genom livet gjort henne mer ledsen, orolig och skuldtyngd. Bilder som dessa kommer aldrig någonsin att kunna städas ur hennes huvud och bara tanken på att det kan fyllas på med fler, fick henne att rysa. Den här gången hade hon heller inte varit på plats, erbjudit värme eller evighetslånga varma kramar.

Kapitel 8
Om Sjumilaskogen och de hängande seglen
samt vilda Baggen och 47:e platsen som gick på grund

Pernilla satt kvar i skolans matsal ett tag efter att eleverna lämnat henne. På en av fönsterkarmarna där hon satt hade någon lagt en grön ärta. Det var fisk till lunch och med den rätten följde, förutom en ganska majonnäsig remouladsås, givetvis också ärtor. Runt om på hela ärtan, som ena små världsmedborgare på ett jordklot, klängde säkert tjugo svartmyror. Det var som ett gulligt levande konstverk, ett monument över våren. Hon döpte konstverket till "Myror på grönbete".

Vid sidan av ärtor och myror, var det annat som också börjat synas som vårtecken. Backen skiftade numera inte bara i gult utan också i vitt och blått som i en glad blandning. Det knoppades och övningsflögs både här och där. Getingar som gärna uppmärksammas för sin halvdrogade flygning på hösten, låg nog i lä om man jämför med humlorna på våren, tänkte Pernilla. De flög precis bara rakt fram och hade inte en chans i världen att göra något annat om något plötsligt hindrade deras färd. Deras plan ett var att flyga, plan två att komma upp en bit, plan tre att få fart och plan fyra att hålla rak kurs. Någon plan fem fanns inte. I alla fall inte på våren. Om humlor har någon mimik eller inte är oklart, men om ifall att, så måste de vara vårens roligaste ståuppare. Och myrorna, de måste vara vårens flitigaste ingenjörer.

Denna dag var hennes kortaste i veckan. Efter lunchen hade hon bara en lektion innan det var dags att åka hem. Att arbeta bland människor var lärorikt och givande men också krävande. Man måste liksom vara på "G", på tå, beredd på allt. Lite som att hänga med och omges av gänget i Sjumilaskogen. Pernilla hade läst jämförande liknelser mellan individer med diagnoser, vanliga normalstörda och Sjumi-laskogens vänner. Bakom varje diagnos finns en personlighet så att generalisera duger inte och det finns alla varianter och talanger, men Pernilla gillade det ändå.

I texten påstås Nalle Puh ha ADD. Denna halvnakna lite sega björn med ätstörningar och stort begär. Han tänker mycket, men får lite gjort. Mest troligt går han på något lugnande eftersom han framstår som lätt trög. Han är ändå mycket omtyckt och social. Där finns också Kanin. En narcissistisk besserwisser med Aspergers syndrom, som vill ha ordning och reda på allt. Lite av en diktator i sällskapet. Han får raseriutbrott utan anledning, då står han och hoppar och skriker som en galning.

Så har vi Ior, den manodepressiva, piercade borderline-åsnan som går på lugnande preparat. Deprimerad, ständigt trött, låg och deppig. Som skär sig och saknar sin amputerade svans. Han gör ingenting själv och tycker bara att alla ska lugna ner sig hela tiden. Grisen Nasse har OCD, vilket bjuder en tillvaro med såväl tvång som rädslor för allt. Han är en hemlös liten gris som lider av emotionella trauman samt sociala fobier. Han kan helt plötsligt bli skitskraj och tro att världen ska gå under. Uggla, är nog den enda som man inte vet något om, han är bara lite allmänt mysko. Han har troligtvis dubbeldiagnos, kanske Asperger och dyslexi men han kämpar på och läser ändå sagor för de små djuren. För sådana är de i Sjumilaskogen. Bussiga och hjälpsamma och kompletterar varandra.

I skogen finns också Tiger, en individ med väl utvecklad ADHD. Snabb på allt och har helt klart ett riskbeteende. Han är hela tiden uppfylld av en massa roliga idéer. Han vill inte vara ensam, därför visar han upp ett extremt glatt och positivt humör för att bli omtyckt. Tiger har inga föräldrar och är troligtvis uppfostrad av tv:n. Han tänker inte efter före och får ofta skäll.

Slutligen finns där kängurun som är den mest trista i skogen. Normal och vanlig och gör det mesta som man ska. Hon engagerar sig i mycket medan hon skumpar runt där bland de andra. Det är så Pernilla känner sig. Eller egentligen som en blandning av Tiger och kängurun. En mycket svår blandning faktiskt.

En rimlig tanke vore att det var så fullt i huvudet på Pernilla efter en arbetsdag att hon bara säckade ihop på eftermiddagen. Men så var det inte. Däremot behövde batteri nummer två kopplas in för att ge kraft åt efterarbete, skjutsningar, matlagning plus en eller annan tvätt och detta eviga plockande. Skor i hallen, tvätthögar, gårdagens disk, kläder, tidningar, prylar, väskor, påsar, papper... det tog liksom aldrig slut. Att somna sen, det var inga svårigheter och sköttes genom klubbning. Huvudet på kudden och god natt. Hon sov som i en djuphavsgrav i många timmar tills det var dags att gå upp.

I början och i slutet av varje termin, var det alltid mest att göra med allt som skulle planeras, läggas upp eller sys ihop. Då räckte inte dagarna till för allt, så nätterna fick skarva på med några timmar. De vakentimmarna inföll oftast mellan två och halv fem på morgonen. Men med vilken kreativitet hon kom på bra lösningar nattetid! Det som dagtid hade känts som fastlåst fann sin lösning på natten och det var med god skärpa hon såg på problemen. Det var många lektionsplaneringar och dokument som sett dagens ljus där i nattens mörker. Trots allt, tänkte Pernilla, var de allra bästa lektionerna de som kommit till helt spontant, på stående fot och samtidigt som hon klivit över tröskeln till sitt arbetsrum. Lektioner då eleverna varit med till hundra procent, när förklaring, material och tajming agerat trillingsjälar, håret rest sig på armarna och alla haft en lärorik och trevlig stund. De lektionerna hade varken ältats nattetid, kommit från högskolan, från någon superpedagog eller ett tvärgruppsmöte. De fanns där bara helt plötsligt, komna ur ingenting annat än ren och skär tröskelplanering och hon blev alltid lika förvånad.

Tobbe satte sig i skolbänken i höstas. Självaste skolbänken var insprängd i enstaka dagar här och där samtidigt som han skötte det vanliga arbetet. På kvällen innan första dagen satt han tillsammans med Pernilla i tv-soffan med datorn i knäet. "Men va' fan. Vad är det för datum idag?" den plötsliga frågan hade ett något krampartat tonfall.

"Jaaa, det är väl den sjuttonde?"

"Men, men, va?! Jag skulle ha varit där idag, idag på morgonen. Faaan nu har jag ju missat första dagen."

Tobbe levde *inte* i sin kalender, han hade knappt någon. Han "kom ihåg" som det hette. Och så var det oftast, men denna gång hade han varit helt inställd på dagen och inte datumet. Det gjorde att han missade kursstarten helt. Efter några svansen-mellan-benen-mejl informerades han om att det gick att ta igen momentet senare i kursen och att det inte bara var han som missat starten. Andra dagen sedan hade blivit rejält besvärlig för Tobbe, eftersom de då hänvisade till detaljer från gårdagen som han inte hade någon koll på alls. Sådana elever hade Pernilla också, som så att säga helt uteblev från några lektioner. Som låg efter och som inte hängde med.

På sina studiedagar lämnade Tobbe Stockholm tidigt på morgonen och kom hem senare på kvällen. Det han anmält sig till var en IT-arkitektutbildning, en utbildning som kanske inte direkt behövdes i jobbet men ändå kunde vara bra att bygga ut sitt CV med. Han bar hem tjocka böcker på engelska och såväl rapporter som opponentrundor skulle göras. Och krav fanns på både form och innehåll.

Först verkade det vara en dans på rosor. Pernilla var van sedan sitt eget pluggande att hon vek tid till det, fyllde köksbordet med studier, fokuserade i timmar flera gånger i veckan. Så gjorde inte Tobbe. Han mest pratade om att han be-

hövde sätta sig med böckerna men han gjorde det inte.
Ibland försvann han långa perioder och på frågan om plugget gått bra, svarade han typ:
"Vadå plugget...? Jag har uppdaterat datorn och städat i mina lådor."
Till slut blev det många, långa timmar framför datorn när han väl satt sig. Då tänkte Pernilla att han nog hade fått kursledarens linjalslag över fingrarna eller erbjudits att besöka OBS-rummet nere i skolans källare. Det gjorde att han fick lite fart på studierna ett tag.
Sen kom nya perioder där hon hörde honom sisådär en fire og halvfjerds gånger säga:
"Näe, ikväll måste jag nog sitta ett par timmar med rapporten", för att i stället göra någonting *helt* annat. Han kämpade på med strukturen kring själva pluggandet och gled igenom kursen utan vare sig blod, svett eller tårar. Snart hade Pernilla inte bara en websupportande systemadministratör vid sin sida, en solution manager, en rorsman och en livskamrat... utan också en IT-arkitekt. I mastertappning dessutom. Allt hade verkat gå så lätt. När sjutton hade han pluggat till det? Hon fattade inte.

På hemresan den sista studiedagen, skickade Tobbe ett MMS till Pernilla. Bilden föreställde två filurer i baksätet som satt och tittade framåt med pigg blick. De båda satt fastspända i samma säkerhetsbälte, de hade till och med en liten kräkspåse framför sig. En rosa gris och en grön krokodil. I mjuk bredspårig manchester.
"Vi är på väg hem nu!" stod det och vi längtar hem till er andra. "Er andra", det var en likaledes mjuk bredspårig manchesterfilur fast en grå elefant. Den andra var nog Pernilla då.

"Jag behöver... eller vill... alltså, jag ska ta en minikurs till", sa Tobbe en dag.
"Den är bara på en vecka."

"Aha, en sån där trevlig kurs där man fikar och lär sig saker om vartannat?"

"Inte precis, men när jag är klar blir jag certifierad för CXA-3011, alltså Citrix XenApp 6.5 Advanced Administration."

"Ska jag känna mig avundsjuk nu?" undrade Pernilla som höll på att dö en smula. Aldrig i hela hennes liv att hon någonsin skulle känna sug efter, eller försätta sig i en situation som krävde kunskaper som CXA 6.5 AA... vad det nu var? Skönt att vara säker på något i alla fall.

"Tänk att hamna i sån olycka", mumlade hon tyst för sig själv. För henne vore det rena mardrömsjobbet att ha avancerad administratörstjänst.

"Jättebra! Kör min älskling!" svarade hon och var helt säker på att hon inte heller den här gången skulle behöva be honom flytta bort en massa pluggprylar från köksbordet. Det skulle säkert inte ens märkas när han blev CXA certifierad. På samma sätt pluggade han därefter grundläggande kunskaper om IT-tjänstehantering i organisationer för att kunna certifiera sig i så kallad ITIL Foundation. Ja herregud, tänkte Pernilla igen. Men samtidigt var hon imponerad, det måste hon medge. Utan att riktigt förstå på vilket sätt.

Hur det var att ha en tonåring, stod alldeles klart för Pernilla. Saker bara hände, små som stora och väldigt fort, men oavsett var det väldigt mycket som sattes i rullning. Oro och misströstan, ånger och ångest, rädsla och ilska, anklagelser och förebråelser, hot, bestraffningar och onda tankar krängde fram som en oredig, destruktiv gegga. Inte många beslut blev särskilt konstruktivt långsiktiga, det mesta handlade bara om att dämpa hastigheten på olika händelseförlopp som svepte förbi. Väl utvecklad kaoshantering helt enkelt. Pernilla trodde att det fanns ett särskilt töjbart fack i hjärnan hos mammor som hanterade all sådan huvudbry. En ny del av mammahjärnan blev plötsligt aktiv, en del som man fram till tonårstiden inte visste fanns. Efter tonårstiden, kapslade den kanske in sig och återbildades och i så fall

mest troligt ihop med amygdalan, den så kallade kamp-flykt
hjärnan. För så var det. Kamp och flykt om vartannat.
Det märkvärdiga var hur mycket kärlek som ändå fanns mitt
i denna röra. Tor, i egenskap att vara yngst i syskonskaran,
var den av de tre barnen som blivit mest buren, vyssad,
uppmärksammad, älskad och pussad på av alla. De hade ju
varit så många som kunnat ombesörja detta och skyddsnätet
sedan, i händelse av fall, var också omfångsrikt och tryggt.

Istället för att vara rädd för det som står runt hörnet i fram-
tiden, så välkomna det. Kom bara! Så tänkte Pernilla lite då
och då. Det påstås att tuffa livshändelser i slutänden gör en
till en klokare och starkare människa. Pernilla trodde kanske
att det stämde till viss del, men anade också att man riske-
rade att bli iskallt hårdnackad och lätt kunde tappa bort sig
själv i att ständigt vara på sin vakt. Hon tänkte ofta på om
hon skulle säga "ja" eller "nej"? Och när. Vad händer i det
ena eller andra fallet? Tas rätt beslut? Vad hade kunnat bli
bättre? Hur gör andra? Var hon för snäll eller för hård? För
slapp eller bara utan inlevelse? Hade hon täckt behoven eller
släckt dem? Kunde hon lyckas få sin tonåring att känna
nöjdhetskänsla? Var han glad och lycklig eller bara nervöst
exalterad? Behöver hon säga "nej", behöver han vila? Ger
hon honom utrymme för att växa eller gränsade hon för
tidigt... för sent? Växer han på rätt sätt eller är det bara en
suspekt förvandling som har satt fart? Är hennes tonåring
en fara för sig själv eller för andra? Ja, allt detta var svårt att
reda ut men hon gjorde så gott hon kunde i varje läge. Det
var ett som hon visste säkert.

Pernilla gick på kvällsföreläsningar för att få ledtrådar. Det
som lyftes fram där var vikten av att vara tydlig och visa re-
spekt för tonåringen men också att själv visa vad man me-
nar och önskar. Inga tveksamheter välkomnades, enligt de-
ras resonemang, heller inga vaga antydningar utan ett stadigt
förhållningssätt i vilket man talar om vad man själv vill. Men

för guds skull sålla och prioritera. Allt kanske inte är så viktigt att driva igenom beträffande regler och ramar. Som förälder gäller det att stå för sina värderingar och åsikter och inte vika undan även om tonåringen har en annan åsikt. Men! Ta inte besluten *åt* din tonåring utan lyssna noga på hens idéer. Ställ många frågor för att utmana ungdomen till att själv utveckla sina idéer och kanske upptäcka om de håller eller brister. Ta inte bort ansvaret från tonåringen utan ge ansvar i stället, det är viktigt för att tonåringen ska känna sig värdefull. En lång lista presenterades med sådant som alla 14-åringar faktiskt klarar av. Från att sköta matlagning och tvätt till att städa, sköta skolan och sköta sina egna transporter. Ja jösses, tänkte Pernilla. Det var inte mycket av allt det där som Tor gjorde i dagsläget. Dags att vakna upp nu morsan och dela ut lite ansvar!

Viktigt att tänka på var också sättet att fånga kontakt på när man väl ville framföra något och att det var väsentligt att söka kontakt vid rätt tillfälle. Kolla i förväg när det passar tonåringen om något behövde tas och dras... man kan inte bara dimpa ner och förvänta sig uppmärksamhet. Välj dina ord väl, prata inte för högt och inte för fort. Och givetvis, visa uppriktigt intresse, engagemang och respekt för det din tonåring sysslar med. *I believe he´s the King or something.*

Ibland var Pernilla helt säker på att hon hade ytterligare en tonåring där hemma. Han levde i skuggan av IT-arkitekten och CXA-administratören.
"Plats 394, nu jädrar darling… oh shit jaaa! 357" hörde hon från köket.
"Det går bra nu!"
På tal om kurser. Man kan gå kurser och man kan så att säga ta ut kurser. Tobbe var bra på både och.

Sju besättningar flöt omkring i världen och alla var deltagare i kappseglingen Volvo Ocean Race. Bland de sju deltagande teamen fanns Team SCA med en helt kvinnlig besättning.

Teamet bestod mest av britter, australiensare och amerikanskor. En av besättningsmedlemmarna på den båten var Carolijn Brouwer, en superseglare från Holland. Det var henne som Tobbe och Pernilla hade fått hjälp av då de var i Holland och plockade ihop och packade sin första F16 Viper. Carolijn och hennes lika superseglande man Darren var återförsäljare för Viper i Europa då. Det hade blivit lite blandade resultat för SCA-tjejerna i kappseglingen inklusive ett mastbrott och de var klart duktigast i inport racen, i de kortare bantävlingar närmare hamnen.

Ytterligare team i Volvo Ocean Race var spanska Mapfre, nederländska Brunel, danska Vestas, arabiska Abu Dhabi, kinesiska Dongfeng och Alvimedica som tävlade för både USA och Turkiet om Pernilla fattat det hela rätt.

Starten för teamen gick i Alicante under hösten och därifrån tog de ut kursen mot Kapstaden. Nästa leg gick mellan Kapstaden och Abu Dhabi, sen mot den kinesiska ön Sanya. Leg fyra mellan Sanya och Auckland och femman gick mot Brasilien. Den sjätte sträckan startade i Itajai i Brasilien och hade sitt mål i Newport USA. Därefter styrde de upp mot Europa igen och avslutade i Göteborg med ett inport race under sommaren efter. Då hade teamen kört 38 793 sjömil stenhård segling, dygnet runt under nio månader.

Själv följde Pernilla det hela relativt sporadiskt, något som Tobbe däremot inte gjorde. Han följde alla sträckor med stort engagemang fast på sitt eget sätt. Det var nämligen som så att tillsammans med 40000 seglare till, följde Tobbe "De Sju Stora" i deras kölvatten. Han var en av alla små ettriga cyberseglare som aldrig blev blöta, som sov i dunbolster, slapp nattvakten på det kolsvarta havet, som åt utan lutning och styrde upp båten endast när de hade lust eller om tid fanns. Alltsammans sköttes på datorn hemma från köksbordet.

Bland dessa aktiva fyrtiotusen cyberseglare, guppade en liten blå båt som heter "TheSEWind". Den hade hängt med på alla deltävlingar sedan den startade i Abu Dhabi trots att den gick på grund på mest varje ben. De flesta grundstötningar skedde nattetid, senast på Falklandsöarna. Skepparen på den lilla blå båten hette Tobbe.

"Jag måste kolla min segling… måste se om jag gått på grund… måste styra upp båten lite". Så har det låtit dagligen, sedan isen låg tjock här hemma i februarikylan. Men just nu lät det lite, lite annorlunda.

"Vaaaa? Nu är jag på 285:e plats!" Liksom mer succé-artat.

Medan "TheSEWind" seglade runt där, långt borta någonstans i världen pysslade rorsman och hans Pernilla med att välkomna våren. De skurade altanen, ställde fram möblemang och grill. Med jämna mellanrum försvann Tobbe in för att kolla seglingen. I de andra deltävlingarna hade han legat på femtusende, sjutusende och kanske ännu sämre placeringar men ändå startat varje deltävling på nytt med samma glada entusiasm och med ny vind i seglen. Så här bra hade det aldrig gått! Att vara under 10000 var bra nog, alltså i den främre fjärdedelen av alla cyberseglare, men att närma sig plats 100, det var snyggt. Seglingen höll på i många dagar och sakta, sakta minskade avståndet till det främsta fältet där ute på Atlanten.

Plats 198 – 78 – 64 – 52… Jösses!

"Nu är jag på 47:e plats, det är ju helt otroligt!"

Men så vände allt igen och några dagar senare fick Pernilla ett SMS från Tobbe som sa att det nog snarare var plats 685 som gällde, kanske till och med 732. Men vadå? Än var det en bit kvar till delmålet i Newport och under tiden höll de tummarna hårt för den lilla blå. Och kanske lite för Team SCA, även om den verkligen hade kommit i skuggan av "TheSEWind". Första priset för cyberseglarna var att få chansen att vara på plats IRL, där in real life. I den seglande köttrymden.

Cyberracet började närma sig sitt slut när rorsman Tobbe en morgon sa:
"Å, jag måste kolla min båt, vi går i mål idag". Genom sitt sätt att använda pronomenet "vi" avslöjades allvaret i spelet. Pernilla tänkte på rundmagade och stupfulla fotbollshuliganen på läktaren, som knappt rört sig sedan barnsben men ändå blandade in sig i ett "vi" när laget tagit hem en seger. "Vad kul med målgång efter så lång segling", svarade Pernilla. "Jag håller tummarna!"
Tobbe knappade in sig på sidan för att rikta upp båten en sista gång. Det blev först alldeles tyst. Den fokuserade tystnaden övergick i en stilla suck. "Äh fan, jag gick på grund för två timmar sen. Nu är det kört."
Den blå båtens placering blev åttatusen femhundra någonting, typ ännu sämre än någon tidigare placering. Nåja, det fanns fler sträckor att starta upp, därnäst påbörjades resan upp mot Europa men den gick liksom åt helvete redan från start. Efter första dagen hade rorsman Tobbe halkat ned på 27000:e plats någonting och en eller annan bitterbutter kommentar hördes.
Målet i Lissabon några dagar senare var ingen fröjdefull tillställning. De flesta andra cyberseglarna hade nog både kommit in, riggat av, dragit ett par öl och gått hem när rorsman Tobbe gled förbi målbojen. Klart slut för TheSEWind.

Pernilla var mitt uppe i middagsbestyren när hon hörde Tobbe hojta från vardagsrummet.
"Jag rör mig i fyra kilometer i timmen!" Hon vände sig om och såg hur han rörde sig fort och ryckigt. Han gick lite som om han manövrerade en radiostyrd bil eller något, med fokus riktat snett nedåt. Framför sig hade han sin mobiltelefon. Men vad är det nu som pågår? undrade Pernilla.

"Nu är jag uppe i sju", fortsatte han samtidigt som han sprang runt så mattorna korvade sig,
"Jag har laddat ner en ny app, en som mäter upp hur fort man rör sig. Liksom vilken hastighet man har."
"Fast jag har hört dig säga flera gånger att du behöver rensa upp bland alla appar, att det börjar bli för många och att det bara är rörigt på skärmen", svarade Pernilla. "Hur är det med det egentligen?"
Tobbe svarade inte, hon var inte ens säker på om han hade hört henne. Han hade nämligen rört sig vidare i sina sju kilometer i timmen och försvunnit in på toaletten. Någonting slamrade till där inne och hon misstänkte att han kanske inte hunnit bromsa in i tid riktigt. Snart därefter hörde hon att han spolade och sen kom han ut igen.
"Om vi skjuter lite på middagen ikväll, hinner vi putta i motorbåten", föreslog Tobbe. För några dagar sedan hade de skurat den invändigt och utvändigt. Målat, vaxat, pumpat ut bränsle och bytt några detaljer. Hon var helt klar för isättning, SCANDalen, som de kallade henne.
Med tanke på att "putta i", trots att det formulerades som ett ögonblicksverk, ofta tog timtal så övervägde Pernilla frågan.

Hon började fundera över hur det sett ut förra hösten när de skulle ta upp båten, då det stod regn, blåst och noll kräm i batteriet på agendan. Då de, som de optimister de var, anlände till båtklubben med både rätt och fel grejer i skuffen i tron om att den plan de hade i skallarna var den som skulle gälla. Då det var obefintligt med ström i elskåpet på bryggan, eller vette fan… det kanske fanns ström men det hjälpte i alla fall inte. Batteriet i båten var stendött och de som bara skulle köra den till upptagningsrampen och ta upp den. Tobbe och Pernilla stod där mitt i båtlivets absoluta baksida, då prylar skulle demonteras, flyttas, packas iväg och bäras samtidigt som det var motvind och piskregn.

Den gången var det bara att åka hem med de två trötta batterierna. Trots att de utsetts till att vara båtens basnäring, hade en i taget bara bestämt sig för att självdö. De laddades under natten och nästa dag stod Tobbe och Pernilla återigen på bryggan med tummar så hårt hållna att det dunkade i dem. Jaaaaaa… det funkade! Båten startade och de tog ett litet ärevarv i hamnen innan de körde den till upptagningsrampen. Ett par timmar senare var SCANDalen avspolad, glykolad, tömd på vatten och olja samt ställd på sin plats. Detta utan att de behövde åka trettiotvå extrasvängar mellan Clas Olsson, SeaSea-butiken och carporten hemma. Att slippa det var ingen självklarhet, det hade hänt förr om man säger så.

Hur som helst var Pernilla inte det minsta sugen på att göra något i all hast som hon redan innan visste skulle ta timtal i anspråk som svar på Tobbes förslag.
"Det brukar inte gå så fort, minns jag sedan i höstas", svarade Pernilla.
"Men hallå, nu var du väl pessimistisk? Vi har ju båten helt i ordning och med ett alldeles nytt batteri installerat, vad kan gå fel? Hon ska ju bara puttas i."
Puttas i och puttas i, hörde han inte själv hur fånigt det lät? Och vad kan gå fel? Ja, typ hur mycket som helst och lite till. Men men, de åkte ner till klubben och började plocka bort bockar och träkubbar som fungerat som stöttor under båten och när de var nästan klara med förjobbet, började Tobbe sakta av på stegen.
"Jag har glömt framhjulet till kärran. Jag måste hem och hämta det annars går det inte att köra. Måste tanka med, bränsle kan vara bra att ha i båten om vi ska kunna köra till bryggan. Och en båtnyckel kan kanske till och med behövas?"

Tobbe åkte hem och under tiden satt Pernilla kvar vid båten, hon var inte på så bra humör faktiskt. Hon funderade på hur man skulle förbereda sig väl för att få med sig allt på en och samma gång. Kanske de tillsammans skulle skriva en lista för varje engagemang de hade. En lista för "lägga i motorbåten" en för "ta upp motorbåten" och en för "åka med motorbåten" med precis allt som behövdes för varje aktivitet. De skulle kunna göra likadant med segelbåtarna: "Viper på båttrailer", "Hobie på båttrailer", "Tälta på seglingsevenemang", "Träningsläger", "Raida i skärgården".

Upplägget påminde henne om de listor hon skrev varenda gång som barnen skulle till deras pappa. Hon skrev en lista per säsong med allt som behövdes. Dessa listor ändrades i takt med att barnen växte och så småningom packade de själva. Dit hade inte Tobbe kommit än så det blev några extra vändor varje gång. Och hungrig var hon. Det fick nog bli en pizza sen.

"Bara putta i" hade nu förvandlats till tre timmar. Några sladdar, mycket huvudkliande och många kollar i motorn, ytterligare hjälpredor komna från ingenstans, en batteriladdare och en bogsering senare körde de båten till bryggplatsen. Som vanligt var det inte att bara putta i något. Det hade tagit sina timmar men äntligen var det middagsdags.

De tog en sväng förbi pizzerian där de alltid delade på en pizza. Favoriten var den med fläskfilé, mozzarella, ruccola, champinjoner, tomat och jalapeno. Som topping ingick pinjenötter och vitlöksdressing.

"Kan vi inte dra till BMW en sväng? De har provkörning av bilar där", sa Tobbe. Han berättade att BMW hade en drive under en månad, då de skänkte hundra kronor till barncancerfonden för varje kunds provkörning. Över 21000 hade de fått ihop, en behjärtansvärd insats. Denna dag var sista chansen att skänka en slant. Även sista chansen att köra något lagom snabbt. Pernilla var ganska säker på vad just Tobbes huvudsakliga anledning till besöket var. Hon misstänkte att det inte var självaste skänka-momentet i alla fall.

Till delar överensstämde nöjena dem emellan, men ibland gjorde de det inte alls. Som exempelvis när det gäller provkörning av bilar.

Tobbe var helt enkelt ett fullfjädrat proffs på att se på en bil vilken beteckning den hade, så även om den svischade förbi i 130 kilometer i timmen på motsatt körbana bakom siktskymmande buskar. Till och med bokstäver och siffror samt hur många hästkrafter som fanns under huven, allt hann han registrera. Han hann även kolla extrautrustningar, fälgar, lack och finish i farten. Ibland när de låg och körde efter en bil, kunde han plötsligt uttala sig om vilken årsmodell bilen hade. Och inte nog med det, han berättade också i all hast hur den skilde sig åt från årsmodellen innan. Vad han grundade det hela på var en gåta, och Pernilla själv var totalt och fullfjädrat ointresserad. Utom i ett fall. Och det fallet uppenbarade sig denna dag.

"Hej, tjenare vad kul att se er! Hur är läget?", sa Jack på BMW som vid det här laget träffat dem så många gånger att de nu hade blivit väldigt mycket "hej hej" med varandra. Tobbe hade också beställt bilar av honom vid två tillfällen, så ett litet hopp kanske närdes hos Jack när han såg dem. "Hur går det med seglingen?", undrade han trevlig som han var. Han visste att seglingen låg dem varmt om hjärtat och som den gode säljare han var, småpratade han med sina kunder som man skulle. Därefter undrade han vad de ville prova för bil denna dag och de bestämde sig för en liten elbil, en BMW i3.

"Den är ovanligt rymlig och flexibel och präglas av exklusiva och hållbara material samt en förstklassig kvalitetskänsla", sa Jack innan de drog iväg. Och de höll de med om. Bilen hade ett innovativt och futuristiskt utseende interiört och som passagerarna satt man upphöjd och med god överblick över den omgivande trafiken.

"Titta här, passagerarutrymme är av kolfiber och en aerodynamisk exteriördesign gör att fram- och bakdörrarna öppnar sig mot varandra", sa Tobbe med ett barns entusiasm.

Bilen gick som ett fullfjädrat spjut, man trycktes verkligen bakåt i stolen när den accelererade, snudd på ljudlöst. Den var rätt så ful men otroligt cool.

"Och bilen har så stora hjul att det skapar ett dynamiskt uttryck och ger körmässiga kvaliteter." Tobbe var nästan som i extas när han pratade.

"Hmmm", svarade Pernilla som verkligen var imponerad av bilens kraft och ljudlöshet men inget annat.

"Det bästa är väl ändå att vi hör varandra. Det är ju inget motorljud", svarade hon.

"Man verkar ha undvikit svarta inslag i interiören för att skapa ett ljust och friskt intryck", la Pernilla till medan hon satt och tittade runt i bilen.

"Och träet här framme", sa hon och strök med handen över panelen, "jag har läst att det kommer från europeiskt odlat eukalyptusträ och från hundra procent hållbar virkesproduktion".

"Det är bra", svarade Tobbe. "Det blir lite mer miljövänligt på så sätt, med kortare transportvägar."

Han gasade på och tvingade upp bilen i en högre hastighet för att göra lite manöverkontroller. Sen bromsade han in tvärt, och detta upprepades ett par gånger. Pernillas huvud for hit och dit, fram och tillbaka medan Tobbe utstötte små ljud som kunde tolkas som positiva. Han var rätt nöjd med sin körupplevelse. Pernilla var i stället mest nöjd över att inte ha lätt för åksjuka men kände ändå hur nära hon var att förvandla interiören från friskt ljus till fett ofräsch.

Därefter bytte de bil och hoppade in i en M235i. Tobbe gasade på och drömde om när han var på Falkenbergs motorbana, det var BMW M Experience, och Tobbe fick köra M3 och M4 fort, fort, fort. Där tränade de spårval, in- och utgångshastighet ur kurvor, slalomkörning och undanmanövrar. Tobbe hade fått vara där mitt i depåerna med ljuden av motorer, slalomkoner och lukten av motorolja som svepte runt i luften. Där, i Falkenberg lärde sig Tobbe att det numera var kvart i tre som gällde och inte tio i två. Denna förändring upplyste han högtidligen Pernilla om. Tydligen var hennes grepp, det vill säga enbart den ena handen på halv sex helt fel då, tänkte hon.

"Är det här verkligen bra för miljön?" undrade Pernilla. Visserligen är det en insamling för ett gott ändamål men det drabbar faktiskt miljön med alla körningar.

"Äh skit i miljön", sa Tobbe när han gasade på igen. I detta forum skulle han kunna mingla runt i evigheter, bekanta sig med bil efter bil och säkert kunna skänka gränslöst. Just hans provkörningar hade vid det här laget bidragit stort.

När de var hemma igen nöjda efter att de fått i båten, fått maten avklarad och en kul lekstund bakom ratten, satte sig Tobbe framför tv:n medan Pernilla började plocka lite med tvätten. Hon låg helt klart efter kunde man säga. Tvättkorg efter tvättkorg hade staplat sig och det var hög tid att sätta igång. Därefter skulle hon kolla in resorna till Grekland och börja boka upp åtminstone flyget. Boendet hade de redan en stående prenumeration på. Medan hon plockade, tänkte hon igenom hur förra seglingssäsongen slutat och vilka tävlingsresultat de haft.

På seglingsklubbens höstmöte året dessförinnan tog de emot sitt pris för klubbmästerskapen. Det var ett förstapris vilket var en centimeter högre än de andra pokalerna. Något annat som gjorde även förra säsongens avslut definitivt, var den sista kappseglingen. Den så kallade Snöflingan. Så många som åtta båtar var med i starten vilket var fler än det antal som brukar gälla faktiskt. Det var knappt kallt och till och med lite vind. Ett par krockar, en kapsejsning, en straffrunda och en mastfällning i fart var det som utgjorde händelser i fältet. I övrigt gick allt som planerat i fyra race. Totalt kom de tvåa, sen trea, eller förresten tvåa, nej trea… Alltså, tvåan och trean hade lika många poäng efter att ett race räknats bort, men efter lite regelläsning tilldelades

Tobbe och Pernilla slutligen en tredje plats. Sammantaget räckte den säsongens tävlingsresultat till en förstaplats i cupen. För har man deltagit i tillräckligt många kappseglingar under året och kört på ganska bra, finns möjligheten att vinna. Det man då får är ett vandringspris med sina namn graverade på en plakett i seglet. Det var andra gången under sina seglingsår tillsammans som det vunnit cupen. Cupettor alltså. Förra gången gav det chansen att förkvalificera sig in i Hobie Worlds i Australien och den här gången tänkte de använda förstapriset för att slippa kvala in sig i EM på Gardasjön nästa år. Den rätten måste man i så fall ansöka om på Hobieförbundet.

Att delta som seglare i tävlingar av alla sorter är otroligt kul. Det är spännande och lärorikt, man tänjer på sina gränser och lär sig hur mycket som helst, både gammalt och nytt. Här gäller det verkligen att vara ett team. I år var det deras åttonde seglingssäsong tillsammans och säsongerna går fort. Vart man än samlar ihop folk som alla deltar på grund av ett genuint gemensamt intresse, blir det trevligt. När Tobbe och Pernilla seglar Hobie 16 deltar de i flera olika typer av tävlingar per säsong och med Vipern får de också många seglingstillfällen på hemmaplan. Att komma iväg en bit hemifrån gör det hela ännu mer episkt. Det behöver inte vara just utomlands men det smäller onekligen högst. Välarrangerade evenemang och mästerskap är bland det roligaste man kan delta i. Det bästa av allt är att det är utmanande. Man kan inte banga hård vind och dramatiskt vatten, för om tävlingsledarna släpper ut en, då är det bara att köra. Nu skulle de planera för Garda.

Hon hade nu slängt in en tvätt i maskinen och startat programmet. Därefter hade hon sorterat den rena och torra tvätten som hon hade framför sig. Det som återstod var alla strumpor. Finns det någon enda människa som tycker det är kul tro? Att sortera strumpor alltså. De är ju så många och så svåra att para ihop plus att det alltid fattades en eller två,

177

givetvis från olika par. Hon hade för övrigt slutat att rulla ihop dem, det fick var och en göra själv hade hon bestämt.

När man har kämpat några år med någonting, kan det kännas meningsfullt att ändra agendan lite för utvecklingens skull. Det kan handla om ändring av lite tampar, att pröva ny teknik och nya banor, köra några annorlunda övningar, träna upp kommunikationen och testa nytt vatten. Eller kanske till och med byta båt, något de också testat ett antal gånger. Men hur hade seglingssäsongen startat i år då? De hade börjat seglingsträna med Vipern på Bosön en gång i veckan. Den första träningen bjöd på precis alla väderfenomen som finns. För mycket vind och för lite, sol och regn, mulet och hagel, regnbåge och solnedgång. När de tränade var det slag och gippar, trapetsträning, köra bana, göra bra rundningar och träna manövrar som gällde. Manövrar och starter gick faktiskt bara bättre och bättre. I många av träningsracen låg de som första båt både över start- och mållinje vilket var en ny upplevelse. På förra klubben låg de oftast i det bakre fältet. Endera var vattnet halare utanför Bosön eller så hade båten fått spelet för de som besättning gjorde nog ungefär likadant som tidigare. Det blev tidigt både fler och framför allt roligare timmar ombord på Vipern än det totala antalet timmar under hela förra säsongen. Vindarna var både byiga och busiga. Starka puffar med hårda kulor i, en del upp mot 10-12 meter per sekund. Men Tobbe och Pernilla körde på!

På våren deltog de i Lidingö Runt. De hade varit med i tävlingen några gånger tidigare med Hobien, men aldrig med Vipern. Med hjälp av en motorbåt blev de bogserade från klubben till startområdet. Fördelen med den hjälpen var att man slapp bli blöt, kall och ha trötta händer redan innan starten. Flerskrovsstarten som bestod av tjugotre båtar skulle gå klockan tio.

Trots att SMHI hade utlovat vindar på 5-10 meter per sekund, var det nästan bleke och knappt styrfart vid starten. Tobbe och Pernilla befann sig till och med på fel sida av startlinjen när det var två minuter kvar till starten men de lyckades vända båten och kom i väg som tredje båt. Helt otroligt, sånt händer bara inte. Vinden tilltog och de låg i total ledning i 15-20 minuter innan en klubbkamrat seglade om. Då hamnade de i stället som glad tvåa, en position de höll i två tredjedelar av kappseglingen innan en stor trimaran tog dem. Känslan av att ha ett fält av över tvåhundra båtar *bakom* sig var fantastisk, istället för att ligga mitt i skiten helt släckt av andras stora segeldukar.

”Vad gör du?” Tobbe tittade till Pernilla, han hade lämnat tv:n en stund.
”Jag är helt inne i mina minnen av Lidingö Runt, det var en sån himla lyckad segling. Ett superkul minne!”
”Bleket precis innan målgång var ingen hit. När katamaranen och en trimaran hade gått i mål före oss, och vi såg både dem och mållinjen men inte kom någonstans.”
”Det var så spännande och precis bredvid oss i samma läge hade vi ytterligare en katamaran och två trimaraner till, var det inte så? Pernilla försökte rekonstruera händelsen. ”Jag minns min tanke som sa att även en sjätteplats skulle vara snygg nog.”
”Jo, så var det. Och seglen hängde rakt ner för oss alla där framför mål.”
”Sen hände nåt och den målgången som följde var betydligt coolare än vad cyberbåten TheSEWind alls lyckats med”, sa Pernilla. Tobbe blängde surt på henne och gick tillbaka till tv:n. Han hade inte varit nöjd med sin cybersegling och den känslan satt i än.

Där låg de alltså och guppade en bit innan mål. Ingenting hände. Den katamaranen som de hållit bakom sig ända tills strax innan bleket, låg jämte dem. Vem skulle bli tredje båt i mål? Tobbe och Pernilla, eller den andra katamaranen, eller någon av trimaranerna...? Alla låg och väntade. Plötsligt, som från ingenstans, fick just Tobbe och Pernilla en helt privat vindränna som de kunde gå i mål på, med hissad gennaker och med full fart i trapets. De andra båtarna låg fortfarande stilla bakom dem. Från noll till hundra och därmed i mål som tredje snabbaste båt Lidingö runt. Dessutom i mål som den snabbaste katamaranen avseende lystal. Supernöjda.

Men så räknas ju allting om enligt regler för båtars olika kapaciteter, så deras placering blev slutligen 9:a bland flerskroven och 93:a totalt av de 211 som deltog. Trots allt, var de först av katamaranerna och det var riktigt coolt. En bra första tävling och en fin säsongsstart med Vipern.

Första racet på Baggensfjärden var det så kallade Isflaksracet med Hobien. Endast fyra båtar deltog men de hade både vind och sol. Det var fjorton grader varmt och det kändes lite som en sommardag. De var på Mjölkudden strax efter nio på morgonen med en totalt strippad båt. En och en halv timme senare var båten riggad och i stället hade de själva strippat, så varmt var det. Det räckte med bara en tröja på kroppen. Det var alltid så kul att träffa alla seglarkompisar igen efter vintern. Äntligen, äntligen skulle säsongen börja. De hade till och med en startbåt som höll koll på start- och målgång, och de hann med totalt fyra race. Första racet vann de, sedan kom de tvåa i två race och avslutade därefter med ytterligare en första plats, så totalt en första plats. Det som var extra kul var att de vid två tillfällen seglade upp sig. Exempelvis från att ha rundat kryssbojen som sista båt till att ändå knipa en förstaplats i samma race. De hade också två skitkassa starter men slutade ändå som etta. Så, en kul start även på Hobiesäsongen.

Sista helgen i maj, var det dags för klubbtävlingen Booregattan. I år fick den ingå i ett större sammanhang, nämligen ett klassmästerskap under två dagar. Det roliga med det var att med stora påtryckningar från arrangörerna, anmälde sig så många som femton båtar och sist ett större antal Hobiesar deltog i ett och samma race var under SM-veckan i Malmö några år tidigare. Då hade de varit tio team. Målet i år var att få femton båtar på startlinjen för att få SM-status på kappseglingen. Och det lyckades, även om inte alla var där båda dagarna.

På första dagen blåste Elaka vargen så att det blev klart hejkonbejkon på Baggensfjärden. Regnet dånade mot mössan, men blöta blev de också av andra skäl. Det var faktiskt bara fyra team som höll sig på rätt sida av trampolinen under dagens fyra race. Tobbe och Pernilla gjorde det inte, men tog ändå hem en andra plats första dagen. De blev av med en rorkultsförlängare i vurpan men å andra sidan fick de inte bottenlera på masttoppen vilket andra fick.

Andra dagen blev de genomsköljda och urblåsta som vågmästare på ett helt galet Baggen. En riktig utmaning i vindbyar över 14 meter per sekund. Maxfarten mätte de till 17.2 knop. Båtarna for runt som tvålkoppar och välte i parti och minut även denna dag. Så gott som alla team välte minst en gång under helgen, en del lyckades med fyra vurpor per dag. Grejer gick sönder, några blev rädda och deltagare bröt, så hade de aldrig tidigare upplevt Baggen och det var otroligt lärorikt. Pernilla och Tobbe var enda teamet som fullföljde alla nio race under dagarna. I sista racet diskades de på grund av en tjuvstart men körde det ändå i mål. De totalplacerade sig som tvåa i klassmästerskapen, ett resultat som de var riktigt nöjda med under rådande förhållanden. Som sagt, femton båtar deltog.

Det hade blivit sen kväll. Pernilla gick in till Tobbe som satt framför tv:n. Där hade han suttit en bra stund nu och han var djupt koncentrerad såg hon. Han körde bil. Tungan och fjärrkontrollen samarbetade i något slags omedvetet samförstånd. Svängde Tobbe med fjärrkontrollen åt höger, styrde tungan åt samma håll. Det omvända gällde i vänsterkurvorna och bilen den körde runt, runt, runt där i tv-rutan.

"Jag tänkte på en sak", sa hon.

"Det är inte alla som har lekkamrater i vår ålder. Många träffas och äter middagar, umgås i trädgårdar och sitter runt hos varandra och det är ju trevligt... men vi har faktiskt ganska många lekkamrater Tobbe. Vi träffas och leker ihop i och med seglingen."

"Ja, det har du rätt i. Så har jag inte tänkt på det."

Pernilla märkte att hon på grund av den korta dialogen hade åsamkat disharmoniska kurvtagningar, så hon tystnade snabbt. Hon tittade en stund men kände sig plötsligt åksjuk.

"Vad gör du förresten? undrade hon.

"Jag har hittat den här videosekvensen på nätet", svarade han. "Den heter: *Learning how to drift an M BMW 235i*. Jag lär mig hur man sitter, håller i ratten, gasar samt startar, stannar och lämnar driften. Quite tricky".

"Aha...", var det enda Pernilla kom sig för att svara. Hon satte sig bredvid Tobbe en stund och ansträngde sig verkligen med att säga "wow" och "shit" vid rätt tillfällen. Trodde hon i alla fall.

Och som sagt, hon tänkte nog att hon hade ytterligare en tonåring där hemma.

Det var viktigt att söka kontakt vid rätt tillfälle och inte bara dimpa ner och förvänta sig uppmärksamhet. Det var också viktigt att visa uppriktigt intresse, engagemang och respekt för det han sysslar med.

Kapitel 9
Om det som smakar godare än det ser ut
samt de som har det så bra men ändå klagar

Rut satt i köket och väntade på att degen skulle jäsa i hushållsassistenten. Katten låg i hennes knä och Rut strök den över pälsen. Det satt en annorlunda lukt i kattens päls och slutsatsen hon drog var att det nog var någon av deras grannar som köpt en ny parfym. En sötsliskig sådan. Katten rörde sig nämligen runt bland husen och stannade till där dörren stod öppen eller där det luktade mat. Svårare än så var det inte att veta vad katten haft för sig eller var han varit. Det kunde man lukta sig till.

"Du ska sluta springa runt bland grannarna och hama dig och tigga mat. Du är på tok för sällskaplig och fri. En vacker dag kommer räven att ta dig ditt sugna elände", sa hon till katten.

Sigge skulle komma hem, så blev det bestämt. Rut längtade så oerhört mycket efter honom nu när hon visste att han snart skulle vara hemma. Sigge hade fått tre fina högstadieår i en mycket bra skola. Han hade begåvats med ytterligare ett språk som han behärskade, egentligen två i och med den franska han läst och stött på dagligen. Franskan var visserligen inte lika flytande som engelskan, någonting som var högst förståeligt. Det bästa av allt var alla kompisar där borta i världen. Många av dem skulle han fortsatt ha kontakt med och några skulle han säkert knyta band med senare i livet.

Genom Sigge och alla deras samtal, hade Rut lärt sig mycket om Kanada. Utifrån dessa drog hon slutsatser om såväl skillnader som likheter mellan dessa länder. Det har alltid funnits band mellan Kanada och Sverige. Idag finns det cirka trehundratusen kanadensare där med svenskt ursprung och ambassadörer arbetar med att främja relationerna mellan de båda länderna. Sigges pappa är en av dem genom sitt arbete som tjänsteman på ambassaden där. Tack vare att pappan blivit förflyttad och tog chansen att etablera sig där, hade Sigge fått både sin identitet och sin samhörighet i två länder. Det var verkligen guld värt och han hade hamnat i ett unikt utbildningsläge som få fått chansen till. Det finns en hel del likheter mellan Sigges två medborgarländer. De båda länderna ligger högt upp i norr på jordklotet, visserligen storleksmässigt väldigt långt ifrån varandra, både beträffande yta och invånarantal. Det får plats tjugotvå Sverige på kartan över Kanada och det går tre och en halv kanadensare per svensk. Båda länderna är öppna för världen och har starka band till övriga världen samt företagskulturer som är lika. Länderna har också liknande värderingar och åsikter. Är innovativa, exportorienterade och rika på resurser. Européer ser Kanada som inkörsporten till den Nordamerikanska marknaden och det är ett bra ställe att pröva produkter och tjänster på innan man ger sig in i Nordamerika. IKEA hade till exempel redan fem varuhus i Kanada innan de etablerade sig i USA. Det var verkligen smart tänkt att testa marknaden där först. En självklar plan, enligt Rut. Hon minns när Sigge och hon skypade tillsammans när han precis flyttat till sin pappa. De hade suttit med IKEA-katalogen framför sig och Sigge visade sin mamma alla IKEA-möbler han skulle ha i sitt nya rum.

Både Sverige och Kanada är medlemmar av Arktiska rådet vars inriktning är skydd av den arktiska miljön, hållbar utveckling och förbättring av de arktiska invånarnas ekonomiska, sociala och kulturella välstånd. De båda länderna är naturrika och har landskap i många variationer. Man lever med kärlek till naturen. Detta syns inte minst i det konstnärligt landskapsmåleriet där de kanadensiska konstnärerna faktiskt inspirerats av de svenska 1800-tals konstnärerna. Ländernas sociala strukturer påminner om varandra, exempelvis med den statliga sjukvården och man satsar på hälsobefrämjande åtgärder. Just detta var Rut oändligt tacksam för, eftersom det räddade livet på Sigge den där olycksaliga dagen. I såväl Sverige som Kanada finns dessvärre en historia av hänsynslöshet mot minoritetsbefolkningen då man tvingade bort barn från sina kulturarv och sitt språk utan känsla för deras rättigheter. Andra likheter är att det finns inslag av jantelag, där identiteten skapas i jämförelse med andra nationer. Man börjar ändå så sakteliga känna stolthet över de framgångar som faktiskt finns. Det här är två länder som gör bättre ifrån sig än vad man kunnat räkna med avseende folkmängden. Länderna är båda stora hockeynationer och flera svenska hockeyspelare har spelat i NHL, något som hjälpt till att skapa broar mellan länderna. Inte minst därför, har Sverige vunnit stor respekt i Kanada. Ruts bild av Kanada har som sagt vuxit fram i samtalen med Sigge genom åren och det här är de likheter som Rut tycker är rätt tydliga i de båda länderna.

Men det finns också stora skillnader. I Sverige finns en rikedomen av högtider och seder samt en visskatt som helt saknas i Kanada. Medan Sverige har en lång historia där människa och natur format varandra, är Kanada ett tvåspråkigt land i den "nya" världen. Kanada består av en mosaik av ursprungsbefolkning, med fransk-brittiskt påbrå sedan kolonialtiden och har en historia av stark invandring. Man anser att olika bakgrunder spelar en viktig roll för landets gemensamma identitet och efterfrågar därför multikulturella bidrag. Man betraktar det som en tillgång i samhället och driver en invandringspolitik där nytta dras av den kreativitet och potential som människor i rörelse har. Riktigt så fungerar det inte i Sverige tänkte Rut. I Kanada tar man inte emot flyktingar, man säger i stället att man tar emot nya kanadensare.

För Sigges del har det varit tre viktiga år där och gymnasie-skolorna är det absolut inget fel på i Kanada. De finns bra utbildningar med bredd för många smaker och några obliga-toriska ämnen, så det verkar fungera ungefär på liknande sätt som i Sverige. Skillnaden är att skolgången är dyr samt att föräldrar förväntas ta en mycket aktiv del av skolaktivite-terna. Något som skulle vara en omöjlighet för Sigges pappa med den tjänsten han har. Så Sigge och hans föräldrar var nu helt överens. Nu fick det bli tre gymnasieår hemma i Sverige.

Sigge hade för övrigt vaknat ur sitt rus där på golvet i det avspolningsbara rummet och Rut hade pratat med honom flera gånger sedan dess. Det hon fått berättat för sig var att han kommit in för vård med ambulanspersonalens hjälp och var då fortfarande i ett medvetslöst tillstånd. Han hade 1,15 promille i blodet. Efter ett tag hade han vaknat men var då fortfarande rejält onykter. På morgonen efter hade Sigge och Sigges pappa pratat med en utskrivande sköterska. Det han då berättade var att han hade frestats, att han och en kompis hade pratat om hur alkohol smakade. De hade båda testat smaken, faktiskt kvällen innan då de tagit lite sprit hos kompisens mamma, men nu ville Sigge känna hur det skulle vara att vara full. Han tänkte att det nog skulle snurra ett tag i huvudet, sen var det klart och allt som vanligt igen. Just denna dag var han ensam hemma några timmar så han pas-sade på.

Han valde Whisky för att "den stod närmast", som han sa. Han drack i dricksglas och med den hastighet som den ål-dersgruppen gör för att tömma vilket saftglas som helst. Man kan tänka sig att han bet ihop om smaken eftersom det viktiga just då var att få någon slags "fullkänsla". Och det fick han. Han blev snabbt full, snabbt yr och snabbt om-dömeslös. Då drack han ännu mer, lika fort och började plötsligt må dåligt. Han blev rädd och grät, skickade videomeddelanden till kompisar som bara trodde att han skojade. Utom en, som reagerade. Som åkte dit och hittade Sigge på köksgolvet. Kompisen fick tag på ytterligare en kompis och hennes pappa kom till undsättning. Sigge blev snart helt borta och började kräkas i sitt medvetslösa tillstånd. De hade hjälpts åt att försöka skaka och klappa igång honom för att hålla honom vaken. När hans andning började påverkas, tyckte de att det var dags att kontakta larmcentralen och fortsättningen visste Rut redan.

Rut hade nu klappat katten så ivrigt att pälsen i det närmaste blivit statisk. När hon kupade handen ovanför pälsen, reste sig katthåren upp och drog sig mot hennes handflata. Katten tröttnade och hoppade ner.

Det hade kunnat gå riktigt, riktigt illa, tänkte Rut där hon satt. Med facit i hand insåg hon att om någon länk hade felat, kunde Sigge ha dött av spyor i halsen eller av andningsstillestånd. Ett par dagar efter denna händelse hörde Rut berättelsen om en mamma som kommit hem från jobbet och hittat sin dotter död hemma. Kvävd i sina egna spyor efter en fylla en helt vanlig vardag. Ungar är ena riktiga kaospiloter.

Det skulle bli jätteskönt att få hem Sigge nu och hon längtade redan. Vilken vecka han skulle komma till Laduvik var osäker i nuläget, först ville han ha sommarlov med sina kompisar. Eftersom Sigge gått extraterminer på sommaren och förstärkt sina språkstudier, hade hans sommarlov varit ganska korta. I år hade han tio veckor i ett svep och nu ville han krama ut det godaste av Kanada innan han reste tillbaka till Sverige.

På tal om gott, tänkte Rut medan hon gick fram till hushållsassistenten, den som Twist fått av sin kära mamma. Hon gruvade sig inför att lyfta undan locket och titta till jäsningen på degen. Den syn hon var van vid, var att se en deg som var allt annat än fluffigt uppjäst. Hellre brukar något så tunt och urblåst som en smälld ballong vara det som hennes degar fått ut av jäsprocessen. Rut hade testat ett nytt vetemjöl vid namn manitoba cream som skulle ha en enormt bra jäseffekt, och sedan hon gläntat på locket var hon beredd att hålla med.

"Oh shit, den tar ju över köket", skrek hon rakt ut.

När Rut bakar går det oftast åt helsike och samtliga bak påbörjas enligt receptens utlovande: "...och den här bakverket kan man bara inte misslyckas med". Få se hur det går denna gång då, tänker Rut varje gång. Hon har alltid höga ambitioner och bakar både nu och då. Resultatet blir allt som oftast och efter tveksamt övervägande, knappt godkänt. Men hon ger inte upp. Varje gång det landar en idé rörande bakning i hennes huvud, gör hon ett försök. En sak är säker; numera satsar hon sällan på säkra kort, för de finns inte. I stället satsar hon på fina bilder. Bläddrar och väljer ut, känner smaken i munnen och sätter igång.

Ett par timmar senare sitter hon där och känner smaken i munnen men ser någonting helt annat. Ett veritabelt kaos. När bakdoften väl lagt sig i köket, betraktar hon resultatet som hon har framför sig. Exempelvis en slags ojämn sockerkaka som sjunkit ihop i mitten dit all glasyr runnit och bildat en ganska djup pool. Lager av strössel som kanske enbart fläckvis landat så vackert att det skulle kunna kallas dekoration. Eller en rulltårta, som i stället för att likna en vacker symmetrisk rulle med luftiga lager, mer hade fått skepnaden av en fem centimeter smal och kompakt slang. Bitvis kraschad.

"Var så goda" är tre ord som i Ruts lilla avigvända bakvärld utlöser konstiga blickar och menande flin. Men ofta smakar det gott, så orden "det smakar nog godare än det ser ut" blir liksom mindre krystade än var-så-goda när Rut bjuder på fikakalas. Hon avskyr verkligen allt som har med kok- och bakböcker att göra. Det finns verkligen ingenting värre att fylla sina bokhyllor med. Dessa består bara av vackra bilder, självbelåtna flin, falska förhoppningar och ideliga påståenden om att det ena efter det andra är: "Lätt som en plätt", "Snabbt och enkelt", "Måltid på två röda" eller "Det perfekta kalaset".

Skulle Rut göra en kok- eller bakbok skulle den heta "Fort och fel", "Lycka till, det lär du behöva" eller kanske just "Det smakar godare än det ser ut", bara för att dessa titlar ligger närmare sanningen.

För ett antal år sedan hade Rut och Maja en heldag på temat bakning. De tog Ruts kök i besittning, valde ut ett antal guldkorn i bakväg och köpte in alla ingredienser. Kanelbullar, kärleksmums, drömmar, havreflarn och chokladrulltårta med smörkräm var det som skulle produceras vid sidan av spisrosiga kinder och glada skratt. De hade vilda planer och var fulla av optimism. De planerade i vilken ordning allt skulle göras, de blandade ingredienser, jäste degar, rörde ihop och skötte allt enligt instruktioner och bästa förstånd. Dagen var varm och lycklig.

Mest varm visade det sig, ju längre fram i dagens bestyr de kom. Den ena plåten efter den andra lyftes ur ugnen och besvikelserna överträffade snart förväntningarna. Helt överens var de dock kring att det måste vara ugnen som var den felande länken för i princip inget av det de gjorde blev i närheten av vad de tänkt.

"Ner med skiten i soporna!" De orden kommer Rut aldrig att glömma och det var hennes mamma som sa dem. Vid det laget var kinderna visserligen rosiga av ugnsvärmen men skratten, de hade slutat klinga för länge sedan.

Genom åren hade det varit ett antal kalas. Studentkalas och jämna födelsedagar, med många gäster och nya bak planerade. Ruts fantastiska mamma hade många gånger erbjudit sig att baka tårtor, men bara Rut och hennes mamma visste vad det i praktiken kunde innebära. Rut älskade sin mamma för att hon tog risken och deras överenskommelse var alltid att på inga villkor avslöja vem som varit konditor. På inga villkor!

"Ska vi se vad det där blir då?!" hade Twist sagt mer än en gång när det ena efter det andra åkt in i ugn och ner i grytor. Längtansfullt drömmande efter smöriga bakverk, välstekta köttstycken, gräddiga såser...fluffigt, drypande, doftande, krämigt... Glädjen till allt som Rut bakade och lagade gick inte att ta miste på. Inte heller idag.

Rut skulle baka wrapsemlor. Det var visserligen inte semmeltider men det gynnade bara nivån på förväntningarna, tänkte hon.

"Ja, jädrans vad degen jäst. Vad gott du gör!" Twist himlade med ögonen. Han var väl medveten om att Rut oftast laborerade mer än lovligt med allt vad det innebar, och att han strax senare skulle tvingas bekanta sig med nya känslor av besvikelse. Han hade därför lärt sig att avvakta med snålvattnet och dämpa förväntningarna tills resultatet verkligen var synligt.

"Vad ska det bli?" frågade han försiktigt, livrädd för att få onda ögat av Rut.

"Jag ska göra wrapsemlor. Den har samma vikt som en vanlig semla. Skillnaden är att degen kavlas ut jättetunt, och att den bakas väldigt ljust så den går lätt att rulla ihop. Innan man rullar ihop den spritsas grädde och mandelmassa i."

"Oj, kavlas ut jättetunt. Hur ska det gå tro?" sa han men i samma stund insåg han att det var bland det dummaste han kunde ha sagt.

Rut tog ingen notis om honom, utan fortsatte i stället:

"Det är lagkaptenen i konditorilandslaget som noterat att nästan ingen köper och äter semlor to-go. Han misstänkte att förklaringen till denna sanning var semmelbullens totalt omöjliga format. Det går helt enkelt inte att ta med den i flykten. Därför lanserade han wrapsemlan."

"Oj", sa Twist igen. "Konditorilandslaget? Och nu har du gett dig in i matchen, du är väl för underbar. Ger dig aldrig."

"Nej, varför skulle jag?" svarade Rut och nickade bort mot bakbordet. Längst bort med näsan åt hennes håll stod den lilla fostertomten. På stumma ben i sina svarta träskor och med röd akryldräkt över sin runda mage. Lyckobringaren. Idag var hon helt säker på att det skulle gå bra.

Det kändes futtigt att oroa sig över ett bak. Att ta hjälp av en tomte och att eventuellt bli irriterad över resultatet. Så kunde Rut känna när hon gjorde en loop kring sina funderingar och hamnade bland fattigdom i världen. Som vanligt skulle man kunna säga. Hur kan det ha blivit så, att allt hade blivit så välnärt och att människor börjat ta så mycket för givet att hela tänkandet förändrades. Mer utformat som ett solitt bristtänk. Vi ser brister i olika situationer och finns det inga, målar vi upp vad som mest troligt kan ske i olika situationerna. "Nu blir det bergis...", "det skulle inte förvåna mig om...", "med min otur så...", "det hade varit bra om inte...", "å vad synd att just det fattades annars hade...", "så typiskt att det inte..." och så vidare. Rut skulle kunna fylla en liten bok med liknande, obegripliga appositioner.
I Sverige, så välnärt och högfungerande att det nästan spricker i sina sömmar. Där allt finns som en människa behöver och lite till. Ett tryggt rikt land, där knappt någon rasrisk föreligger i något sammanhang, där ingenting saknas. Där det mesta är rättvist, där pengar rullar runt och hälsan är god.
Kan man ens prata om relativ fattigdom i en välfärdsstat som Sverige? Och i Laduvik? Ja, det kan man faktiskt, och särskilt drabbade är barnen. Att ha det sämst ställt i en ekonomisk hierarki är en av de största hälsorisker ett barn kan utsättas för. Två grupper är överrepresenterade; barn till föräldrar födda utanför Europa och barn till ensamstående. Dessa båda i kombination löper 50 procent högre risk att hamna i barnfattigdom än ett svenskt barn som växer upp med två föräldrar. Barn som lever i ekonomisk utsatthet, har

en fördubblad risk att dö under barndomen i jämförelse med andra barn.

Barn räknas som fattiga om de lever i familjer som inte har råd med det mest nödvändiga och därför tvingas till försörjningsstöd. Stödet uppgår till maximalt 14 000 kronor plus hyra, för en familj med två vuxna och två barn. För att få det att gå ihop tvingas föräldrar att skuldsätta sig. Deras barn, precis som andra barn, ska kunna ha rätt sorts mobiltelefon och likadana klädmärken som kompisarna. Ekonomisk utsatthet för barn leder nästan alltid till social utsatthet. De lever under ständig press, blir nervösa och tvingas hålla tyst om sina känslor. De skäms över sin familjesituation och tar inte gärna hem kompisar av rädsla för att de ska äta dem ur huset. De exkluderar sig själva hellre än att säga att de inte har pengar till bio eller en fika och därför inte kan följa med kompisarna. Detta utgör givetvis en stor social risk.

Vid sidan av den sociala utsattheten löper dessa barn tre gånger så stor risk att få en ADHD-diagnos. Dessutom avsevärd högre risk att drabbas av diabetes, hjärt- och kärlsjukdomar, under- och övervikt, att utsättas för brott och olyckor samt ett livslångt utanförskap. Risken att bruka antidepressiva medel ökar med 93 procent och nästan en femtedel av ungdomarna har ekonomiskt bistånd när de är 23 år. Att under lång tid leva på ekonomiskt bistånd tär på relationer, tron på den egna förmågan att förändra sin livssituation och synen på sitt egenvärde.

Det finns ett starkt samband mellan barns hälsa och föräldrarnas sociala och ekonomiska situation. Det är postnumret som avgör vilka livschanser ett barn får. Samtliga barn i Stockholms innerstad har gymnasiebehörighet medan endast 27 procent av Rågsvedsbarnen har detsamma. Idag lever drygt 232000 barn, alltså 12 procent i ekonomisk utsatthet i Sverige. Det här är barn som vi alla har omkring oss, till och med i lilla Laduvik, och skolan har givetvis en extra viktig roll i att uppmärksamma och skydda dem. Man kan undra vad Pernilla känner till om det här, tänkte Rut.

Rut hade lyssnat på ett program på radion där detta med barnfattigdom beskrevs och debatterades. Hon hade givetvis blivit illa berörd. Barn ska ha det bra, så enkelt är det. Här hemma, i Laduvik, i Sverige, i Europa och i resten av världen. Skolorna gör en enorm insats för alla barn, det var hon säker på och lagen om skolplikt är en av de bästa lagar som finns. Skolan är grunden för trygghet, jämställdhet och tillhörighet, ansvarskänsla och kompetens. Allt detta var något hon skulle ta upp med Pernilla för att få höra hennes åsikter i frågan. Hon var säker på att de skulle kunna fylla dagar med att prata om enbart detta.

Tänk om varje nyfödd bebis fick en låda, fylld med alla nödvändigheter för att kunna påbörja livets resa på bästa sätt? Så fungerar det i Finland, där man för övrigt har den lägsta barnadödligheten i världen och där de lyckligaste mammorna bor, enligt en undersökning. Där får varje nybliven förälder en låda som innehåller allt det barnet behöver när det föds. Varje låda innehåller sängkläder och filtar, kläder för alla årstider och sammanhang. Allt från pyjamas till vinteroverall och vinterskor. Det finns handdukar och hygienartiklar, bilderböcker, leksaker och mycket mer. Själva lådan fungerar som säng, vilken är precis lika okej som en spjälsäng och madrass följer också med. Lådan kostar ingenting. Det enda föräldrarna behöver göra för att få lådan är att gå på ett läkarbesök innan den fjärde månaden i graviditeten. Då får de välja mellan lådan eller cirka 1300 kr. Nittiofem procent väljer lådan. Här gäller "lika för alla" och idén talar sitt tydliga språk; att alla små bebisar är lika välkomna till världen, även om villkoren sedan ser olika ut.

Då knackade det på dörren och Ruts tankar avbröts. Hon kom tillbaka till det verkliga livet.

"Kom in!" ropade Rut, som nu stod med händerna fulla av kletig deg djupt nere i degskålen.

"Det är bara jag", svarade Pernilla i samma stund som hon hade öppnat dörren.

"Jag ser att du är övervakad", la hon till och pekade på tomten.

"Å vad kul, hej! Ja det kan man säga. När man pratar om trollen, eller tänker rättare sagt... jag tänkte precis på dig."

"Jaså, vad var det då tro? Att du snart bjuder på nybakat eller vadå?"

"Visst gör jag det, men ha inga förväntningar. Nej, jag tänkte på att du måste ha världens viktigaste jobb där bland alla barn, är det inte så?"

"Jo, visst har jag det", svarade Pernilla med en suck.

"Men det svåraste jobbet har man med sin egen tonåring egentligen. Det är så fyllt av detaljer man inte förstår, inte kommer nära och själv har glömt bort hur allting var, det var så länge sen."

"Ja, och dessutom känns det så", fortsatte Rut, "att man inte ens vet hur förvandlingen gick till i modern tid, alltså hur den växande lille parveln blev som den blev. För mig är det ju ännu svårare som du förstår."

"Håller med!" svarade Pernilla.

"För ett tag sen, alltså helt ärligt känns det som om det var i förrgår… var det inte så viktigt med vax i håret. Och tröjan behövde inte komma från Hollister, man hoppade i whatever liksom. Orden: *alla andra får* ju var inte uppfunna. Inte heller: *snälla mamma kan jag få va' ute till 12* eller *du e ju helt körd, du måste skämtaaaa*. Hamburgare hade inte sett dagens ljus och precis all mat var god. Hjälmen på huvudet var det coolaste som fanns och den största förtreten var att inte få klättra i alla träd på väg hemvägen från skolan. Hela livet var ett äventyr. Inte bara paddan och iPhonen."

Pernilla berättade om sin Tor och allt som hänt där hemma och i skolan. Om krigen med tonåringen som faktiskt kan röra det mesta, exempelvis ett par Converse. Eller okej då, inte "ett par" Converse, utan faktiskt *hans* Converse. De var så stela av smuts att det till slut var omöjligt att se om det var stallstövlar eller tygsneakers. Precis som man för tio år sen inte fick slänga mjukiskaninen eller gosefilten i tvättmaskinen, så hölls det nu hårt i Conversen. De skulle vara minst lika ofräscha och lortiga som den där gamla kaninen. Det var liksom det som var själva grejen. Tor släppte dem inte ur sikte men som alla listiga morsor hade Pernilla en djävulsk plan. Vid första bästa tillfälle och när Tor sov hos en kompis, dränkte hon Conversen stilla i ett bad med Vanish. De blev som nya men då gick det med dem som för gosekaninen. De hamnade i ett avskilt hörn och användes aldrig mer.

Medan Pernilla pratade, så kavlade Rut. Hon hade redan i förväg mjukat upp mandelmassa och vispat grädde, så nu skulle bara de tunna degkakorna gräddas. Snart var fiaskot nära.

Strax därefter återgav Pernilla ett samtal där lätt blev svårt och svårt blev lätt så där som det gärna fungerar i en tonårings värld. Det handlade om att Tor ville åka till sjön och bada med kompisar och detta förmedlades i ett av alla hetsiga svara-snabbt-som-fan-morsan-samtal som avverkas miljoner gånger per vecka. Bara att Tor skulle åka och bada *själv*, gjorde att Pernilla svalde hårt flera gånger. Hon hade så länge hon kunde minnas, haft återkommande mardrömmar om att han nästan drunknade. Och det var Pernilla som räddade honom varenda gång. Inte badvakterna, inte andra vuxna och absolut inte kompisarna. På sin höjd hade de undrat vart Tor plötsligt tagit vägen och hade kort därpå typ dragit den världsfrånvända slutsatsen:

"Han gick väl hem då, va?! ...varför sa han inget?" och snart senare fortsatt leken och stojet och kampen om vem som kunde hålla andan längst.

"Bada med kompisar? Var då? Med vilka?"

"Aaaa, vi ska hoppa från berget?"

"Haha, eller hur att ni ska hoppa från berget, skärp dig, det är ju jättehögt!? Varför kan ni inte bara bada vid badplatsen?"

"Meh, det är säkert. Vi klarar det, kom igen nurå... mamma... alla andra får ju!"

"Men hur kommer ni upp på berget då?

"Vadå... vi cyklar ju."

"Men det är ju jättehögt, runt 20 meter?"

"Jamen vi hoppar inte uppifrån."

"Men hur kommer ni ner till lagom höjd?"

"Vadå, vi klättrar ju."

"Men hur kommer ni upp på berget igen när ni har hoppat?"

"Meh, mamma... hehe, vi bara klättrar upp. Vad är det för fel?"

"Jaja, men gör det då", fast jag tycker inte att det är okej... Tio minuter senare plingade ett SMS: "älskar dig".

En timme passerar. I verkliga världen alltså. I Pernillas värld passerade ett felsteg, en drunkning, ett SOS-larm, ett sjukhusbesök, en hjärtdefibrillator, en obduktion och en röst som säger:

"Hur dum kan en mamma egentligen vara... låta sitt barn hoppa från ett berg. Var höll hon hus egentligen?"

Pernilla skickade senare ett SMS: "Vi äter klockan sex, så du har en halvtimme på dig hem".

Svaret blev: "Men vadå? Det kommer aldrig att gå..."

Rut skrattade till. "Jaha! Så att hoppa, cykla, klättra, kämpa och tjata det var inga problem, men att passa en mattid blev plötsligt omöjligt?"

"Japp! Exakt så tänkte jag med", sa Pernilla.

Sedan avslöjade hon att hon på fullt allvar hade tänkt använda samma kommandon på Tor som hon lärde sig på dressyrkursen när deras hund skulle fostras. Kort enkla kommandon, enkla att förstå och svåra att ifrågasätta. Kommandot "kom" är inkallningsordet och "nej" betyder förbud. Säger man "sluta" är det en signal för att allt tjafs och tjat ska upphöra. "Häråt" betyder helt enkelt häng med och "sakta" säger man om man tycker att det dras för mycket i kopplet. "Vänta" betyder förbli på platsen och slutligen "Varsågod", som ger signal om att något är tillåtet. Det sista kommandot bör man använda lite sparsamt.

Rut höll med om att det lät tillräcklig kort och förenklat för att tonåringen inte skulle få huvudbry. Hon berättade sedan för Pernilla att hon hört från Sigges pappa att allt inte gick enkelt där hemma heller. Det var exempelvis snudd på omöjligt att få med Sigge på saker, alltså att hänga med de vuxna på något. Han skulle jämt vara med kompisar. De kunde muta med utflykter, bio, restaurangbesök och mycket annat men kompisar gick alltid före. Man kunde kalla detta för rent och skärt, snudd på demonstrativt anti-mingel. Om Sigge någon enda gång följde med dem på en biltur eller liknande, satt han i baksätet som uppslukad av sin mobiltelefon. Sigges pappa hade skojat om att ta kort på diverse sevärdheter utefter vägen och skicka dem som MMS till Sigge när han satt där bak. Därigenom skulle han få en chans till någon annan upplevelse än enbart dem han valde att mobilen skulle leverera.

"Så himla kul idé", sa Pernilla. "Samtidigt skulle en röst svepa in i hans örsnäcka som sa: *just nu på höger sida ser du vatten och lite längre fram på vänster sida passerar vi strax ett slott. Slottet ligger på en kulle av guldmynt och du kommer att få dem alla om du tittar upp från mobilen en liten, liten stund.*"

"Eller hur? Men han skulle mest troligt inte höra något av det i alla fall", poängterade Rut.

"Hans fokus skulle ligga på snapchat eller KIK och den livsuppehållande guiderösten skulle mest troligt drunkna i texter som redan hade första tjing i örsnäckan: *Pang (pang), boom (boom) - Crash Mister Cool. Pang (pang), boom (boom) - Crash*

Mister Cool. Alla boots alla doots han e här han e där... han är Mister Cool... eller hur nu texterna går", fortsatte hon medan hon skrattade högt.

"Det är visst Snook som gäller."

"Ja säga vad man vill", sa Pernilla, "men gosh vad man blir kreativ, och kanske lite djävulsk i sitt tänkande när man har en tonåring i sitt liv."

Det skrattade de gott åt ett tag men sedan blev Rut allvarlig igen och berättade om vad som rört sig i Sigges värld där långt borta från henne. Om hur hemskt hon hade upplevt det och all oro när hon visste att han var så sjuk. Han kunde ju ha dött! Bara hon tänkte på det kom det tårar i ögonen och rösten började darra. Pernilla strök henne lite på armen och så berättade hon om en situation när hon lyckades med en sådan fullträff att Tor på allvar helst hade velat byta ut sin morsa.

"Det var två små söta monster som knackade på vår dörr i höstas. De skulle skrämmas eller tigga godis, du vet det var Halloween. Det de inte räknat med var att jag, ett avskyvärt skelett med dödskallemask, skulle öppna dörren. Något förskrämda... sa de *bus eller godis* och precis då kom Tor hem. Han fräste till mig och sa att jag skulle skärpa mig. Poängen här var att han hade fått känna obehaget av att skämmas över mig som familjemedlem. Han blev skitsur medan jag bara sa; *men hallå, jag skojade ju bara*. Precis så som han brukar göra. Det var lite kul!"

"Kan vara bra att smaka på sin egen medicin ibland kanske", höll Rut med om.

"Nu har Tor fått en något lugnare tillvaro sedan han bytte klass i vilken han trivdes från första stund och nu vill han visst konfirmera sig nästa sommar. Tänk att jag har närt en konfirmand vid min barm", sa Pernilla och hennes ögon lyste av glädje. Det blir nog ordning på det mesta enades de om.

"Sigge kommer hem i sommar, fast ganska sent, närmare hösten kanske."

"Å, vad kul, vad spännande. Det längtar du förstås till. Var det tre år han varit borta? Måste ha hänt hur mycket som helst då."

"Ja, fast vi har skypat jättemycket så jag har nog hängt med, men tänk dig att äntligen få ta i honom. Gud vad jag längtar."

Rut kavlade på och Pernilla slog sig ned vid köksbordet. "Men du, jag kom hit i ett litet ärende faktiskt", sa hon. Jag och Tobbe satt hemma och pratade häromkvällen, ja efter att vi varit här på ert vårkalas då ni bjöd på must och så. Himla trevligt förresten".

"Tack!" flikade Rut in och berättade i all hast om Bengt och hans oro för att hamna i slutskedet av Yin-vägen och vad det egentligen var. Pernilla skrattade så att hon nästan bröt ihop. Hennes pappa var inte särskilt levande egentligen, och han pratade ofta om döden och om sina döda vänner som om det var något att fastna i. Pernilla förstod inte det. Visst kan man väl tänka på sina himlavänner men Pernilla föredrog att göra det i minnen av deras levande liv och olika gemensamma händelser. Inte kring just det faktum att de var döda, tänkte hon. Lev här och nu och gör det bra, hade hon sagt till honom. Man lever egentligen bara en kort stund men är död faaan så länge, hade hon också sagt men då blev han nästan illa berörd. Hon var dock osäker på om det var för själva budskapet, hennes manhaftiga sätt att uttrycka sig på eller för själva svordomen.

Pernilla samlade ihop sig och funderade ett ögonblick på om Rut hade någon aning om vem Bengt var. Hon valde att inte heller denna gång berätta att Bengt var hennes pappa. Det var som sagt inget hon gick runt och stoltserade med. Hon hade även bett Tobbe att ligga lågt med den informationen vilket inte var särskilt svårt för honom. Han hade ju knappt träffat gubben.

"Jo Tobbe och jag kommer ju att åka till Grekland som vanligt i sommar, eller kanske i höst vilket som passar bäst", sa hon. "Och våra funderingar gick kring hur vi skulle lyckas få med oss er." Hon gjorde en paus och Rut skjutsade in en plåt i ugnen. Samtidigt kom Twist och Mini in i köket. De hälsade alla på varandra.

"Vad kul att se dig, var har du gubben din?" undrade Twist.

"Han är iväg ett ärende men skulle nog titta förbi om en stund, vi hade en liten fundering som vi inte ville ta på telefon."

"De vill ha sällskap till Grekland", fyllde Rut i.

"I sommar eller längre fram mot hösten." Hon tog ut den ena plåten och ställde in nästa.

"Men hallå", sa Mini som såg all den kavlade degen på bänken.

"Ska du stå så där och skjutsa in och ta ut plåtar i den där takten, kommer du att få stå hela dagen." Sätt på varmluftsugnen och fyll några plåtar så kan du grädda alltihop samtidigt."

Rut begrundade möjligheten och gjorde snabbt det Mini tipsat henne om. Hon hade helt glömt bort att den funktionen fanns på den sprillans nya ugnen. I ärlighetens namn var hon glad att hon alls fick igång den. Länge bojkottade hon åbäket som Twist i ett obevakat ögonblick ställt in i köket. Trots att hon bestämt sig för att spiskrama den gamla, hade hon till slut fått ge sig.

I samma ögonblick som plåten skjutsades in i ugnen knackade det återigen på dörren och Tobbe smet in. Nu var hela gänget samlat.

"Hej på er och wow, här var det storbak! Titta Pernilla vilken fin ugn som kan grädda flera bröd samtidigt. En sån skulle vi också ha", sa Tobbe.

"Du...", började Pernilla. "Hela du har omvandlat din överskottsenergi till maskinkonsumtion. I stället för att investera i en bil med 300 hästkrafter, har du försett köket hemma med motsvarande."

Tobbe tittade till på Twist och blinkade lite med ena ögat innan han fortsatte. De såg båda rätt nöjda ut, konstaterade Rut.

"Ja alltså, fick man inte köpa en snabb bil... eller det fick jag faktiskt men ångrade mig när det visade sig att försäkringen av det snabba aset översteg 1500 kronor per månad... så fick man köpa lite annat i stället. Ett kylskåp med inbyggd is-maskin i dörren till exempel", sa Tobbe.

"Mmmm, här blev det en espressomaskin som maler bönor och brygger kaffe medan trumhinnorna bågnar och katten reser ragg i sömnen. Självaste Audin jobbar tystare", la Rut snabbt till och tog ut de fyra plåtarna ur ugnen, lät bröden glida av på bänken, förberedde fyra nya och stoppade in dem i stället.

"Men ni har väl redan en snabb bil", sa Twist. "Den där cabben som ni körde runt med tidigare."

"Njae, den har jag gjort mig av med. Det var för mycket krångel faktiskt så nu kör vi taklucka i stället. Jag var på BMW en eftermiddag för att prata bilbyte och parkerade cabben bredvid en annan BMW som hade exakt samma färg som min. En man klev ur den bilen samtidigt som jag klev ur min och vi tittade på varandras bilar. Vi började prata och jag sa lite skämtsamt att vi kunde byta. Hans var en fyr-hjulsdriven 330 xDrive med skinnklädsel, en BMW så klart och så blev det så. Vi bytte, eller skämt åsido, några måna-der senare hittade jag mannens bil till försäljning hos en bil-handlare i Västerås. Så då slog jag till och vi är supernöjda. Den har dragkrok med så vi kan dra båtar efter den, kan vi inte Pernilla?"

Men Pernilla hörde inte. Rut hade tagit chansen att sätta sig en stund så nu var Pernilla upptagen med att balansera ut en av plåtarna ur ugnen.

"Jaha, ni tyckte att vi skulle ta ledigt från alltihop här och ta en tur till Grekland. Hur tror ni att det skulle gå här hemma då?" undrade Rut.

"En fundering bara", svarade Pernilla.

"Går det inte att ha vikarie om man har bondgård? Det måste finnas fler som kan mata, mjölka, ysta, borsta, mocka, snickra, klia och klappa?"

"Jag finns!" sa Mini och så finns ju mamma och pappa med. Vi kan ta hand om det här. Mamma har gått och bokat upp sig på en liten valp helt plötsligt så hon lär hålla sig hemma. Och så har vi tomten!" sa han och pekade bort mot honom där han stod.

Rut som hade återtagit ugnsbestyren bytte plåt igen. Gräddningen gick snabbt med så tunnkavlad deg. Hon bad Twist sätta på kaffet och ta fram mandelmassan och grädden.

"Har Pia-Carin tingat en hundvalp sa du, det kommer att passa henne. Mini, kan du hjälpa mig? Lägg ut... få se, hur många är vi nu... fem bröd på bänken. Smeta ut lite mandelmassa på varje, i storleken av två femkronor."

Mini gjorde som Rut sa samtidigt som han berättade att en tax var beställd och skulle hämtas i juli någon gång. I takt med att han blev klar med mandelmassan, klickade Rut tre rågade matskedar med vispad grädde ovanpå, rullade ihop brödet och ställde på bordet.

"Gott mos!" sa Tobbe.

När kaffet var klart satte de sig alla till bords och började prata om Grekland. Tobbe och Pernilla turades om.

Det var nu sjätte gången de skulle besöka denna fantastiska lilla fiskeby, omgiven av de väldiga bergen på var sida om bukten. Man flyger till Preveza airport och åker sedan buss i en dryg timme och kommer fram sent på kvällen. Pernilla berättade lyriskt om det älskvärda att komma fram i mörkret, att få sätta sig på hotellets altan. Hälsa på alla, ta något att dricka och pusta ut. Sedan smyga ner till båtparken på stranden, känna den ljumma kvällsvinden och höra vågorna.

Bara stå där under den mörka himlen och känna att man är framme. Liksom välkomna veckan.

Hela veckan gick i ett perfekt tempo. Lång frukost, riggning av båtar, lugn segling i det kristallklara vattnet på förmiddagen. Ett par timmar senare lunchdags då de alternerade mellan två lunchställen, Kavadias eller Melas. Clubsandwich eller omelett, sallad, en saganaki-ost eller kyckling. Den kalla citronölen Radler, som en skänk från ovan med sin låga alkoholhalt och sin friska smak.

"Eh, det där lät inte fel". Det var Twist som tog till orda. "Nej, verkligen inte. Jag kan inte se den människa framför mig som inte skulle trivas där. Och man behöver inte segla. Det finns yoga också, samt mot ett tillägg möjligheter att prova på scuba diving, snorkling och windsurfing. Cyklar finns att låna om man vill ta en tur i trakten. Man kan lära sig en hel del om kryddor, man kan få massage och man kan delta i träningspass."

"Fast jag skulle lätt välja segling", sa Twist snabbt.

"Ja det är skitkul och efter lunchen börjar de hårda vindarna pusta och frusta, det vet man. Då byter man från shorts till långbent våtdräkt som skydd mot slag av alla sorter. Man kör så vattnet yr och det är så enormt kul", fyllde Pernilla i men snart tog Tobbe över igen.

"Instruktörerna i sina båtar har fullt upp att bevaka bukten och hjälpa dem som välter och mitt i allt detta körs Joyrides. Då bjuder instruktörerna ombord dem som vill hänga med och de får njuta av helt galna, höga hastigheter... 18-23 knop. Vissa eftermiddagar tittar instruktörerna upp mot berget och säger: *nu rullar det får av berg*. Med det menar de att det blåser så hårt att seglingen kan bli snudd på ohanterlig."

"Fantastiskt vilka goda semmelwraps du har gjort Rut, jag älskar dem tusen gånger mer än vanliga semlor", sa Pernilla. De andra höll med och Rut själv var ganska nöjd. Hon hade fixat det. Twist verkade inte vara med riktigt. Han hade för närvarande orimligt stort fokus på att slicka i sig grädden som självspritsat sig utmed ena handens sida och vidare nerför ena armen. En klutt låg i knäet och en satt på ena kinden. Han torkade och slickade om vartannat.

Pernilla och Tobbe berättade sedan att veckan följde ett välbekant mönster. De brukade springa en femkilometersrunda upp mot de östra bergen ungefär varannan morgon. Man ställer klockan på 06:15, och då hinner man precis lagom tillbaka innan solen börjat sprida sin hetta över byn. En skön start på morgonen, det är bara 15-16 grader och alla sover än. Utom tuppen.

"Det är ju rena rama sovmorgonen, sa Twist och Rut i mun på varandra. Men ska vi behöva höra på en tupp där också?"

"Ja så lär det nog bli", sa Tobbe. "Och en gång i veckan är det en barbeque med bakad potatis och goda sallader. Bröd och tsatsiki till förrätt och frukt på tandpetare till efterrätt". Twist och Rut tittade till på varandra och log en smula då de båda tänkte på det tandpetsplock de bjudit Pernilla och Tobbe på första gången de sågs.

"Grillningen avslutas med fest och dans. Hela altanen fylls då av gäster och när musiken drar igång kommer det folk överallt ifrån. De liksom bara väller in från olika håll. Detta är en av veckans höjdpunkter... då man också får ta del av lite ungdomskultur!" sa Pernilla. Tobbe suckade knappt hörbart.

"Ja, och en annan kväll är det Cocktail and Curry, fortsatte Pernilla". Då blandas det drinkar, som är både starka och färgglada och alla minglar runt i haciendan vid poolen. Farmor i huset bjuder sedan på en fantastiskt god kycklinggryta, toppad med mango chutney och rödlök och hela kvällen avslutas med trubadurer och ballader."

De berättade vidare att övriga kvällar kunde man promenera in till byn där det fanns hur många restauranger som helst att välja bland och de hade tre favoritrestauranger. Det fanns en liten shoppinggata att skramla runt på och en cocktailbar som var helt kanon. "155" var namnet och där kunde man sitta några kvällar och hänga. Drinkarna kostade vad de smakade. White Russian, Strawberry Daquiri, Pina Colada, Vodka Espresso med flera drinkar.

Rut torkade bort lite grädde ur ena mungipan och sa att det verkligen fanns anledning att fundera vidare över allt detta. Med denna inlevelsefulla beskrivning och det de tidigare läst, rådde inte minsta tvivel om att det här stället borde kunna jämföras med Paradiset. Alltså *det* Paradiset, det man kommer till när man har trillat ur köttrymden för gott.

"Vi ska tänka på saken!", sa Twist som såg på sin hustru att hon fallit i trans med sina funderingar igen. Mini hejade på och intygade att han alldeles säkert skulle kunna fixa gården en vecka.

"Det kommer att bli som när ni var på SPA. Fast sju gånger. SPA sju gånger på raken, tänk så. Och det gick ju jättebra, gjorde det inte?"

När de fikat klart och överöst semmelwrapsen jordens alla superlativ samt uttömt allt om paradiset i Grekland, gick de ut på gården för att säga "hejdå". Det sista Pernilla hörde att Rut sa, precis innan bildörren slog igen var:

"Och kattvakten eran är ju ordnad också, det är bara att flyga iväg."

Pernilla svarade "ja visst" och tänkte på hennes mamma som alltid ställde upp. Samtidigt tyckte hon att det var så konstigt att Rut kommenterade det eftersom de aldrig haft anledning att prata om detaljer som hade med kattvakt att göra.

Medan de lämnade gården funderade hon vidare kring det. Vad kan Rut ha menat? Det var alltid Pernillas mamma eller syster som passade katten när de reste iväg men så tyckte hon att Rut sagt att Bengt hade bra koll på katten. Vad kan hon ha tänkt när hon sa så? Kände hon till deras släktskap, var det så att Bengt kan ha sagt något? Eller, kanske hon hade hört fel bara? Det hela behövde nog utredas vidare.

Kapitel 10
Om högrisktransporter, provkörningar och goodiebags
samt administratören som behövde underbensavkylning

Valborg hade passerat och var blåsig som sjutton. Ett eller
möjligtvis två regnstänk, tretton grader på dagen och åtta till
nio på kvällen. En helt vanlig Valborg med andra ord och
de hade grillat och ätit utomhus för första gången. Man
skulle kunna säga att det blev buffé. Tobbe åt en medelstekt
köttbit, Pernilla pasta med några grillade kräftstjärtar och
katten fick dagsfärsk fågel med tight fjäderdräkt, fast det var
tidigare under dagen. Alla var nöjda, precis som det brukar
vara när det serverades buffé. De satt och jäste på maten.

Någonting annat som jäste hemma hos Tobbe och Pernilla,
var deras ölbryggning. Som alltid när man ska försöka sig på
egen tillverkning av alkoholhaltiga drycker, görs det inte
utan inbyggda problem och risker. De hade tidigare kört
några omgångar humledryck, ett helt okej resultat och med
smak av svag ölkaraktär. De hade gett bort några flaskor till
folk också. Problemet var att drycken efterjäste i flaskorna
som exploderade och skickade humlekaskader lite all over
hos mottagarna. Men nu som sagt, nu hade de gått över till
öl. "IPAHHH India Pale Ale".
Det enda som behövdes för att alls lyckas var en 5-liters ka-
strull, en tratt och visp, en slev och några tomflaskor. Så där
ja, klart! Eller inte riktigt kanske, men med hjälp av ett litet
hembryggeri-kit, fick de ihop en komplett sats på ungefär
fyra liter 5,5-procentig öl. Totaltiden för att brygga öl be-
räknades till cirka två timmar och jästiden till fyra veckor.
De veckorna hade inte riktigt gått än.

Valborg var en av de finaste traditionerna enligt Pernilla.
Det var, oavsett vädertyp, ändå som en slags hälsning till

207

våren. Planeringen, maten och den ljusa kvällspromenaden till brasan. Alla människor som samlades och barnen som skuttade runt som små Madickenbarn. Ett år hade Pernilla ändå haft mer än fullt upp, och det var när de små Madickenbarnen kom på att man kunde plocka grodor och paddor från vassen och slänga dem i elden. Jävla ungar! Det blev en Valborg då vaktkostymen och radarögonen åkte på. Hon kände att hon ville kasta in barnen själva i elden och deras föräldrar också. Urpuckade föräldrar som inte hade vare sig egna ögon, radarögon eller ögon i nacken till att fatta vad barnen höll på med. De var förresten inte ens i närheten utan pladdrade runt med kvällens middagsvänner i godan ro. Eller snarare *sluddrade* runt utan minsta aning om vad deras ondskefulla Tengil-barn höll på med. Pernilla hade fått kliva runt i väta och vass i ett försök att hålla ordning. Efteråt luktade hon eld och rök och håret var rufsigt efter alla huvudvridningar som tillhörde uppdraget. Ögonen var svarta av ilska. Nåväl, Valborg var fortfarande en fin tradition med kör och fackeltåg även om det sedan grodstekningen aldrig blivit fullt så avkopplande igen.

Första vardagen efter Valborg vaknade de pigga och utsträckta efter långhelgen. En dusch, frukost, kläder på och lite sociala medier. Tor hade fått nytt mobilabonnemang härom dagen, ett sånt som man kunde ringa obegränsat ifrån. Sedan dess ringer han varenda en på telefonlistan, bara för att. De hoppades nu innerligt att de inte förbisett någon finstilt hållhake eller begränsning i abonnemang samt att samtalen var trevliga. Vid frukost och övriga måltider råder mobilförbud. Det är bra och har nästan accepterats.
”Jag skulle kunna tänka mig att köra lastbil”, sa Tobbe där de satt vid matbordet.
”Jaså, skulle du det? Som en sån där tuffing, rundmagad av allt stillasittande och med grab-and-go-fläckar på T-shirten”?
”Tror jag inte.” svarade han.

"Utan...?", Pernilla tänkte att hon gått för långt. Det han hade i huvudet var kanske mer en typ Rambo som körde explosiva och brandfarliga högrisktransporter. Det som inte gick snabbt skulle i alla fall kunna gå tungt, så var det nog. Tobbe svarade inte och hon trodde det var klokast att släppa ämnet där, han var nog bara less på sitt jobb bland en massa sladdar och allsköns teknikstrul. Därav en plötslig önskan om att köra lastbil. Själv hade hon stundtals en dröm om att jobba på apotek. Att ta emot kunder med fär-digskrivna recept, leta upp medicinen i rätt utdragslåda, märka asken eller burken med en etikett och sen ta betalt. Klart. Fyrkantigt och lätt, inget dräll och inget skäll, hjälp-sam kundkontakt och inget som jagade en när sänglampan släcktes för natten.

I Pernillas jobb fanns det alltid något att fundera över även på hemmaplan. Om det var sådant som rymdes under be-nämningen "förtroendetid", maxade hon sin tid väl. Funde-ringarna handlade i så gott som alla fall om hur man kunde göra saker bättre och hur man kunde skapa trivsel och trygghet för eleverna. Det finns en uppsjö av varianter på elever i en skola. Exempelvis elever med intellektuella be-gränsningar, med svagt stöd hemifrån, elever som inte vill gå till skolan, som behöver lära sig långsamt, som är omoti-verade eller ofokuserade. Sådana som är utagerande, eller som inte alls vill gå till skolan. Så finns det också blyga barn och såna som inte kommer till sin rätt i flock. I alla fall inte om de behöver säga något, göra något eller exponera sig på annat vis.

I lärarnas tidning hade hon läst en artikel om blyga barn som aldrig vågade säga ett knyst. Det stod om en pojke som hette Love: "När Love fick en stor kartong målad som en tv över huvudet började han helt plötsligt att prata. Han berät-tade fantastiska historier om greker och romare, redovisade läxor och prövade att gå in i olika roller." Pernilla tyckte det lät helknäppt. Skulle man ens komma på samma metod, teknik, behandling eller kalla det vad man vill, på vuxna? Eller kanske på dem som pratade *för* mycket. Då skulle Pernilla ha en kartong över huvudet vid det här laget. Helt ärligt trodde hon att det kunde vara att föredra ibland.

Inget av Pernillas barn ägde särskilt mycket av den nerven som genererade blyghet. Tvärtom var de alla tre otroligt duktiga på att ta kontakt och genom ord och kroppsspråk närma sig andra. Pernilla hade nästan ett tjatigt antal gånger fått höra hur fina hennes barn var på det sättet. Stod någon av dem upptagen i sitt kompisgäng någonstans och hängde då en bekant till familjen syntes i närheten, knoppade de blixtsnabbt av sig från gänget för att hälsa och byta några ord med bekantingen. De hörde heller inte till den sortens människor som inte "låtsades" se andra, utan agerade precis tvärtom och tog kontakt. Sånt var trevligt.

Nu var det som sagt morgon och Pernilla refklekterade över att hon hade börjat drömma samma dröm om och om igen. Drömmen handlade om att sommarlovet hade pågått ett tag och att det bara var en vecka kvar av det. Så här sent på terminen fanns absolut ingen ork att tagga igång med något nytt, speciellt inte ett helt nytt läsår, så det var en riktig mardröm. Pernillas jobb var stimulerande, viktigt, personlighetsutvecklande och intressant men nu längtade hon bara efter att få vara ledig. Hon hade absolut ingenting mer att ge.

Varför tänkte man inte om för att locka fler lärare till skolan? Att vara lärare var ett helt fantastiskt jobb egentligen men alldeles för tufft och intensivt. Efter en studie kring stressiga arbeten då man samlat in ett material av röster från olika yrkesgrupper visade det sig att listan toppades av läraryrket. Och just högstadielärare faktiskt. Om det nu är svårt att värva nya lärare, om klasser står lärarlösa varje höst, om ansökningarna till lärarlinjen är få... kanske det vore dags att tänka nytt? Lärares arbetsbelastning är hög, stressen påtaglig och hälsoeffekterna kännbara, så varför inte införa tidigare pensionsrätt? Kan man erbjuda militärerna det, så varför inte? Helt ärligt, *varför* erbjuds militärer det, vad gör de som förskaffar dem den äran? Lärare pekar i och för sig inte med hela handen, som militärer gör. De pekar bara ut färdriktningen. Det är svårare.

Ett annat förslag för att höja statusen på läraryrket borde vara att väcka liv i alla lärare som faktiskt tycker om sina arbeten. Låta dem tala och göra en twist i skoldebatten. Bjuda in "fotfolket" till kommunerna med syfte att ta fram konkreta åtgärder och mötas kring tänkbara förbättringsområden och rimliga prioriteringar. Politiker, skolpersonal, fackförbund, lärarutbildare och elever. Alla dessa har sin bild av vad som kan förbättra skolans status och få framtidens skolpersonal att trivas.

"Det går att ångra sig", hörde hon Tobbe säga till katten. De hade någon typ av förhandling i regnet vid ytterdörren på morgonen. Länge och väl pågick detta utsläpp. Katten släpps ofta ut genom ytterdörren men varvar mest bara huset innan han smiter in igen genom kattluckan. En tur på maximalt två minuter och då har han ändå hunnit pudra näsan på vägen.

Pernilla och Tobbe förberedde sig för att åka till sina respektive arbeten. När Pernilla satte sig på cykeln började hon nynna: "Sköna maj välkomnad, till vår bygd igen. Sköna maj, välkommen, våra lekars vän..." Nu var det bara tjugo arbetsdagar kvar av terminen och mycket skulle hända framöver.

Väl på jobbet satte hon sig en stund i personalrummet innan hon gick iväg till sitt rum. Efter fyra år på samma arbetsplats, i stundtals mycket dålig luft, hade hon plötsligt upptäckt att hon hade ett fönster som gick att öppna. Det var en varm dag så det behövdes sannerligen.

Första lektionen var en mattelektion med två gossar i årskurs nio och de körde lite vardagsnära och problemlösande matematik. Uppgiften var att ta reda på hur många kilometer det är till horisonten i förhållande till den höjd, räknat i meter över havet, som man befinner sig på. I formeln finns både bokstäver och siffror, multiplikation och roten ur. Efter uträkningen var de alla tre lika lättade över att svaret blivit rätt och Pernilla övertygade dem om att detta var det bästa raggningsknepet i universum. Tänk så romantiskt, när du sitter på en kobbe i solnedgången nu i sommar... att tänka igenom formeln, räkna lite snabbt... och sedan viska i din älsklings öra:
"Nu min kärlek, nu är vi 27 kilometer från horisonten".
Hon försökte få gossarna att förstå det hon redan gjort. Att det var oslagbart.

Dagen gick i snabb fart som vanligt och just måndagar var det mest mattelektioner som passerade. Hon hade egentligen inte behörighet i ämnet, hade långt ifrån en mattelärares kunskaper men hon hade något som lärare i matematik kanske saknade. Nämligen erfarenhet av att vara *dålig* i matte. Hon kände till vilka spärrar som blockerade, vad man inte förstod, varför det tog stopp, hur lärarens förhållningssätt påverkade och hur man faktiskt kände sig totalt dum i hela huvudet när man inte förstod. Och åren som går, svårigheter som består och inlärning som bara bromsas. Man känner sig till slut som en fullkomlig retard och då är det stört omöjligt att räkna ut antal kilometer till horisonten. Det där kunde Pernilla lirka lite med och hon använde ofta alternativa läromedel som hjälp. Eller lekar.
Som till exempel tävlingen om vem som kunde memorera flest decimaler av talet pi. Inte för att det är livskunskap eller ens nödvändigt att kunna utan mer som en lek, att ha kul med siffror. Det är också en alldeles utmärkt träning för arbetsminnet, vilket är en livsviktig funktion för att överleva skolan. Det eleverna inte visste, var att hon hade alla de sju

första decimalerna gratis i minnet eftersom det var samma siffror som i hennes telefonnummer. 1415926, de kunde hon som ett rabblande vatten. Först från den åttonde siffran kom hennes utmaning men hon hade ett system som hon också ville att eleverna skulle använda. Det gick ut på att strukturera uppgiften. Efter de sju första siffrorna klumpade Pernilla ihop dem i kvartetter: 6535 8979 3238 4626 4338 och så vidare. Hur svårt kunde det vara?

Mini hade vid ett tillfälle berättat för henne att han körde en liknande metod och han kunde flera hundra decimaler av talet pi. I och för sig trodde Pernilla att Mini var savant men givetvis hade även han ett system för inlärning ändå. Pernilla hade en plan där hon ville bjuda Mini till skolan och låta honom rabbla sina siffror och berätta hur han gör för att lägga siffror och detaljer på minnet. Sen kunde de öva tillsammans, han och eleverna. Mycket som har med minnet att göra handlar om olika sätt att strukturera upp bitarna. Och att kunna minnas saker, bidrar till inlärning genom att särskilda minnesspår rispas i hjärnan. Där bevaras intryck av färdigheter och tillvägagångssätt vilket underlättar senare inlärning.

I Pernilla matteundervisning fick eleverna, förutom att leka sig till kunskap, också massor av beröm och bekräftelse. Och givetvis hjälp hela tiden, plus förståelse för hela deras situation. Men någon matematiker var hon inte, och skulle aldrig bli.

Väl hemma igen sent på eftermiddagen jamade det panikslaget i sovrummet. Där hade katten tydligen varit inlåst hela dagen. Alltså i många timmar. Pernilla undrade därför vilka av alla skor i hallen som Tobbe hade försökt släppa ut på morgonen. Hon vattnade sin jordgubbsplanta som äntligen hade börjat tittat upp med ett par decimeter. I april hade hon köpt jordgubbsfrön som hon tryckte ner i den jord hon sedan vårdade ömt. Över krukan hade hon trätt en plastpåse för att uppnå lite växthuseffekt och det hade gett resultat. Så fort det fanns en liten stickling, planterade hon om den i en större kruka och skötte den sedan som sitt barn. Hon snudd på vattnade vid bestämda tider, i alla fall på bestämda dagar. Men så hade den också tagit sig och växt på sig rejält. Det underliga var att den ibland, när Pernilla nuddade den, brände till. Jaja tänkte Pernilla, vatten skulle den ha i alla fall två gånger i veckan, på bestämda dagar. Snart skulle den nog stå i knopp och blom.

Så här dags hade redan anmälningar till olika springlopp dumpats i mejlboxar och brevlådor. Varje år hade de några lopp att springa, både korta och långa. Det blev liksom motorn för att hålla igång till vardags. Premiärmilen var ett lopp som gick på Norra Djurgården redan i mars månad. Då kunde det vara snö och rejält med gegga på slingan. I år hade det inte blivit någon premiärmil. Tobbe och Pernilla hade helt enkelt inte hunnit träna upp springbenen tillräckligt så tidigt på året, plus att de hade missat att anmäla sig innan tiden gick ut.
Först ut blev i stället Vårruset, men bara för Pernilla, och fjortontusen tjejer till. Hon hade en kompis sedan många år tillbaka och det var de som alltid sprang tillsammans, detta var deras sextonde Vårrus. Varje år raggade de ihop fyra tjejer till, för genom att vara ett "sexpack", fick man en alldeles lagom picknick att äta efteråt. Även detta år lyckades de skrapa ihop sex deltagare.

Massor med tjejer lämnade de olika fållorna med varierande springtempo och kämpade sig runt de fem kilometrarna. Unga flickor, gamla tanter och en variation av åldrar däremellan. Alla på olika nivåer och det som förenade var glädjen och energin. Pernilla och hennes vänner startade alltid i springafort gruppen, vilket passade deras tempo ganska väl. Ändå tvingades de, direkt efter startlinjen, ligga och sega bakom stora gäng motionärer med totalt syrefattiga ambitioner. Sådana som såg Vårruset som en utmärkt promenad, då man knallade i bredd samtidigt som man avhandlade livets alla öden. Helt okej och jättemysigt tänkt, men inte så schysst just i springafort gruppen. För dem fanns en strosagrupp, eftersom alla är välkomna på Vårruset. Förutsatt att man är tjej vill säga. Det enda man behöver koncentrera sig på är att välja rätt grupp och sedan följa gruppens tempo. Efter målgång fick alla en medalj, en banan och en sportdryck. Då var det också dags för ombyte. Långkalsonger och T-shirt i merinoull plus två långärmade tröjor, dubbla jackor och vantar för det behövdes sannerligen. Torrt från topp till tå inför en picknick i gräset i försommarkylan. Det brukar vara riktigt kallt faktiskt, men mysigt, och loppet hade kommit att bli som en kick off på våren. Picknicken bestod av tortillabröd, philadelphiaost, salladsost, keso, Lönnebergaskinka och kalkonskivor, ruccola, TUC-kex och BelVita kex, mango chutney och en flaska Ramlösa i picknickpåsen.

Med sig efter loppet hade de också varsin goodiebag. Redan förra året blev Pernilla milt sagt besviken när den visade sig innehålla en intensive hair repair, två stycken vitamin well grace, inkontinensskydd, granola müsli samt en karamell från Lärarförbundet. Wow! En hel karamell! Alltså, hon önskade att de hade lagt i lite powerbars, mycket hud- och hårprodukter, eller sportprodukter och rejält med choklad. Just det här året var goodiebagen om möjligt ännu värre komponerad. En microfiberduk för städning, tamponger och trosskydd och så en liten fjuttig chokladbit, men bara en enda.

"Detta var tydligen vad tjejer behövde. De som bara städar, har godissug och mens.", hon muttrade för sig själv där hon satt. Det hon inte hade märkt var att Tobbe precis klivit innanför dörren. Han tittade till på henne.
"Vad sa du nu? Det var inte precis dig du beskrev där va? När städade du sist?"

"Nej, förlåt. Jag gick igång lite på Vårrusets goodiebag bara."

"Jaha, igen alltså. Släpp det där nu, vi har fler lopp och får säkert bättre påsar vid mål då. Har du mobilen på förresten?"

Tobbe hade hållit på med en ny app på mobilen. Igen skulle man kunna säga. Appen hette "hitta vänner". Han satte sig mittemot Pernilla vid köksbordet och bad henne leta efter honom medan han gjorde detsamma, alltså letade efter henne. Det tog sin tid.

"Här är vi nu!", sa Tobbe. Ser du mig?"

"Eh jag tror det, men enligt appen befinner vi oss en kilometer från varandra. Det måste väl vara det mentala avståndet som har mätts upp då?" Pernilla skrattade till.

"Behöver vi verkligen hålla sån koll på varandra tycker du?" frågade hon sen. "Det är väl bättre att vi håller koll på katten?

"Behövs inte, han är där!" sa Tobbe och pekade i riktning mot hallen. Den här gången hade han faktiskt rätt. Han ojade sig lite när Pernilla berättade att katten varit instängd hela dagen.

Katten satt på golvet och tittade på dem. Han gjorde så ofta och de undrade vad han kunde tänkas ha i sitt lilla huvud. Ibland använde de honom som spelpjäs. Köksgolvet med klinkersplattor var själva spelplanen och så satsade de på varsin ruta. Därefter lockade de på katten och när han satte sig var det bara att hoppas på att svanstippen hamnade i den ruta man satsat på. För då vann man. Men idag lekte de inte utan i stället reste sig Pernilla och gav kissen lite mat.

"Springlopp ja", sa Tobbe.

"I år har vi skönt nog inte slagit på lika stort som förra."

Han tänkte på när de deltog i halvmaran året innan.

Ytterligare lopp som väntade var midnattsloppet, fast det var sent i augusti. Pernilla hade deltagit i sju midnattslopp och Tobbe i nästan lika många. Det är enormt kul, dels för att det är ett mixlopp med både killar och tjejer. Dels för att det går inne i centrala Stockholm och körs på kvällen, just på en lördagskväll. Då är det många människor som hejar, skrålar och skålar. Publiken släpar ut stolar, bord och fåtöljer, mat och dryck. Ett år var det några som baxat ut en hel hörnsoffa, mitt i refugen på Götgatan. Det brukar vara över trettiotusen löpare och med så stort deltagande, är det faktiskt Europas största millopp.

Men förra hösten som sagt, sprang de sitt första halvmarathon. Det hade varit Pernillas tanke sedan många år tillbaka att delta i det. Det riktiga marathonloppet är för långt och går i juni då det kan vara otroligt hett. Halvmaran körs på hösten då solen inte är lika het. De anmälde sig och förberedde sig väl.

Deras start gick 15.50 från startfålla E och de gjorde upp lite olika mål med löpningen. Det mest övergripande var att komma i mål över huvud taget och näst efter det, att komma i mål senast klockan 18.00. Alltså helst innan de stängde loppet klockan 18.50. Det tredje målet var att inte bryta loppet. Läkare har rätt att plocka av skadade eller utmattade löpare från banan så det fick bli det sista målet; att inte "plockas" av banan. Självklart ville ingen av dem kräkas heller eller bajsa på sig. Det var överordnat alla tidigare mål. Särskilt inte vid målgång eftersom alla deltagare filmas där. Det var också otänkbart att komma in sist, alltså *allra* sist. Pernilla satsade på två timmar och tio minuter och Tobbe på ungefär detsamma, plus minus fem.

Förberedelserna var flera och genomtänkta, både teoretiska och praktiska. Dels sprang de lite mer och lite längre än vanligt. I stället för den vanliga sjukilometersrundan började de köra dubbla sträckan, och en dag åkte de in till stan och *gick* hela halvmarans sträckning. Det var smart! Att känna på backar och krön, svängar och färdvägar. Så himla proffsigt.

217

Nu visste de precis vad som var vad. I ärlighetens namn var de helt färdiga efteråt, stela och eländiga. Bara av att gå. En högst befogad oro hade väckts hos dem båda.

Veckan innan loppet körde de upptempo och intervallträning. I uppförsbacke och på plan väg. Full fart i 20 sekunder, gång i 30, full fart i 20, gång i 30 tills de var fullkomligt less. Och detta vid sidan av gym, "rectus abdominis" typ coreträning och vanliga springturer. Det gällde att satsa rätt inför halvmaran, eller så rätt som de lyckats räkna ut och som kunde tänkas vara rätt. Okej, men att springa sju kilometer gång på gång... behövde de inte hotta upp sig lite? Jo så klart. Det blev två av asfaltsvarven direkt efter varandra eller två varv runt sjön. Hade man satt fan i båten, skulle han minsann paddlas iland. Dock hade ett uns av ånger infunnit sig, skulle de klara av det här och hade de verkligen tid med all förberedelse? Pernilla läste också i förberedande syfte i tidningen "Runners coach" och där stod det:

Elitlöpare klarar 20 mil per vecka men många motionärer har heltidsjobb, familj och hem att sköta och klarar därför bara fem mil i veckan.

Bara? ...eller hur? Var de inte kloka, vem hinner med fem mil till vardags? Pernilla sprang på sin höjd tre mil per vecka.

Aldrig tidigare hade de måltidsplanerat såsom de gjorde inför loppet. Hos Pernilla och Tobbe var det rätt ovanligt med pasta på mattallrikarna men plötsligt hade de det var och varannan dag. Att äta riktig mat både till lunch och middag blev också en ny rutin. Och de hinkade i sig flaska efter flaska med vatten, "svampade upp" sig som det kallades. I gengäld skippade de glaset vin på fredagen eller lördagen, liksom alla andra dagar så klart. Informationen att alkohol ger en väsentligt sämre muskeluppbyggnad i flera dagar efter intaget tog de på allvar. I stället festade de på vätskeersättning. Med magnesium.

Dessutom letade Pernilla upp en massageterapeut som körde så kallad ArtNeuro, en mjukform av kiropraktik för att ta bort obalanser i ryggraden. För det fanns det. Massor. Ena benet var flera centimeter längre än det andra, något Pernilla anat eftersom hon haft ont ända från sätet och ner i foten. En känsla som hållit i, och retat henne länge. Efter långflygningen till Australien blev det ännu värre och bara tanken på att springa 21 kilometer med den stelheten, kändes snudd på galet. En timmes massagebesök veckan innan loppet och ett besök efter, bokades in och det bjöds på både pressure och oljemassage. Så otroligt välbehövligt. Domen löd: "Korta muskler" och "hård som pansar" men ändå med viss spänst i huden och smidighet i kroppen.

"Vad tänker du på? Undrade Tobbe.
"Jag blev alldeles svettig när jag började tänka på halvmaran förra hösten.
"Oj då, ja det håller jag med om. Vad vi förberedde allt, att vi orkade? Rödbets-shoten som vi drack innan, var inte särskilt goda men bra."
"Muskelstyrka, uthållighet och syreupptagning skulle öka va? Och energiförbrukningen minska. Jag tror på den studien. Vi kanske kan göra egna shots?
"Å du sprang med träningsbyxorna fulla med Ahlgrens bilar va?" frågade Tobbe.
"Ja visst, som man kan äta nävar av annars. Jag åt en halv lite då och då under loppet och den bara växte i munnen. Minns särskilt efter en mil hur svårt det var att äta. De var uppblötta av svett, hala av fukt, mjuka som champinjoner. Faktiskt svåra att fiska upp till och med. Lite som maneter." Hon skrattade.
"Det var så pirrigt. Skulle vi orka, skulle vi nå våra mål, hur skulle det gå med skoskav, värmen, orken, mjölksyran och hur i hela friden spred man ut resurserna på ett så pass långt lopp? Tänk om man dricker för lite. Tänk om man dricker för mycket?"

"Eller blir pruttig, bajsnödig, mår illa… och i så fall vad äckligt med rödbetskräks, vad skulle folk tro? Tänk om man kommer ända bort till söder och tar slut då, hur kommer man tillbaka i så fall? Verkligen, frågorna var många."

"Ja, visst var de", sa Tobbe. "Hur många som helst, vi som trodde att vi hade tänkt på allt, så hade jag helt glömt att tejpa bröstvårtorna."

Starten gick. Tobbe och Pernilla valde att inte starta tillsammans. I stället såg de ut varsin levande farthållare som skulle hjälpa till att hålla tempot, den så kallade "haren". Pernilla tappade sin hare redan i Klaratunneln. Han liksom svischade iväg med världens fart. Hon hade valt haren som skulle hålla 2:10-tempo och när hon kommit ännu längre fram i banan, började även de mer långsamma hararna springa om. Där kom 2:15-haren och senare i loppet syntes plötsligt 2:20-haren. Då som först kom Pernilla på den geniala planen som hon skulle ha verkställt redan i starten. Den att obemärkt skicka ner sitt tidtagningschip i fickan på 2:10-harens träningsbyxor och själv gått och fikat. Men man lär sig, tänkte hon. Det får bli vid nästa tillfälle.

All oro för backarna var onödig för de gick bäst, medan raksträckorna kändes långa, då tog det ont i trampdynorna. Det kändes som om mellanfotsbenen och asfalten möttes utan mellanlägg i varje steg då. Denna känsla startade redan vid Dalagatan. Från Kungsholms Strand stumnade främre delen av vardera foten vilket därefter utvecklades till fullskalig kramp strax efter femton kilometer. Tobbe hade ett annat bekymmer, han fick en hård klump i ena vaden. Som en stor ond träningsvärk. Frågan var om det inte var det som kallades för "gubbvad", men det pratade de inte högt om.

"Bitvis kändes det som om alla, precis alla sprang om mig", sa Pernilla. "De enda jag lyckades springa om, var de som gick. Dessutom var det oerhört provocerande att åskådare som ville passera över körfältet, passade på precis när jag kom springande. Och *framför* mig! Tyckte de verkligen att jag sprang så långsamt, typ: före henne där kan vi ta oss över, då har vi gott om tid."

"Eller hur? Och så hade vi innan start uppmuntrats att göra gester och se glada ut inför kamerorna som följde vår väg genom banan. Varje gång jag såg en kamera gjorde jag verkligen mitt yttersta för att framkalla ett stelt flin, men antagligen liknade det mest ett smärtsamt grin. Hur som helst, när jag passerade böjde sig fotografen alltid ner och mekade med linsen eller nån inställning. Sure, så var det" sa Tobbe.

"Det kändes hyfsat okej att springa första milen men sen på Norrmälarstrand och förbi Stadshuset; då dog jag lite", kom Pernilla ihåg.

"Sen var man igång igen över Tegelbacken, Strömgatan och Riksgatan; där flöt det på utan större besvär. När vi närmade oss Skeppsbron för att nöta på mot Söder, sa speakern:

Kämpa på nu, bara några hundra meter till mål, bra jobbat, kämpa kämpa. Men det var inte till oss, utan till de första startgrupperna som redan närmade sig målgång. Åh, då hade vi hälften kvar och jag längtade så infernaliskt till att få vara på den sidan", sa Pernilla.

Tobbe mindes andra milen: "Hela Skeppsbron, över Slussen, genom tunneln och ner på Söder Mälarstrand. 15 kilometer. Tvärstopp. Helt slut. In i väggen. Sen följde ett par kilometer som bestod av ömsom gång, ömsom lätt jogging. Här började rena rama coctailpartyt. Det kändes som om det dök upp bananer, dextrosol, energibarer, energidrycker, vattenmuggar, svabbkontroller och underbensavkylning stup i kvarten."

"Ja, underbensavkylning fick vi i den där förödande, men sista, långa backen upp mot Zinken och därefter skulle det bara vara några kilometer kvar. Skylten 18 km kändes som en välsignelse, bara tre kilometer kvar. Vad jag längtade till den sista sträckan på Skeppsbron."

Nu började Pernilla skratta stort.

"Just där hade jag sett fram emot att få slänga ett beklagande getöga över på andra sidan för att se de stackare som var på väg *mot* söder medan jag var på väg *därifrån*. Tja… vad ska man säga…? Det var inga stackare där… den sista stackaren hade passerat för länge sedan och nu var det bara en piketbil där som precis släppt på trafiken."

Pernillas sluttid blev två timmar och femton minuter. Tobbes blev två timmar och tre minuter. Direkt efter loppet fick de medalj och varsin goodiebag. De hällde i sig vatten och mosade i sig bananer, kexchoklad och energibarer. En vettig goodiebag, fylld med smakprover och dryck. Alltsammans öppnade de ivrigt och tryckte i sig. Blandningen la sig tillrätta både här och där och fyllde upp de utrymmen i kroppen som för tillfället kändes helt tomma. Aldrig mer, tänkte Pernilla.

Sedan de hade hämtat efterlängtade och torra ombyteskläder haltade de bort till bilen. Där lösgjordes de sista skumbilarna ur bakfickan och de var lika slemmiga som oigenkännliga. Pernilla var mest nöjd över att hon hade klarat magen utan problem. Hon hade inte släppt så mycket som en fis på hela sträckan och det var nog tack vare den avslagna Coca Colan som hon smuttat på hela dagen. Därmed hade de faktiskt klarat alla mål som de gjort upp. De hann i tid, behövde inte bryta loppet eller plockas av banan. Och som sagt, sket på sig, de gjorde de inte heller. Till frukost morgonen efter åt de bergis ett helt paket bacon var. De kände sig som hungriga rovdjur båda två.

Planering är A och O i det mesta man håller på med. Där var Pernilla och Tobbe ganska lika. Med betoning på ganska. Hon var strukturfascist och var totalt marinerad av sitt kontrollbehov. Hon gav sig på allt som kunde eller behövdes planeras, vilket var det mesta, och det skulle bli bra. Han planerade bara det han behärskade och redan planerat hundratals gånger tidigare. Han såg inte vitsen med den noggrannhet som en genomarbetad planering var till för. Utan att tveka var Pernilla säker på att hon formats genom år av för mycket jobb och för lite klappar på axeln. Att bli överöst med beröm från sina föräldrar, var sådant som hade stor inverkan på uppbyggnaden av självförtroendet. Att veta att man är älskad och betydelsefull, kort sagt att man duger, har stor inverkan på ens självbild. Pernilla fick ofta bekräftelse av sin mamma men hade sannerligen inte fått någon särskild uppmärksamhet av sin pappa. I alla fall ingen positiv sådan. Likt katter söker sig till den som skyr dem mest, söker sig den uppskattningskranka till den som ger minst uppmärksamhet. Helt plötsligt blir det viktigast i hela världen att få uppskattning av den personen som inte ger den. Man nästan tigger och ber. "Se mig för den jag är, eller i vart fall för det jag gör."

På tal om katter som söker sig till den som är minst intresserad, och på tal om pappan. Pernilla hade helt glömt att kolla med Rut vad hon hade menat med att Bengt kunde vara kattvakt åt Pernillas och Tobbes katt sedan när de åker till Grekland. Tanken hade slagit henne flera gånger; kände Rut till vilken relation Pernilla och Bengt hade? Det fick hon inte glömma att kolla vid första bästa tillfälle.

Genom att jobba hårt och visa sig duktig i alla sammanhang, kan man skaffa sig uppskattning och känslan av att vara betydelsefull. Fast eftersom uppskattningen alltid visas av "fel" person, förvandlas framgångens medvindar snart till vanlig syrefattig luft. Nya ansträngande uppoffringar måste göras i ett ständigt pågående arbete för att få ny bekräftelse. Och så håller det på.

Pernilla kände en enorm brist på sådana klappar som sa: "Det räcker nu, det behöver inte vara perfekt, lagom är bäst! Ingen märker ens det där extra, du kan ta det lugnt, det går fler tåg". Det värsta av allt var att hon själv var så dålig på att klappa sig på axeln. Hon var som sagt en ganska bra mix av Tiger och Kängurun i Sjumilaskogen. Det vill säga att hon säkert uppfattades som lite mysko och drevs av viljan att ha ordning och reda. Ju rörigare insida, desto större ordning krävdes på utsidan tänkte hon ofta. Pernilla var snabb och positiv och ville bli omtyckt. Hon hade många idéer och ett visst mått av riskbeteende, men i övrigt var hon ganska normal och vanlig. Det fanns ganska tydliga inslag även av Kanin och Uggla här tyckte hon själv.

För ganska länge sedan lovade Pernilla sig själv att inte delta i olika tester baserade på tiotalet frågor om allt möjligt, för att få svar på sådant hon ändå inte undrade. För allvarligt talat, vem undrar egentligen vilket sorts djur man är, vilken specifik hundras, vilken färg eller vilken sorts kvinna man är? Ändå var det precis det hon hade gjort. Suttit och svarat på frågor och sedan väntat på sina testsvar. Frågorna svarade hon på med hjälp av tresvarsalternativ och de kunde handla exempelvis om vad man tänker på när man tittar på en stjärnhimmel eller vad man vill att ens barn ska få med sig som var viktigt i livet. Det var frågor om hur många nära vänner man har, hur man löser problem, vilka egenskaper och vilket humör man har samt hur man hanterar känslor och reaktioner. I vissa tester behövde man lämna ut sin identitet, sin offentliga profil, e-postadress och ålder, men just de testerna struntade hon i.

Ganska nyligen var hon igång igen för att ta reda på vilket djur hon var, som om hon inte redan visste det, *helt säkert...* Hon ville också testa och få veta svart på vitt hur hennes temperament var. Svaren hon fick var att hon var en svan och att hennes temperament var av slaget empatiskt. Alltså, på det viset hade hon levt sina dagar. Som en empatisk svan. Det lät ju vackert! Nu frestades hon av att kolla vad hennes namn betydde. Både för- och efternamn.
Pernilla, du är den ultimata högpresteraren! Du är en person som sticker ut ur mångfalden! Din ambition, din okontrollerbara natur och

din imponerande aura gör dig iögonfallande. Du kan lägga fram dina goda egenskaper och skickligt dölja dina misstag, vilket gör dig till en intressant person, både privat och yrkesmässigt.

Eftersom Pernilla anade ugglor i mossan, knappade hon på måfå in ett annat namn. "Gnitroschint", och det råkade bli samma svar: *Du är den ultimata högpresteraren...* Hon testade också "Gnulp". Samma svar: *Du är den ultimata högpresteraren...*

Efternamnet då? Svaret blev:
Du besitter en unik gåva! Har du någonsin upptäckt att saker sker precis som du förväntade? Tycker du att ditt liv följer en ämnad väg? Detta är ingen tillfällighet. Du har en mycket speciell förståelse för framtiden! Du måste bara lita på din förmåga och då är dina möjligheter obegränsade.

Genom testerna fick hon reda på vad folk pratade om bakom hennes rygg:
Folk beundrar dig för din äkta natur. Du är säkert annorlunda än alla andra men förblir ändå autentisk. Eftersom du inte vill simma med publiken, kan det ta en tid innan du vågar öppna dig själv till någon. Men det finns inget som borde oroa dig. Just för att du inte är ett tråkigt genomsnitt, älskar man dig.

Hon fick också veta att hon har jämn aktivitet i de båda hjärnhalvorna. Det finns ingen dominans i vare sig vänster eller höger hjärnhalva. Femtio-femtioläge råder där. Just det förvånade henne inte det minsta.
Pernilla var också 25 procent elak visade det sig i ytterligare ett test. För henne gäller:
Lika för lika! Du är bara elak mot de som behandlar dig eller människor nära dig illa eller orättvist. Annars är du lugn och lättsam och går din egen väg oavsett vad andra tycker och tänker.

Det absolut roligaste testet var det där man efter att ha skrivit sitt namn, skulle ges ett ord på sex bokstäver. Dessa bokstäver skulle beskriva henne helt och hållet:

UNIKUM, du är ett unikum! Du är helt perfekt, både på insidan och på utsidan. Du har något visst som verkar attrahera andra människor. Men på något sätt lyckas du alltid behålla fötterna på jorden – tro oss, dina vänner önskar att de vore lite mer som du.

Inte konstigt att man blir beroende av såna här tester, tänkte Pernilla. Det handlar ju om ren och skär bekräftelse, fasen vad bra hon kände sig! Hon kollade också vilket som var det perfekta jobbet för henne. Hon testade tre gånger på olika ställen. Det enda hon behövde göra, var återigen att knappa in sitt namn.

Först föreslogs:

Författare! Du vet hur man berättar en spännande historia. Dessutom har du kreativitet och fantasi. Du har en talang för att berätta historier och ord och bokstäver är dina.

Och därefter:

Meteorolog! Det går inte att förneka, det finns definitivt en liten nörd i dig. Men samtidigt är du också lysande med människor och en utmärkt kommunikatör. Tack vare oss har du äntligen hittat ett jobb som ger den perfekta balansen och innebär att inga av dina talanger slösas bort.

Pernilla funderade ett ögonblick på vilka "oss" var i sammanhanget. Och så slutligen:

Stuntman! Du lever för adrenalinkicken, känslan att du gör något som ingen annan skulle våga drömma om. Du hatar tanken på att vara fast i ett kontor för evigt, så varför inte omfamna din vilda sida och göra sakerna alla de där skådespelarna är för fega för att göra?

Nu var det intressant på riktigt. Frågan hon ställde sig var hur det kom sig att hon fick tre svar. Var det för att hon faktiskt inte bara kände sig som en, utan var en mix av flera? Hon kände många gånger att hon var en nörd men samtidigt en kommunikatör, så varför inte författare? Att tänka igenom i stora drag hur handlingen skulle vara, men samtidigt sitta med detaljer och formulera sig. Hon skulle också gärna vilja omfamna sin vilda sida, vilket hon faktiskt fick chansen till i och med seglingen. En sak var hon helt säker på och det var att i skolans värld passade hon, men hon skulle inte lägga resten av sitt liv där. Arbetet med eleverna var kul och inspirerande men den totala mängden dokumentation och känslan av att *aldrig* räcka till, kunde hon klara sig utan.

Det administrativa arbetet är ett arbete som bara jäser för lärare och även för Pernillas del. Om det finns någon som inte känner till vad lärare menar med dokumentationskrav, är detta en del. Frågan vi lärare ställer är: Vart försvann alla flinka sekreterare som var ett givet inslag på många arbetsplatser förr? De behövs helt klart i skolans värld. Administrationen handlar om och innebär att hålla elevinformationer uppdaterade. Att ha en överblick över elevers sociala och kunskapsmässiga utveckling samt frånvaro. Det kan vara att bistå ansökan om tilläggsbelopp för elever som kräver resurser som inte på långa vägar kan täckas av en elevpeng. Förberedelser inför utvecklingssamtal, klasskonferenser, överlämningar och elevhälsokonferenser. Det senare är möten där föräldrar deltar. Det kan handla om att samverka med studie- och yrkesvägledare runt speciella elever inför gymnasievalet samt att ta externa kontakter. Dessa kan vara logopeder, Skoldatatek, BUP, bibliotek, speciallärare på andra skolor och vårdnadshavare. För specens del ska elever från sex till åtta klasser ha sin beskärda del i ett och samma schema. Schemat behöver ändras och delvis skrivas om utifrån plötsligt uppkomna behov. Detta betyder att en enda ändring kan innebära många ändringar.
Det blir många sm--möten och mycket mejlande av dokumentation om elevers lektioner på specen. Dels för info till ämnesläraren och mentor men också inför möten av olika

slag. Pernilla behöver sammanställa kartläggningar, skriva utredningsunderlag och sammanfatta tester. Just här ligger en stor del av hennes arbetstid. Hon utför närmare sjuttio tester under ett läsår och dessa ska rättas och sammanställas. Gäller främst på våren. Ett gäng elever, cirka ett trettiotal, behöver alltid testas ytterligare en gång och några av dessa med ännu ett annat testbatteri.

Utredningar behöver läsas och åtgärdsprogram skrivas. Inför de nationella proven är det i huvudsak Pernillas jobb att gruppera elever utifrån särskilda behov i ämnena, samt kommunicera detta till ämneslärare och mentorer. Det är viktigt att inte någon särskild anpassning förbises. Nationella provens läsförståelsedel i svenska rättar Pernilla varje år för årskurs nio.

Hon höll också koll på ämnesvarningar och påminde ämneslärare om eventuella åtgärdsprogram i samband med det. Elever som riskerade att inte nå målen måste ha ett åtgärdsprogram. Hon gick igenom betygskatalogerna vid terminsstart för att se om det fanns eller behövdes åtgärdsprogram för elever med betyget "F". Pernilla skrev också noteringar om elevernas arbetsprestationer efter varje spec-lektion, vilket fungerade som en räddning på mer än ett möte. Hon skrev lathundar och processbeskrivningar kring åtgärdsprogram och pedagogiska kartläggningar för att alla på skolan skulle få veta hur man arbetade med dessa. Själv upprättade hon många åtgärdsprogram, speciellt för elever som efter utredningar fått pedagogiska rekommendationer. Hon sammanställde de flesta kartläggningarna på högstadiet. Utöver detta var det givetvis många storgruppsmöten, arbetslagsmöten, tvärgrupper samt mindre möten med arbetskamrater och spec-kollegor. Här gällde det verkligen att ta en sak i taget men samtidigt ha en grundplanering för att inte tappa någon av alla bitar. Kort sagt att hinna med mycket. Mitt i allt detta, behövde Pernilla någon gång hinna förbereda, planera lektioner, uppgifter och material så att de blev precis så individanpassat som elever i behov av särskilt stöd behöver.

Ibland var hon så trött på alla formuleringar och detaljbeskrivningar. Det är nog bara i skolans värld som det är fullkomligt kristallklart att "övergripande ämnesplanering" och "ämnesövergripande planering" är två vitt skilda punkter. Ja tack, gärna stuntman förresten, så kände hon. Vid närmare eftertanke skulle det bli både vilsamt och trevligt.

Äh vad fasen, jag gör väl ett test till för att få veta vilka jobb jag passar för, tänkte hon. Det var ganska mastigt, sjutton frågor skulle besvaras, var och en av dem utforskade vad man gillade och värderade. Följande jobb skulle passa Pernilla enligt testresultatet. Exempelvis arbetsmiljöingenjör, datavetare, bioteknolog, kronofogde, officer, trafikledare, sjukhusfysiker, sjöbefäl, ja egentligen tog listan aldrig slut och den blev bara märkligare och märkligare. Den avslutades med pilot.

Det sista hon matade i sig i testväg var vilken sorts mor hon var. Just det resultatet satt hon och gottade sig i ett tag:
Du är en mycket storsint mor som är i harmoni med dig själv och dina känslor. Du lär dina barn att det är bra att lyssna på sitt hjärta och leva ut sina känslor. Du behärskar balansgången mellan kärleksfull och välvillig uppmärksamhet och tydliga gränser. Hos dig känner sig dina barn alltid trygga och vet att de kan komma till dig med alla sina problem, frågor och farhågor. Ditt stora hjärta och din förmåga att lyssna ger dem styrka.

Just så lille Tor, exakt så.

Tobbe som varit iväg ett ärende hade precis hunnit tillbaka hem.
"Engine force. Det kom ett felmeddelande på bilen när jag körde. Undrar vad det kan vara för något?"

"Du, om jag känner dig rätt", sa Pernilla, "så gasar du tills du kletar fast bilen i kurvorna, kan det vara det som...?
"Det tror jag inte. Men vet du, jag har precis pratat med Twist och det verkar som om de kan få till det så att de kan hänga med till Grekland. Rut tyckte att de kunde se det som en tjänsteresa eftersom de också skulle besöka ett par get-gårdar."
"Lyckat!" svarade Pernilla.
"Ja, hon är för rolig Rut", fortsatte Tobbe. "Twist berättade att hon drog av sig själv i deklarationen genom att göra RUT-avdrag sedan flera år tillbaka. Nu hade hon hittat ett avdrag till att göra. Genom att besöka leverantörer och kunder på reseorten var det möjligt att göra flygbiljetten av-dragsgill. Hon kunde dessutom få utlandstraktamentet på hela 592 kronor per dag i Grekland. Därigenom var den ena av deras paketresa betald. Utan den möjligheten hade de inte kunnat ta sig råd."
"Helt underbart", svarade Pernilla. "Ja, det gäller att vara lite om sig och kring sig för att få ihop det. Men då behöver vi kanske ses lite framöver och planera ihop? Sa de något om när det skulle passa bäst?"
"Ja, med tanke på att Mac kanske behöver ge Mini en hand emellanåt så... svaret jag fick var att så sent som möjligt pas-sade bäst. Detta med tanke på båtiläggningar och några pla-nerade båtreparationer. Mac är inte precis purung längre, så det får inte bli för snart inpå. Och inte för mycket, han be-höver ha ställtid."
"Ja herre Gud, han ska inte behöva jobba hur hårt som helst", sa Pernilla.
"Jag tänkte på en sak tidigare", fortsatte hon.
"I höst sedan när äpplena är klara på landet, kan vi väl ta med Rut och Twist över dagen eller med en övernattning och plocka ner alla äpplen så de får med sig dem till musteriet?"
"Bra idé tycker jag! Och på tal om idé... jag har precis fått ett brev från Miljö- och hälsoskyddskontoret i Norrköping

som vill ha min hjälp där nere med att skjuta lite rävar. Rä-
varna har fått skabb och mår inte bra. Den här gången är
det en välgärning Pernilla, inte skjutsug som lockar." Det
där sista tyckte han att han fick till bra och nu skulle det
skjutas räv, jädrar i min låda. Pernilla blängde på honom.
"Säger du det? Ja då kan väl jag och Rut plocka äpplen, och
du skjuta räv tillsammans med Twist då?"
"Jag går och slår Twist en signal så får vi höra vad de tyck-
er." Tobbe kunde knappt bärga sig. Han var lycklig som ett
barn.
"Du förresten, varför har du odlat en brännässla i en kruka?
Har vi inte nog med såna runt omkring?"

Tisdag eftermiddag var det skolavslutning. Det var som van-
ligt fint väder. Då firades att ytterligare ett år hade passerat,
att ytterligare en årskull stakat sina vägar mot gymnasiet och
att alla betyg blivit klara. I Pernilla skola hade de bara en
enda elev i årskurs nio som saknade betyg i ett ämne. Så bra
resultat hade hittills aldrig dokumenterats på skolan. Jättekul
och glädjande, men så hade de jobbat hårt också. De körde
traditionsenligt en heldag för årskurs nio då de mötte lärarna
i både brännboll och fotboll. En dag som avslutades med en
sommarfest för niorna på värdshuset i Laduvik. De bjöds på
välkomstdrink samt en trerättersmiddag och det hölls tal
och spexades.

Sommarlovet var äntligen här!

Kapitel 11
Om hutlösa kvadratmeterpriser, paltar och teambuilding
samt Bubbeltrubbel och stearinljuset i Notre Dame

"Tänk att en etta i höghuset ner mot centrum ska behöva
kosta 1,8 miljoner. Vad tänkte de med? undrade Rut.
"En etta på mindre än trettio kvadratmeter och inte ens en
balkong... man blir ju förbannad."
"Trettio kvadrat är inte särskilt stort, men det finns
mindre", svarade Twist. Jag läste om en annan liten etta, på
bara nitton kvadrat och den skulle de ha närmare 1,4 miljo-
ner för."
"I stan ser det ännu värre ut. Där får det tydligen kosta vad
det vill bara man får en biljett till innerstaden. På Linnégatan
såldes en etta på tolv kvadratmeter för 3,5 miljoner."
Det blev tyst ett tag.
"Men det är ju nästan trehundratusen kronor kvadraten.
Hallå, hur är det möjligt?"
"Mest troligt blir det bara övernattningslägenheter för af-
färsmän och politiker."
"Och vart ska alla ungdomar ta vägen? Det är en utveckling
som är äcklig. De enda som tjänar på det här, är de som re-
dan har pengar."
"Och fastighetsägarna då", sa Twist.

Rut berättade att hon läst hur man löst det hela i Nederlän-
derna. Både till förmån för de äldre men också för ungdo-
marna och man hade tänkt långt utanför boxen. De hade
ordnat så att ungdomar kunde bo gratis i fastigheter i när-
heten av sjukhemmen där de äldre bodde. De unga bodde
gratis under två villkor. Det ena villkoret var att de skulle
vara bra och trygga grannar och det andra, att de skulle göra
varierade aktiviteter med de äldre. Det kunde handla om att
titta på sport ihop, fira födelsedagar eller bara erbjuda säll-

skap. Låter väl som en ganska enkel lösning, men det är klart, någon får väl betala kalaset då eftersom inte fler följer det goda exemplet.

Äntligen hade de tre efterlängtade sommarmånaderna kommit och de var redan en bra bit in i den första. Ulf Lundell kallar juni, juli och augusti för fredag, lördag, söndag och visst ligger det väl någonting i det? Att juni är lite fredagsmys så där. Allt det bästa ligger framför en och man varvar ned, vilket gör just juni till en särskilt mysig månad. Naturen byter från vinter- till sommarskrud i snabbt tempo medan alla säger i kör: "oj, nu går det så fort allting, jag hinner inte njuta och nu är det redan juni." Att vi människor inte hunnit med är en sak, men att vädret inte hunnit anpassat sig, är värre. I Stockholmstrakten pendlade det mellan som lägst fyra grader och som bäst tjugofyra grader, men oftast precis mitt emellan. Det hade dessutom regnat mer än lovligt. Kulmen på eländet nåddes även detta år på självaste midsommaraftonen, då det (precis som året innan) var dunjacka på, fast detta år *under* regnkläderna.

Telefonen ringde. Det var Ruts mamma.
"Hej, hur har ni det?" sa hon men utan att vänta på svaret fortsatte hon: Inte för att jag sitter och äter ur en Aladdinask just nu, utan ställer bara en helt enkel fråga: När bytte de ut stans-äckligaste-körsbärschokladbit-som-man-bara-kunde-äta-om-man-körde-den-med-högtryck-först till en förförisk mörk pralin med frisk och somrig fläderkräm?"
"På ett svarar jag: tack, vi har det himla bra", sa Rut.
"Jag satt just och toknjöt över att vi äntligen befinner oss mitt i den efterlängtade sommaren. Det gäller att fånga dagarna nu!"
"Och på två svarar du?" undrade Maja.
"Bästa sättet är nog att inte ta så mycket för sina händer då, annars rinner allt det goda förbi illa kvickt", flikade Rut in och fortsatte: "på två svarar jag, håller med men vet inte."

Hon reflekterade över att Maja lät lite forcerad vilket egentligen var ganska ovanligt.

”Förresten har du Aladdin kvar ännu? Du är inte precis känd för att spara choklad om du väl har någon.”

”Ja, det var några rackare kvar, du vet de äckligaste, men nöden har ingen lag och så satte jag tänderna i den med körsbär och blev glatt överraskad. Körsbärssnusk bort, fläderkräm in. På tal om att allt går så fort, så har jag ett förslag till er inför hösten”, sa Maja.

”Har du det. Vad kan det vara då? Är det förknippat med väldigt mycket jobb så säger jag nej tack direkt”, svarade Rut.

”Jag har precis dragit igång musteriet du vet.

Mamman skrattade lite.

”Det förstår jag men om jag känner dig rätt, så räcker det med att du tycker nånting är kul för att sätta fart ändå.”

”Men berätta då!”

”Jag tänkte att ni skulle börja odla potatis. Och just det kan ni börja med redan nu. Sen kan ni flytta bort hönsen och sanera ut hönshuset, så där som ni gjorde inför bröllopsfesten.”

”Ehhh, O K E J, sa Rut som stannade på varje bokstav i hopp om att även fortsättningen skulle gå i det något långsammare tempot men Maja trummade på. Hon var full av idéer.

”Sen ska ni skörda potatisen samt skala och riva den. Därefter blanda den med mjöl, ägg och salt, göra tennisstora bollar och dumpa ner dem en och en i den största kastrull ni har med kokt saltat vatten.”

Det bara snurrade i Ruts huvud. Starta potatisodling, flytta höns, tennisstora bollar... Vad var det som hände här? Så kom slutklämmen:

”Ni ska öppna en palzeri i hönshuset Rut. Den första palzerian söder om Vindelälven.” Hon tog en paus.

”Hör du mig flicka lilla?”

"Jo visst hör jag mamma, men..."

"Ni serverar med fläsk och lingon, eller med getost, det går säkert. Fråga mig, jag vet. Uppe i Norrbotten, där gör de palt på alla möjliga vis. Det finns inga hinder, precis som med dig Rut. Inga hinder."

Rut kippade efter lite talutrymme.

"Så du menar att vi ska bygga nytt hönshus, sanera det gamla och inreda det till en palzeria. Fast först gräva upp ett potatisland, odla, rensa och sköta det för att kunna skörda. Och därefter närma oss det som vanligt folk tycker är lite jobbigt... att skala potatisen.

"Ja, för det första så är ni ju två. Är ni inte? Eller tre som jag har förstått det."

"Fyra", la Rut till. Sigge kommer hem.

"Ja, du ser. Ni är några stycken. Å vad kul förresten med Sigge, det måste du berätta mera om. Förresten, vi är fem kan jag säga då för jag vill gärna vara med på ett hörn. Sen om det blir för jobbigt det där med potatisen, så kan man nog köpa det billigt av någon potatisgubbe. De brukar ju vara bra på att ha för mycket odlat och osålt. Men en palzeria måste ni bara ha."

"Mamma, jag ska tänka på det här men jag är verkligen inte säk..."

"Man kan steka palt och man kan fritera den. Man kan gräddstuva, göra blodpalt och morotspalt med fläsk och keso. Paltstång med korv plus wokade grönsaker och aromsmör, rödbetspalt med stekt fläsk och keso, vegetarisk paltsymfoni med groddar eller råkost..."

"Mamma stopp, stopp!" försökte Rut men det var lönlöst.

"Laxpalt med vitvinssås och curryfrästa räkor, renfärsfylld potatispalt med lingonsylt, leverpalt, kanelrullad risgrynspalt på spegel av hjortonsås och harpalt med lingon. Man kan till och med göra palt med extra allt."

Det blev tyst för ett ögonblick och Rut funderade över om Maja inte hade något mer på menyn eller om det var så att hon faktiskt hade det, men just nu höll på att ta ny sats.

Rut älskade palt, ja hela hennes familj gjorde detsamma och just den norrbottniska palten, den som är mest känd som pitepalt. Att den kallas pitepalt beror inte på att piteborna skulle vara mera paltbenägna än övriga norrbottningar. Nej, den rätta förklaringen lär vara den att piteynglingar, som i seklets barndom var mycket rörliga av sig, hade med sig palt i matlådorna. Ynglingarna förekom på ett otal arbetsplatser landet runt och på sina utflykter medförde de ofta hela väskor fulla med palt.

Det rörde sig då om så kallad flatpalt, alltså palt utan inbyggt fläsk, som var mycket hållbar och dessutom synnerligen god om den skivades och stektes tillsammans med rimmat fläsk. Så piteynglingarnas rörlighet kan ha varit en av förklaringarna till uttrycket pitepalt. Ytterligare en orsak till namnet kanske var att orden innehåller en allitteration - de båda delorden börjar ju på "P". Det klingar faktiskt mycket bättre än Arjeplogpalt, Lulepalt eller Kypäsjärvipalt.

"Ja, ni kan väl tänka på saken i alla fall" sa Maja efter tystnaden som följt. "Du som har ett alarmerande behov av mingel på gården... Det får du då, jag lovar. Ingen kommer att hålla sig borta från palzerian ser du."
Rut lovade givetvis att hon skulle tänka på saken.
"Jag älskar dig mamma", sa hon innan de la på.

De var onekligen ett team där hemma och hade ett fantastisk fint samarbete på gården. Det mesta bara flöt på. Det hela hade börjat med att Rut nästan jobbat ihjäl sig i sin tidigare yrkeskarriär och behövde "hitta hem" som hon kallade det för. Därför startade hon upp gården. Tanken var att vara nära naturen, i ett med den och tillsammans med djuren. Hon hade sin häst, hon skaffade några höns och tog hand om den gamla kon från en stor besättning någonstans långt borta. Hönsen gav ägg, som till slut ploppade ut i sådana mängder att hon tvingades knyta band med ICA-Bengt. Men så dog tuppen och hönsen irrade runt som osaliga andar. Strax efter kom Twist in i Ruts liv och ungefär samtidigt skaffade hon tuppen Calimero till högsta hönset. Sen blev det ännu fler höns, ja eller i alla fall kycklingar då. På frågan om vad kom först, hönan eller ägget, hade Rut ett givet svar. Har man den minsta koll på artbildandets ordning så vet man att det var ägget. Var och en som inte förstår det behöver bara googla på orden "evolution" eller "artbildning" för att komma loss ur sina funderingar, tyckte hon. Rut mös över tanken att hon lämnat till och med sådana rundgångstänkande funderingar i och med sitt nyvalda sätt att leva.

Strax senare föddes det trillingkalvar på gården och så flyttade Cindy hem, hon som kläcktes på ICA. Kanske Rut lite grann skulle ha dragit i bromsen redan där? De kanske inte skulle ha gjort tradition av julmarknaden för traktens folk och borde ha struntat i julgransförsäljningen? För i och med den blev det en massa granrester på tomten. Rester som getter tyckte om, och då föddes idén med att skaffa getter. Och de bara sprang hit och dit, kors och tvärs för getter utan hägn var snudd på omöjliga att styra rätt. Det ledde till bygget av det stora hägnet och så startade getosttillverkningen som blev så populär... kanske det skulle ha varit nog där i alla fall? De skulle inte ha startat musteriet med jobbet som följde med det, det vill säga äppelplocket, att musta, förvara och sälja.

Hon visste att Tobbe bryggde öl och att han och Twist ville få fin ordning på det där, och kanske starta en försäljning till gårdens nästa julmarknad. Så hade de planerat i alla fall. "Laduviks bitter" var det tänkt att ölen skulle heta. Rut hade tänkt på bin och deras honung, det var väl också ett trevligt inslag. Bin på gården och honung på julmarknaden. Och kanske palt då?

Om hon kände sig själv rätt samt Twists vilja att haka på det mesta, plus att Sigge snart var hemma med önskan om ett helgjobb, ja varför inte? Hon var tvungen att känna efter riktigt ordentligt kring gårdens framtid. Det var ett som var säkert. Som sagt, de borde ha dragit i bromsen för länge sedan, men haft anledning att inte göra det.

Rut slog upp vad ett team egentligen var. Pernilla och Tobbe pratar jämt om att de är olika team som seglar, hur man stärker varandra och gör framsteg bara för att man inte är ensam.

År 1993 definierade Katzenbach/Smith på Harvard Business School vad ett team är:
Ett litet antal personer med komplementära färdigheter. Hängivna ett gemensamt uppdrag, mål och arbetssätt, för vilket de håller varandra ömsesidigt ansvariga. I teamet finns ett fördelat ledaransvar. Man diskuterar, beslutar och arbetar tillsammans. En för alla, alla för en. Man vinner och förlorar som ett lag och det finns inget så kraftfullt som ett starkt team med gemensamma mål och värderingar. Ibland är det frustrerande att jobba i lag, men det finns ett afrikanskt uttryck som lyder; om du vill gå snabbt, gå ensam. Om du vill gå långt, gå tillsammans. I ett team går det långsammare till en början, men färden går ofta mycket längre i ett samarbete.

"Bahala Na". Det är ett filippinskt uttryck som betyder "kom vad som komma skall". Första gången hon stötte på det, var i en text som Olof Röhlander skrivit. Sedan en tid tillbaka hade Rut förälskat sig i hans sett att närma sig vardagen. Han pratar ofta om att man är en bra människa även *utan* sina resultat. Detta är någonting som människor i allmänhet och kvinnor i synnerhet behöver lära sig att förstå. Röhlander är mental tränare, författare och inspiratör och har erhållit flera talarutmärkelser. Han kommer från en helt vanlig familj från norra Sverige med det undantaget att han var elitspelare i bordtennis. Han sadlade om och började coacha andra. I sina texter återkommer han gärna till de val man gör i livet och på vilket sätt man kan påverka sina beslut. Han tror inte det minsta på att ta dagen som den kommer. I stället tänker han att man måste skapa förutsättningar för att kunna fånga dagen. Det är Röhlander som har använt metaforen med stenen, ballongen och saxen som Rut tycker så mycket om. Som hon också har pratat med Pernilla om. Att våga, att vilja och att chansa med hjälp av en sten, ett snöre och en ballong. Snöret har en ballong i ena änden och en sten i den andra. Ballongen är fylld av "våga, vilja och chansa", men hindras av stenen. Inte förrän man klipper av snöret kan ballongen sväva och stenen falla. I det inser man att samtidigt som något gått förlorat har också något vunnits.

Bahala Na kan används som ett motiverande mantra, som en påminnelse om att vad som än händer kommer man att klara av det. Som en tröst för den som ibland inte hinner med. Det har tröstat Rut många gånger.

Ibland kan Rut tänka på sådant som hänt för otroligt många år sedan. Det är så spännande, för det känns som att titta på en film där inne i huvudet. Det är inte hon, men ändå hon i huvudrollen. De andra som är med spelar biroller i filmen och dyker in i olika sekvenser. Personerna försvinner lika snabbt som de dyker upp eller så förvandlas de till andra personer på något underligt vis. De pratar sällan med varandra så det hon ser är en stumfilm. Människorna i filmen är klädda men vare sig i mönstrat eller färgglatt, utan enfärgat från topp till tå i en rökigt grön färg. De är och de gör, men som sagt, ingen säger något. Huvudpersonen i filmen är hon och det är en beslutsam människa hon ser, lika målmedveten som galen. Runt henne tas konstiga beslut och hon är med på dem alla. Det kanske till och med hon som har tagit dem.

Rut hade ett kuvert uppe på vinden. I det fanns Texacokvitton, färjebiljetter, tullkvitton, ett par restaurang- och café-kvitton och ett besökskvitto från Eiffeltornet. Datumen på kvittona avslöjade att Rut för tiden var 21 år. Det fanns också ett par hotellkvitton där rumspriset var 230 kronor per natt. Bland allt detta hittade hon också en karta över Paris. Att vika ihop en karta är som bekant typ snäppet svårare än att vika ihop en flyttkartong. Denna karta däremot var så välanvänd och genomvikt, att den snudd på föll ihop av egen kraft. Tvärtom var den nästan svår att vika upp i stället. När hon väl lyckats vika upp den och släta ut den framför sig såg hon ett streck av bläck som var draget i ett virrvarr över kartan.

Tänk att de faktiskt kom fram. Hon mindes hur de bara beslutat sig för att dra iväg utan särskilda förberedelser, hon och hennes dåvarande sambo. Målet var Paris och kartan hon nu hade framför sig var beviset för att de också nådde sitt mål. Men vägen dit var allt annat än käpprak.

Strecket på Pariskartan visade vägen från Boulevard Montmartre vidare till Conservatoire National des Arts et Meriers och Centre Nationale d'Art et de Culture G.Pompidou över till Notre Dame. Därefter till Palais Royal, Place Vendome och Place de la Concorde, via Ministere des Affaires Strangers mot Tour Eiffel och Palais de Chaillot. Här och där hade det blivit små hål i kartan, det var där pennan tillfälligtvis strejkat och där pennföraren hade fått ta i lite extra för att kunna följa vägen.

Markeringen av vägen gick vidare förbi allt vad man förmodligen behöver se vid ett besök av Paris. Musee D'art och Arc de Triomphe de l'Etoile, vidare genom hela Champs Elysées och mot Operan samt Bibliotheque Nationale. Galerie Lafayette passerades och Casino de Paris och Moulin Rouge. Sist av allt besågs Basilique du Sacré-Cœur, där de blev besökare No 47534.

240

Hur det var med besöken och deltagandet på respektive ställe kom inte Rut ihåg men just i Notre Dame, gjordes ett längre stopp. På en central plats i kyrkorummet fanns möjlighet att stanna upp i nuet och skänka en tanke eller en bön för någon. Man la en slant i en burk och tog ett ljus ur en ask, sedan tände man det under högtidliga former. Ljuset sattes ner i en ljusstake tillsammans med andra böneljus. Många ljus var tända och folk stod där med böjda huvuden i sina egna tankar och minnen och det var alldeles tyst.

"Pssst, har vi några pengar kvar? Nån liten slant. Vi kan köpa ett ljus här och..."
"Schhhh! Vi har inte råd. Alla pengar måste gå till..."
"Men snälla, det kanske betyder tur."
"Schhhh!"
"Men, tänk om det är vad vi behöver för att komma hem?"
"Mmmmm."
Så, bland alla andra ljus där i Notre Dame tändes ett alldeles speciellt. Det var ett böneljus för en grön VW Bubbla 1303 S av årsmodell 1974.

Innan de kom iväg på sin långresa, hade de förberett sig allt annat än väl men bilen var fullpackad. Hela baksätet stod kvar i hallen i deras etta där hemma och de bakre regionerna i bilen hade i stället förvandlats till en säng. Sängen var nu fylld av allt en resenär behövde och vid passagerarsätet stod en vattenkokare som kunde anslutas till biltändaren. Kokaren var tänkt att användas vid en gastronomisk nödsituation då man kunde göra en fruktsoppa genom att blanda hett vatten med pulver. De lämnade stan och mätarställningen stod på 41320. Det var midsommartid.

Redan i Alby blev det tvärstopp på grund av bilköer och sedan ytterligare en gång till så det tog över två timmar bara att komma förbi Kolmården. Efter en tankning och ett fikastopp vid Gyllene Uttern fick de putta igång bilen eftersom den av oförklarlig anledning och alldeles för sig själv bestämt sig för att dö. Resten av vägen ner till Helsingborg, varifrån de skulle ta färjan över till Helsingör, bestod av ett ömsom tankande, ömsom puttande och ömsom tittande i motorn. Det de också gjorde var att kontakta verkstäder samt överväga om de faktiskt skulle åka vidare. Och det skulle de. Övervägandet bestämde sig för att låta vilja och iver vinna över förnuft och sans.

När de senare tilldelades en plats på färjan bad de snällt om att få en plats i nedförsbacke och lite handräckning med att putta bilen av färjan på andra sidan. Väl i Danmark på deras väg mot Rödbyhavn, slutade bandspelaren att låta. Bensin-mätaren åkte i botten och vindrutetorkarna gick i ultrarapid. Snart därefter stannade bilen helt. De ringde SOS i Köpen-hamn och Falck bilbärgning anlände. Det konstaterades ett generatorfel och det hela var lagat på ett par timmar. De tog nästa färja till Puttgarden och visade snart sina pass när de gled in i Tyskland. Sov gjorde de i bilen invid motorvägen den natten.

Bland alla kvitton, lappar och Pariskartan fanns det också en loggbok. Genom hela sitt liv hade Rut alltid haft en bok och en penna med sig, vart hon än åkte. Hon skrev allting som hände och allt som hon upplevde. Nu satt hon och bläddrade i loggboken och fick hjälp med att minnas hur resan avlöpte.

Nästa dag hade bilen börjat skutta och prutta fram, absolut värst i uppförsbackar, så de kunde inte köra fortare än sextio, eller som bäst sjuttio kilometer i timmen. De var i Hamburg men ingen där kunde något om bilar, i alla fall inte om VW bubblor. Som svar på deras beskrivning av felet fick de: *Ish haben problemen mit ont spetsen.* Detta översatte de till brytarspetsar varpå Rut och hennes medresenär bör-jade famla efter skriften "hur man sköter en bubbla" i handskfacket. Det här skulle de nog klara av på egen hand.

Eftersom de inte hittade det de sökte, tänkte de att det säkert var ett oljebyte som behövdes, vilket de uträttade i närmaste parkeringsficka. Det var ungefär här som de bestämde sig för att koka upp vatten första gången genom att ansluta vattenkokaren i bilens cigarettändare. Vid varje initiativ i bilen som stack iväg utanför normen och vid varje försök att använda bilens extravaganser, hände det något. Men svinhungriga som de var, tog de nu chansen att koka upp lite fruktsoppa. Och faktiskt! Inga överhettningar, kortslutningar eller missöden följde med det och soppan blev till och med lite varm och inte alltför grusig.

På en bensinstation i Herne fick de hjälp med bilen av en vänlig själ. Han förstod sig på gamla bilar, så efter ett mekande och smörjande där gick bilen som på räls. De tog in på hotell den natten och bilen, såväl som de själva, mådde utmärkt inför nästa dag.
Dessvärre varade inte detta mående särskilt länge och det blev ett verkstadsbesök till nästa dag. Det gick inte att förneka längre att det blivit dags för nya brytarspetsar och de senaste inväxlade pengarna tog på grund av det inköpet slut. Tre dagar hade gått. Till allt som hittills hänt, fick de punktering och en P-bot i Köln och efter ytterligare en verkstadskoll i motorn och däckslagning i Düsseldorf var halva reskassan slut. Verkstäder och banker hade blivit signumet för resan.

Nu hade de kommit in på nya sorters vägar. De reste genom Luxemburg på snirkliga, lummiga vägar. Backe upp och backe ner. Allt var så vackert och lyckat ända tills ett nytt ljud lät från ena bakdäcket. Det lät ungefär som om en spädgris fastnat i fälgen. De sprayade lite CRC 5-56, som för övrigt redan använts i alla möjliga situationer sedan Gyllene Uttern, och faktiskt, ljudet försvann! De visste att det bara var tillfälligt så klart och under nästa dag, som var en måndag, letade de efter ett V.A.G. med ljus och lykta. Säga vad man vill om måndagar men vid såna här övningar är måndagar faktiskt ens bästa vän. Allting öppnar efter helgen och man känner sig inte fullt lika ensam och utelämnad.

De hittade tre olika V.A.G. längs vägen, men de två första hade ingen möjlighet att laga en "sån" bil och på den tredje pratade ingen engelska så de bara skruvade lite på hjulet och sa "au revoir". De var på två verkstäder till som båda sa samma sak: "ingenting är fel" men den sista rekommenderade dem att åka till V.A.G. i Verdun. Dit var det sex mil. I Verdun hissades bilen upp och de slet och drog i däcket. Fast i fel däck hur mycket Rut och hennes medresenär än försökte förklara vilket däck som var det trasiga, det vill säga där missljudet fanns. Vid det laget kunde de ha strypt en katt eller två... un chat ou deux.

Bilen gick före allt och frukosten hade vid det här laget blivit framskjuten till halv fem på eftermiddagen. Men sen var det bara tjugofem mil kvar till Paris.

De nådde sitt mål! Med en stor lättnad och en tung suck släcktes lampan klockan 00:50 i ett rum på hotell *Le Madrid* på Boulevard Montmartre i Paris. Fem dagar hade gått sedan avfärden från Stockholm och de var framme. De hade buklandat snyggt alldeles i närheten av Moulin Rouge, nöjesetablissemang vid Place Blanche.

Rut mindes känslan av att komma till Paris. Och i bil! De hade åkt och åkt och visste att de var nära staden och så plötsligt färdades de på en väg som ledde dem raka vägen mot Triumfbågen. Där stod den mitt i en rondell och monumentet såg så... ja faktiskt fjuttig ut på något sätt. Kanske det var något skämt, typ en förort till Paris där man ställt upp en wanna-be-båge för att skoja lite med alla dem som var på väg till Paris. "Tada, vi är framme!" skulle turisterna säga och sedan leta som sjutton efter alla andra sevärdheter innan de fattade att de kommit helt fel. Men nej, så var det så klart inte. De hade kommit rätt, de var i Paris och det de hade framför sig var just Arc de Triomphe de l'Etoile.

I två dagar var de där. De promenerade massor, besökte byggnader och platser och såg allt som de gissade att man skulle se. Ett av målen var att gå alla de 1665 trappstegen som ledde hela vägen upp i Eiffeltornet. Så då gjorde de det och efter en lång och mjölksyrebildande klättring stod de i en virvelvind av ostyrig luft och studerade gatunätets rutsystem och esplanader drygt 300 meter nedanför. De upplevde lyx och shopping på Champs Elysées, skyltningar, kunder och atmosfärer. Åt glass och därtill sin andra riktiga middag sedan de lämnat lägenheten där hemma. Ingen av dem ville föra på tal eller ens tänka på vad de snart skulle ha framför sig, det vill säga hemresan. De ville bara vara här och nu. Till slut vågade de inte stanna kvar fler dagar än de hade pengar i plånboken så de lämnade Paris på andra dagens eftermiddag.

Då styrde de bilen först mot Belgien och därefter mot Holland. I femtio mil gick bilen prickfritt vilket de såg som ett tecken från Gud eller vem det nu var som tog emot stearinljusets vädjan där i Notre Dame. Eftersom de var utan reservhjul nu, åkte de in på en bensinstation och bad dem att laga det trasiga däcket. En sak hade de noterat efter alla deras verkstadsbesök och det var att två eller tre personer alltid engagerade sig, ändå jobbade de på kvartsfart och gjorde precis allt annat än det man bett dem om. Med gemensam kraft övertygade mekanikerna dem om att däcket var helt kasst och ingenting att laga. Ett nytt kostade 500 Francs med det hade bara 300. Eftersom de var beroende av luften i däcket för att med hjälp av det få vatten till torkarbladen, beslöt de sig ändå för att laga det men verkstadsgubbarna vägrade. De bara skakade på huvudet. De bad gubbarna om att få däcket luftfyllt åtminstone, men då bara försvann de. Puts väck, inga gubbar kvar. Rut och hennes medresenär tog sitt däck och lämnande stället. Senare upptäckte de att ventilen förstörts där på verkstaden vilket antagligen var skälet till att de hade vägrat att laga däcket.

Därefter stannade de till i Amsterdam, en mycket trevlig stad såsom det gärna blir på platser där vatten finns centralt. Där sträckte de på sig en stund och promenerade lite innan de åkte vidare. Bilen skuttade på och de sprayade CRC 5-56 i motorn och lite all over ungefär var trettionde mil. Fördelardosan hade nu gått sönder vilket upptäcktes ungefär hundra meter från ett V.A.G. så det var bara att promenera dit, köpa reservdelen och laga. Åtta timmar efter Amsterdam var de återigen i Puttgarden i väntan på att ta färjan över till Danmark. De var nu helt barskrapade så när som på några resecheckar. Vid nästa färja kokade de te i vattenkokaren medan de väntade på avgången 03:30. Sova vågade de inte med risk för att försova sig och därmed missa färjan. Så fort de kommit över till Helsingborg bäddade de ner sig i bilen och sov. Ett utdrag ur resans loggbok:

I natt när vi parkerade i Helsingborg, hade vi ställt bilen bredvid en gammal tågvagn. Tydligen ingick den i något turistevenemang för klockan 10 på förmiddagen blev vi beskjutna av två tågrånare. De sprang omkring med träskor på tågvagnen, fram och tillbaka, med pistoler i högsta hugg. Jag tittade sömndrucket upp och såg att jag hade en pistol riktad mot mig. De hade verkligen tagit oss till fånga. Först livrädd men sedan mest irriterad, somnade jag ändå om. Att bli beskjuten var väl ingenting mot det vi upplevt på resan so far.

Hela resan avslutades någonstans i Vimmerbytrakten med att motorn totalkollapsade. När de, för vilken gång i ordningen, tittade in under motorluckan, såg de bara ett tragiskt trassel. Här hjälpte inte längre en liten dusch med CRC 5-56. Man vet när någonting har dött, när pulsen slutat slå och man kommit till vägs ände. De fick bärgarhjälp, växlade in den sista resechecken, hyrde en bil och bogserade hem liket. Medresenären i hyrbilen i den främre änden av bogserlinan och Rut där bak i slutet av samma lina. Många mil, många tusenlappar och många verkstäder senare. Men också med många upplevelser. De kom verkligen till Paris!

Det här var ett exempel bland flera, på händelser från förr som Rut tyckte saknade förankring i verkligheten och i livet nu. Som kändes lika utomjordiska som obegripligt dåraktiga. Det var minnen från en tid och ett liv som hon knappt själv förstod att hon deltagit i. Aktioner som kändes klart iscensatta och regisserade av någon annan och hon fattade inte hur hon kunnat få huvudrollen. Men det var innan hon kände till uttrycket Bahala Na.

När hon var klar med sina funderingar från förr gick hon ut till hönsen för att plocka in lite ägg. Det hade blivit dags att paketera en ny laddning till Bengt. Hönorna var så duktiga. De bara värpte och lämnade ifrån sig. Medan Rut gick där och plockade sade hon efter varje ägg:
"Tack, tack". Och hönorna de svarade: "Ka-ka, ka-ka". Så enkelt det var att förstå varandra ibland.
När hon kommit längst in i hönsgården såg hon att hönorna fått finfrämmande. Där bland fjädrar spån och halm, stod på spinkiga ben... den lille lyckotomten.
"Men står du här?", sa Rut och tittade sig omkring.
"Hur har du hamnat här nu då, är du överallt?"
Det här var ett tecken, tänkte hon. Hon svepte runt med blicken på utrymmet och mindes hur de ställt i ordning allt inför bröllopet. Dukningen och arrangemanget för all mat, baren och musiken. Hönsens hyllor och pinnar hade varit kvar så klart, för att ge ett ombonat intryck och de små fönstren förstärkte det mysiga intrycket än mer. I anslutning till hönshuset finns en köksdel som gjorde det möjligt att ta hand om disk och förbereda för bjudningen. En stor altan finns utanför där de först hade välkomsttal och fördrink.

"Så här står du och visar vägen igen, din lille rackare", sa hon till tomten. Här ska det nog fungera med en palzeria i en framtid.

"Tack!" viskade hon i tomtens luva och tog honom med sig tillsammans med äggen. "Det får räcka med två tuppar i den här hönsgården ser du."

Kapitel 12
Om uteblivna kisspauser, USP:ar och reseplanering
samt storbak och hushållsgrisar på farfars tid

När Tobbe och Pernilla åkte till landet hände det alltid mycket märkliga saker. Pernilla som var van sedan sin uppväxt att på utflykter av något längre slag, ingick en fikakorg. Man hade med kaffe och mackor som man åt i någon trevlig parkeringsficka längs med vägen. Ibland hade de till och med tagit badkläder i bagaget och så stannade de lite längre så att alla kunde ta sig ett dopp. Allt detta enligt principen att resan i sig ingick i utflykten, det var inte bara en transportsträcka. Alla som satt i bilen behövde sträcka på sig, ibland även kissa eller ta en cigarett. Hur det var när Tobbe åkte på utflykter av olika slag, visste inte Pernilla men hon visste hur det var när de två skulle iväg och då särskilt när de skulle till landet.

Medan han sa: "Vi åker så tidigt som möjligt, vid nio. Senast."

Sa Pernilla i stället: "Vi åker när vi är klara, vi har ingen brådska. Världens undergång är inte nära."

Medan han sa: "Kanon, vi kom iväg bra och nu är vi igenom stan på trettiofem minuter, precis som det var tänkt."

Sa hon: "Det är så mysigt att komma ut i öppna landskap, stora böljande rapsfält och oändliga betesmarker. Känns så semesterlikt på något sätt, skit i klockan."

Medan han sa: "Ja det var väl typiskt, här är det alltid mycket trafik, vad är det för fel på folk som inte kan köra under semestertider, nu är det bara en tidsfråga innan det är kö också."

Sa hon: "Titta vilken trevlig husvagn som ligger där framme. Har du tänkt på vad många roliga fordon som dyker upp på sommaren."

Medan han sa: "Ja, nu ligger vi bra till. Vi är vid checkpoint ett på exakt rätt klockslag, det känns bra."
Sa hon: "Jag skulle behöva kissa faktiskt så stanna där det passar."

Pernilla förstod verkligen inte dramat med att hålla på på detta vis. Exakt varenda gång lät det likadant, varje checkpoint stämde, varje sträcka såg precis likadan ut, köerna fanns där de alltid funnits och suckarna med. Exakt varenda gång blev slutresultatet detsamma, man konstaterade att "det gick ju bra det där", som om något någonsin skulle kunna gå dåligt. Kunde det inte anses bevisat efter de hundratals resor som vid det här laget körts till landet? Det var som om en osynlig hatt av superfokus sattes på chaufförens huvud redan hemma kvällen innan. Exakt samma tiobitars pussel lades inför varje resa; förberedande samtal, tid för avgång, de gick igenom vad som skulle handlas och vad som skulle med. Ibland tvättades bilen innan också, alltså varför *innan* den långa körningen? Fronten skulle ändå snabbt täckas av kraschade insekter och lacken bli grå av damm och vägsmuts. På morgonen sedan var det en exakt tidsplan över dagens alla checkpoints och Pernilla kände till fyra, kanske fem av dem, men var säker på att det fanns många fler. Ibland frågade hon vad det var som pågick, varför det kändes som en prestationshandling snarare än en njutning att vara iväg. Tobbe som nog var orolig över att hon skulle krafsa litegrann på hans inre demon av så-brukar-det-vara eller så-har-vi-alltid-gjort, svarade bara kort att det var väl lika bra att komma iväg i tid så man kom fram någon gång. Vilket han kanske hade rätt i, men mysko var det. Detta obegripliga fokus förresten, släppte inte förrän de var tillbaka hemma igen. Då sjönk Tobbes axlar ner igen och lugnet infann sig.

På landet var Tobbe som radiostyrd och visste precis hus saker och ting skulle vara. Vilken lampa som skulle lysa, vilka dörrar som skulle vara öppna respektive stängda, var saker hade sina positioner och när man skulle göra vad. För ett otränat öga verkade landet i första hand vara allt annat än ett ställe för vila och rekreation. Men de som tränat på ordningen och rutinerna, och varit där sedan barnsben, tyckte sig finna en och annan kvart för vila. Kanske vetskapen om att allt gjordes rätt och togs om hand inbringande den vilan som behövdes? För här behövde saker fixas och lagas, skötas om och underhållas. Det fanns rejält med checkpoints att ta sig igenom, alltså även när man var framme. För hur skulle det gå annars? Allt kanske skulle förfalla?

Pernilla tyckte mycket om att läsa om de ställen hon besökte eller hade anknytning till och ställde gärna frågor om hur det var på platsen förr. Hon hade fått reda på en hel del om just denna ö. Det var så långt tillbaka som på senare delen av medeltiden som ön från början beboddes. Då tjänade man bland annat pengar på styremansuppdrag. Styremännen hade under 1500-talet reducerad skattesats, mot att de ansvarade för lotsning av kronans skepp. Lotsyrket gick ofta i arv inom familjen och innehavet av ett lotshemman var knutet till lotsningsplikten. Man hyrde hemmanet av staten och för att inte bli avhyst från det, upprätthöll man yrket och kunskapen inom familjen. Det var också ett sätt för lotsen att enkelt leva upp till kravet att hålla lärling och dräng. Dog lotsen fick hustrun ändå bo kvar i hemmanet. Men om styremän och lotsar skulle kunna överleva, räckte det inte med enbart lotsarbete. Man behövde producera föda med.

Fisket hade under alla tider varit det ena av de två benen i självhushållningen på ön. Det andra var förstås boskapsskötseln. Betet nyttjades och vid sekelskiftet 1800, reglerades antalet djur till fem nöt och en kalv samt tio får per hemmanslott. Det fanns även reglerat hur höskörden skulle samordnas. Vid 1800-talets slut fanns det på ön tjugofyra kor året om, en tjur, lite ungnöt och förstås hushållsgrisar. En ansenlig fårhjord betade på de karga utöarna. I slutet av 1800-talet började man på allvar odla potatis på ön. Kåltäppan på bytomten räckte inte till, men man fick bryta ny jord där det var möjligt. Åkerbruket kom alltså först med potatisen. Lyckorna plöjdes med mänsklig kraft och idag ligger de väldiga stenmurarna kvar, som då omgav de små lyckorna. De sex bytomterna, som reglerades vid storskiftet år 1799, bebyggdes alltså snart med bostadshus, ladugård, visthusbod eller jordkällare och alla de andra småhusen som hörde det jordnära och självhushållande livet till. Dessutom byggdes också sjöbodar med brygga, varje sjättedel hade åtta hommstånd. Ju längre fram i tiden, desto mindre antal hus för jordbruket, men desto fler för fiskets bedrivande. Ladugårdarna var genomgående uppförda runt sekelskiftet 1900, stora nog för att rymma den maximerade mängden boskap, hushållsgrisen och hönsen samt loge och höloft. De sex bytomterna sammanlänkades av den enda allmänna stig som förband de olika hemmansdelarna med varandra.

Tobbes familj hade haft sommarstället sedan urminnes tider, eller i alla fall sedan farfars tid. Då var det inte något sommarställe minsann, då var det i stället en kamp om brödfödan och ett fast boende. Man livnärde sig så klart på fiske och på det man sköt på ön. Man gjorde storbak och förvarade brödet i stora tråg fyllda med säd så att brödet inte omedelbart blev hårt. Potatis la man under granris och jord för att den skulle hålla sig färsk. Morötter och palsternackor förvarades i sandlåda. Man använde också mycket torkad frukt. Efter grisslakten i november saltades eller torkades fläsket, även strömmingen och ålen togs om hand på samma sätt. Köttet lades i stora salttråg och behövde sedan ligga i vatten för att laka ur. Istret användes till stekning och bakning. Man ystade och kärnade smör fram till 60-talet. Separatorn som kom på 20-talet underlättade mjölkhanteringen väsentligt och från 30-talet kom även konserveringsapparater i mera allmänt bruk. På vintern värpte hönsen så dåligt att äggen fick konserveras för att kunna sparas och räcka lite längre. Konserveringen gjordes då i så kallade "vattenglas", det vill säga natrium- eller kaliumsilikat. Mjöl, socker och orostat kaffe inköptes på hösten i stora kvantiteter och kunde förvaras länge.

Så hade man det då, tänkte Pernilla. Inga snabba svängar till ICA, inget fusk med kött och märkningar. Maten var genuin, utan tillsatser och gifter men i och för sig, ibland både sur och torr.
"Yuck", slapp det ur henne.

Lotsstationen på ön lades ned 1881 och lotsbarnsskolan försvann. Tobbes pappa föddes på sent 20-tal så när han var barn på ön fanns inte skolan mer. Han fick ta sig till skolan på en annan ö. Skolgången var sexårig och skolan var av sådan sort att en enda lärarinna samtidigt undervisade alla klasser i ett och samma klassrum. Tobbes pappa var så liten som sju år när han sattes i en båt och fick skjuts i väg för att sedan köra båten helt själv. Han tog sig över fjärden och efter en dryg halvtimmes tid togs han emot på andra sidan. När skoldagen var slut, skjutsades han tillbaka på samma sätt.
När pappan sedan var ungdom där ute, hände det ibland att han och kompisarna tog båten till andra öar. Det var på en av dessa turer som han stötte på sin blivande fru, det vill säga Tobbes mamma. Hon bodde på en annan ö och därifrån åkte hon först med båt innan hon äntrade cykeln i land på andra sidan. Hon och några kompisar gjorde cykelutflykter och på så sätt träffade de pojkarna från grannön. Tillsammans hade de vansinnigt trevligt allihop och de stämde träff flera gånger. Deras mammor gjorde picknick åt dem och träffarna blev långa och innehållsrika.

Tobbes mamma var som ung en mycket duktig elev i skolan och många tyckte att hon skulle studera vidare. Hennes egen lärare inte minst, skickade henne tips om olika skolor. Men det var dyrt att gå i skolan eftersom man också behöv-de räkna in avgifter för inackordering. Familjen hade inte råd med skolgång, vilket ledde till att hon tog ett kontors-jobb i stället. Dessa båda, alltså Tobbes mamma och pappa fortsatte att träffas och en vacker dag senare upptäcktes att de väntade barn. Det hade nog blivit lite mer än bara pick-nick trots allt, ja se den ungdomen... Hon var ung och bodde fortfarande med sina föräldrar, så efter att barnet var fött bodde hon kvar hemma ett år. Först därefter flyttade hon ut till ön och till barnets pappa. Mamman, pappan och den lilla flickan blev starten på en ny liten familj på ön och också början på ett generationsskifte.

Svärföräldrarna bodde nere i huset och den lilla familjen en trappa upp. Svärmor där nere, hon var amper. Sur och tvär. På vintrarna var det ensamt och kallt. Mellan januari och april när is och snö täckte land och vatten var det knäpp tyst. En tystnad så kompakt att man kunde skära i den med kniv. Den unga mamman trivdes verkligen inte där ute på ön.
Efter några år kom så ytterligare ett barn vilket medförde att den lilla familjen och svärföräldrarna bytte våningsplan. Farmor och farfar flyttade upp medan mamman, pappan och de båda barnen flyttade ner i huset. Strax efter att farfar gått i pension dog han och snart fanns inte farmor heller. Då hade den lilla familjen hela huset för sig själva och där någonstans föddes det tredje barnet. Han fick namnet To-bias. Han bodde på ön under sina småbarnsår fram till skol-start, då familjen delade på sig mellan de två hemmen. Lä-genheten i stan och huset på ön. 1964 fick de ström på ön men redan 20 år tidigare hade det funnits ett vinddrivet mindre elverk som gav elektrisk ström. Öns första tv kom 1959. Post hämtades fram till 1960-talet från fastlandet, där-

efter kom postbåten några gånger per vecka men bara under sommarhalvåret.

Ön som ligger i den nordöstra delen av skärgården utanför Norrköping har en ganska flack profil. Bara på några få ställen är ön högre än tio meter över havsytan. Det finns en bykärna på ön som i övrigt upplevs rätt igenvuxen. Klibbal, björk, asp, rönn och oxel är exempel på sådant som växer där. Övriga öar i Norrköpings skärgård består mest av tall men denna ö domineras av ekskogar. I byn finns slåtterängar som slås traditionellt av byalaget. Ängarna är blomsterrika och består av tjärblomster, gullviva, ljus solvända, blodnäva och tulkört. Det växer sådant här som inte finns någon annanstans i kommunen, exempelvis den gräslika växten Hartmanstarr. På grund av växt- och djurlivets artrikedom bildades ett naturreservat 1966-67. Tillsynsman på reservatet blev då Tobbes pappa.

De sista mjölkkossorna försvann från ön på 1960-talet och 1961 redovisas fyra yrkesfiskare på ön med en total inriktning på ålfiske. En av dem var Tobbes pappa. Ålfiske med hommor pågick under juni till oktober, främst under "ålmörkren" när månen var svart. En timme före gryningen lämnar ålen sitt viloställe på bottnen och den homma som ligger tätast an har därför den bästa fångstkapaciteten.

Så fungerade det alltså förr i tiden, tänkte Pernilla, men nu finns ju allt som behövs. Det finns både el och telefon på ön. Värme, rinnande vatten, dusch, vattentoalett och tvättmaskin. Kyl, frys och micro. Båten hade värmare, lanternor och GPS. Alla var utrustade med mobiltelefoner och sjöräddning likväl som trafikassistans var topputrustade. Ändå skulle man stressa som om något hungrigt var en hack i hälarna. Pernilla anade nog vad det var för en hunger, men en del teorier behöll hon för sig själv.

Det traditionella yrkeslivet på ön kombineras numera med ett modernt liv och det kustnära fisket är endast i gång i liten skala. Det ligger moderna fiskebåtar i olika storlekar utanför några sjöbodar men hemmanslotterna nyttjas numera i huvudsak som fritidsbostäder. Nu var det många år sedan några kor betat på ön och grisar slaktats, men än finns det en tupp och några höns kvar. De ägs av Tobbes kusin och fru som sedan många år tillbaka driver ett succéartat vandrarhem på platsen och genom det håller ön vid liv. Vandrarhemmet är så gott som alltid fullbokat och deras gäster återkommer från år till år. Gäster bara hänger runt och njuter av skärgårdslivet och det gemyt som vandrarhemsfolket bjuder. Många paddlare söker sig gärna dit.

Husen på ön har anor från tiden för storskiftet men markarealer, hus och ägor har bytt ägare och delats runt till barn och barnbarn vartefter nya generationer kommit till. I en del hus sägs det spöka och andra hus har dragit död och olycka över sig.

Så långt historia och nu var det nästa generations tur att sköta om och underhålla detta fantastiska hemman. Ja, i ärlighetens namn var det nog ytterligare nästa generations tur men de hade vare sig intresse eller tid för stället. Tobbe och Pernilla hade rätt så energi- och tidskrävande arbeten till vardags och den tid de alls fick över ville de i första hand lägga på seglingen. Så skulle resurser läggas på ett landställe, behövde det kännas som en plats där chans fanns att finna ro och ladda sina batterier. Ett ställe så nära att man med lätthet kunde svänga över på fredagskvällen och där det inte hela tiden fanns krav på allt som skulle underhållas. Ibland blev landet lite för mycket som tillägg i deras redan så fullpackade vardag och var man inte där på länge, upplevde de en press. Nästan varje helg var bokad antingen lördag eller söndag och att åka till landet bara över en natt, blev för kort på något vis. Risken var stor att vistelsen enbart skulle handla om underhåll då. Och så alla dessa checkpoints på vägen... alltså vem har ett sådant förhållningssätt till något man älskar? En hund låg begraven här, det var något som inte stämde. Äh, de behövde nog se över hela upplägget, det hade de kommit fram till.

Det skulle exempelvis vara en nydanande ansats att ta med sig Rut och Twist till ön, tänkte hon. Plocka äpplen, skjuta räv... eh, var det verkligen hon som tänkte så? Få massor av tid till att snacka om allt möjligt. Kanske Tor kunde hänga med och om Sigge hunnit hem, kunde de träffas. Det vore nåt! Få se här nu, Sigge var väl nästan lika gammal som Tor när han lämnade Laduvik? Det finns en del för de två att prata om, det var hon säker på.

Det slog i ytterdörren, Tobbe hade kommit hem. De pussade varandra i en hälsning och Pernilla sa:
"Medan jag väntade på att du skulle komma hem, gick jag och tänkte på landet", sa hon.
"Jaså, gjorde du det? Vad tänkte du då?"
"Ja, till exempel att det måste ha varit tungt för din farfar och farmor och hela den generationen att överleva på den tiden, liksom var man än bodde så klart. Men jag minns inte själva husets historia..."
"Den kan jag berätta, men vi tar det i bilen. Vi är lite sena och behöver åka nu. Rut och Twist väntar."
"Men när byggdes huset egentligen?"
"Troligtvis 1875 av lotsen Johansson, fast från början var det bara köket som var inrett. Två av hans döttrar dog i lungsot så de räddes att bränna ner det."
"Va? Gjorde man så? Men då köpte väl farfar det, eller?"
"Ja farfar köpte det 1917 och så ägde han och farmor det till början av 50-talet. De fick åtta barn, fyra flickor och fyra pojkar. Pappa var yngst. Vet du förresten att farfar skaffade den första telefonen? Det var 1938."
"Coolt, var han allra först? Verkligen hett!"
Medan de pratade vidare plockade de med sig det de behövde, satte sig i bilen och åkte iväg mot Twist och Rut.

"Fiskevattnen var ett av de bättre i skärgården. De andra öarna österut plus ett undervattensrev som fanns där utanför, bidrog till att vattnet var väl skyddat för hårda, ihållande ostvindar. I slutet av 1800-talet fanns fem ålfiskare med sextio hommor och lika många strömmingsfiskare med sina skötar på ön."

"Var det bara fiske man livnärde sig på då?"

"Jordbruk var det visst aldrig tal om men man skötte självhushållning. Lotsdrängar och andra icke-lotsar hade övergått till fiske som snart blev den viktigaste inkomstkällan. På mitten av 1900-talet hade fisket blivit den enda näringskällan och det var ålfisket som dominerade."

"Ja just det", sa Pernilla. "Jag läste någonstans att ålfisket krävde större fiskelag än vad den lilla familjen kunde utgöra och då började man samarbeta mer. Dessutom krävdes nya, större och bättre redskap och med dem, större båtar".

"Ja visst, och pappa utvecklade en modell där man använde blysänken som anpassade sig bättre till botten och var betydligt mer vädertålig. När den gamla typen av hommor byttes ut mot de nya på 60-talet ökade fångsten till det fyrdubbla."

"Det blev han väl omtalad för kan jag tro? Du har berättat förut om att det ofta var fester och gäster där ute. Värsta vilda 70-talet, Hippie lifestyle eller?"

"Njae, inte precis men man behövde nog vara aktiv på ett annat sätt på den tiden. Från 30-talet fanns en livräddningsbåt och det var pappa och två av hans bröder som tjänstgjorde som besättning och skeppare. Båten användes också till sjuktransporter och isbrytning."

"Du får fortsätta berätta sen, nu är vi framme. Åh det verkar som om vi ska sitta ute. Kul att Mac och Pia-Carin kommer också, hoppas de har hunden med sig."

"Hund? Har de skaffat en hund?"

"Ja, Mini berättade att Pia-Carin köpt en liten taxtik för några månader sedan."

Rut stod med huvudet i resväskan och grubblade. De skulle snart åka till Grekland och själva avresedagen närmade sig. Hon hade börjat packa ihop lite av det hon ville ta med sig men det stora jobbet var inte att packa ner lite kläder och skor. Det största var att kunna lämna gården. Det hela kändes ganska nervöst tyckte hon även om hon litade på Mini mer än sig själv när det gällde att sköta allt. Något annat som kändes lite nervöst var att hon skulle träffa Pia-Carin igen sedan hon lämnat henne sina blogganteckningar. Rut hade äntligen kommit till insikt efter över två år av tankar kring skrivandet, att någon bloggerska skulle hon aldrig bli. Hon hade verkligen försökt, det ska gudarna veta men sanningen var den att hon helt enkelt var sämst på att skriva. Bäst var hon på att ha många tankar och idéer men sedan behövde någon annan ta över. Rut var en sån där entreprenör. En som var bra på att dra igång saker men som sedan behövde lämna bort idéerna och låta någon annan ta över. Pia-Carin var den som kunde ta över hennes anteckningar, tänkte hon för ett par veckor sedan och som kunde använda det hon önskade till sitt skrivande. Därför hade hon gått över med sina blad av citat och lösryckta ord samt research från nätet kring olika decenniers stora händelser och lämnat dem till Pia-Carin.

Innerst inne skämdes Rut lite över sin oföretagsamhet men Pia-Carin gjorde inte en min som avslöjade några särskilda tankar om att Rut skulle vara konstig eller så. Tvärtom visade hon att hon blev glad och kommenterade vissa delar i materialet. Rut hade plockat ut citat som hon gillade extra mycket och några låttexter och en sak som hon inte fick glömma att poängtera för Pia-Carin, var vikten av att ange källan till dem. Det glömde hon helt och hållet bort vid själva överlämnandet. I och för sig trodde hon att Pia-Carin var tillräckligt skärpt för att ha koll på sådana detaljer. Pia-Carin trodde absolut att hon kunde använda en del av det hon fick men sa att exakt hur, kunde de prata mer om vid ett senare tillfälle. Rut hoppades att det tillfället inte var just denna eftermiddag när alla skulle komma dit och då kunde tänkas lyssna. Fast nej, Pia-Carin var nog mer diskret än så. Hon pratade inte så mycket om vad hon själv höll på med så varför skulle hon då ta upp detta helt plötsligt?

Rut släppte sina tankar och la ner ytterligare ett par shorts ovanpå de andra i resväskan. Att läsa om, eller titta på resmålet i resebroschyrer, kändes helt ointressant. Pernilla och Tobbe hade redan berättat precis allt, plus att det fanns rikligt med både texter och bilder från stället. Resebyråer la för övrigt ut en ganska förvrängd bild av resmål både genom bild och text vars enda syfte var att gestalta något som var glassigare än vad som var möjligt att uppleva.
Resebolagen tar bilder enligt en modell som kallas "sunglass" med den tanken att när man ser bilden ska det kännas som att man tittar genom ett par solglasögon. Att man är där. En drömsk känsla ska uppstå, fast ändå en upplevelse av att det är på riktigt och uppnåeligt. Man försöker fånga semesterkänslan genom så många "USP:ar", det vill säga Unique Selling Points, som möjligt. Så mycket känsla som alls var möjlig att exponera i form av värme, avkoppling, lugn, hjärta, gemenskap, lekfullhet, spontanitet, upptäckarlust och äventyr skulle finnas med i bilden. Nu hörde hon en bil komma där utanför och när hon tittade ut på gårdsplanen såg hon Tobbes och Pernillas bil som just parkerades. Hon avslutade sitt packande och gick dem till mötes.

Rut hade bakat bröd och gjort tsatsiki, detta skulle ätas till förrätt. Hon hade gjort en grekisk sallad men givetvis bytt ut fetaosten till gårdens getost och så hade hon förberett köttfärsspett. Redan tidigt under dagen hade färsen kryddats med chilipeppar, vitlök, persillade, citron och paprikapulver. Genom att förbereda det hela i god tid skulle köttet ges riktigt kryddig smak. Det fanns hur mycket äppelmust som helst att dricka till, och det behövdes denna dag så varmt som det var. Twist hade precis tänt grillen och de skulle sitta ute.

Pernilla och Tobbe beundrade hela upplägget och strax dök även Mac och Pia-Carin upp och jublade över det grekiska köket de med. Mini var förstås redan på plats och det här var första gången de hade middag gemensamt alla tre familjerna. Tanken var att Rut och Twist skulle överlämna gården nu med instruktioner av alla sorter för hela veckan. Mini kunde allt, men det var lika bra att även Mac fick höra schemat för dagarna och ordningen runt det hela. Det var Mini som skulle hålla i presentationen.

Mac och Pia-Carin hade tagit med sig taxvalpen så klart, Yahoo som hon hette. Hon hade blivit sex månader nu och var hur charmig som helst.

"Jisses så söt, vilka tassar... och öronen sen, de är minst tre nummer för stora!" sa Pernilla. "Vad heter hon?"

"Yahoo", svarade Pia-Carin.

"Jaha!", hördes det från systemvetare Twist bortifrån grillen.

"Nej Yahoo", svarade Pia-Carin, varpå alla skrattade till. Alla utom Mini förstås. Han tittade bara upp från det han för stunden höll på med, vilket var att hjälpa Rut att bära ut mattillbehör från köket.

"Hej på dig lilla vovvis," sa Tobbe.

"Snart kan du kanske hjälpa oss med rävjakt va?" skojade han sedan och Twist skrattade till.

Mac log lite han också och klappade om den synnerligen lilla taxtiken. Var hon inte lite väl liten för sin sort och otroligt hårig? Det hade han tänkt fråga Pia-Carin om många gånger men av okänd anledning glömt bort det. Nu slog det honom igen. Hunden var ingen normaltax, det var ett som var säkert. Endera var hon väldigt lång, så att proportionerna blev lite lustiga eller så hade hon extremt korta ben. Hmmm, kanske var det all den där pälsen som ställde till det? Och Yahoo, vad var det för typ av namn egentligen?

Helt galet. Mac tog bort handen från Yahoos huvud och tittade till på henne igen, sedan avbröts han i sina funderingar. Det hade blivit dags att ställa i ordning lite stolar och han skulle hjälpa till.

De dukade bordet med allt som Rut hade lagat och åt därefter med stor njutning medan de pratade om resor av olika slag. Pernilla och Tobbe berättade att de hittills aldrig varit med om minsta strul vid transfer eller flygtider under alla sina Greklandsresor. Knappt några väntetider heller.

"Som när vi åkte från Gran Canaria sist då boardingen gick till så att en enda personal kollade boarding card och släppte ensamt igenom alla 370 personer på bussen som körde oss mellan flygplats och flygplan", sa Pernilla.

"Sen var det förseningar på grund av flygstrejk i Frankrike och en massa virrvarr i lufthavet, med nya slotter enligt något obegripligt turordningssystem. Då blev vi sittande en halvtimme inne i planet med", la Tobbe till.

De hade bott på ett ganska gulligt hotell med all inclusive vilket var hur bekvämt som helst.

"Men vår tränings- och badväska försvann, så typiskt. Näst tandborsten var den faktiskt viktigast", sa Pernilla.

"Verkligen! En resenär på transferbussen, som hade hoppat av hotellbussen före oss, visste tydligen inte vilken väska som var hans".

"Fanns det några USP:ar eller icke-USP:ar på resmålet, undrade Rut och alla tittade på varandra för att försäkra sig om att det var fler som inte visste vad det var. Alla hade slutat äta utom Rut som precis tog en stor tugga.

"USP, vad är det?" Det var Mac som vågade bryta tystnaden genom att fråga. Rut svalde sin tugga och förklarade vad som menades med USP:ar och drog några klassiska exempel på vad en USP borde vara. Tobbe sa att visst, det fanns flera.

"En USP var att boendet var så gulligt. Nästan lite radhus-känsla med gränder, precis som på bilderna. De hade bokat poolside vilket de också fått.

"Någon icke-USP då? undrade Pia-Carin som sällan kom till orda annars.

"Den största icke-USP:en var väl att det inte fanns något gym på hotellet fast de visat bilder på ett välutrustat gym på hotellets websida. En annan var väl den om bristen på solstolar. Alltså obokade sådana".

"En klassisk icke-USP alltså, la Twist till.

Tobbe och Pernilla turades om att berätta om det sextioåriga paret från Sundsvall som var sjukt pratsugna. Oturligt nog hade de hamnat på solstolarna bredvid varandra och det fördes sinnesförslöande samtal om allehanda ting. Pernilla som bara ville sola och läsa sin bok. Exempelvis pratade de om förra världens teknik kontra den moderna. Om avlägsnande av huvudlöss i Sverige kontra kackerlackor i hotellrummet. Om privata upphandlingar och skumma anställningsförhållanden samt om bidragsförfaranden kontra miljardärers flyghangarer och deras boenden.

"Ja herre Gud! Vi fick bådas CV:n utförligt beskrivna samt presenterade tillsammans med många årtal, spännande platser, varierande kostnader, spektakulära händelsekedjor och viktiga tidsmarkörer", sa Pernilla.

"Matutbudet lunch som middag var en gigantisk buffé och som sagt all inclusive", Tobbe.

Om buffén hjälptes Tobbe och Pernilla åt att berätta. Det var ett par, tre olika sorters potatis, likaså ett par olika sorters pasta, ris och kokta grönsaker. Sen flera kötträtter inklusive kanin, kyckling och eller anka. Någon gryta, något friterat och massor av grillat. Minst två sorters fisk plus mängder av olika brödalternativ. En salladsbuffé som sträckte sig cirka fem meter utmed ena väggen. Därtill ett stort bord med sex sju olika sorters geléer, pajer och puddingar samt glass i stora lass och flera varianter av sockerkakor och muffins. Givetvis obegränsat med frukt av olika sorter och fruktsallader. Även dryck i obegränsade mängder vare sig man valde vin, öl eller läsk.

"Hela dagen sedan var baren fri och öppen med allt från basutbudet av läskeblask och vin eller öl men också GT, Irish Coffée, Sangria med mera. Just for you. For free i ett hejdlöst överflöd", avrundade Tobbe.

"Det låter som om man väntade sig att gourmeten Apicius skulle återuppstå", sa plötsligt Pia-Carin och det var nog bara Pernilla som förstod den kommentaren. De andra tittade sig omkring i något slags hjälpsökande samförstånd. Pernilla la till:

"Ja och din kommentar Tobbe var ju helt underbar femte kvällen; Nu jävlar är man på yttersta hålet." Det skrattade de alla åt en stund, ja utom Mini då i vanlig ordning som hade svårt med att förstå just sådana skämt. Eller, det var inga skämt förresten. Det var mest bara obegripliga ord staplade på varandra. Vilket yttersta hål? Vad menade man? Mini log bara lite och försökte hänga med i svängarna. Rent generellt tyckte han att alla babblade för mycket och till och med samtidigt, plus att de pratade om olika saker. De bytte också samtalsämnen stup i kvarten. Till slut gav han upp och lyfte upp Yahoo i knäet för att umgås med henne i stället. Det var enklare.

"Vad god mat du ordnat förresten Rut, eller ni båda kanske?" sa Pia-Carin.

"Nej, här hemma är det nog mest jag som lagar maten. Nu med ny spis också som jag fortfarande gör allt för att undvika. Därav sallad och grillmat. Twist älskar maskiner av alla sorter och länge försökte jag rädda min kära spis från att bli utbytt. Det gick så där. En förmiddag när jag var nere på ICA för att göra affärer med Bengt, så hade en ny spis installerats när jag kom hem."

"Då vägrade du att laga mat på flera dagar", sa Twist och Rut tittade upp med ett misstroget leende.

Kvällens sallad och grillspetten var otroligt smakrika, det instämde de alla i och vad kunde väl vara en trevligare avslutning sista kvällen innan avfärd, än en grekisk middag? Alltså utan att det blev pizzor från greken i byn, tänkte Rut och gav ifrån sig en liten suck. Hon var verkligen nöjd med att ha fixat i ordning allt utan att få sina "tankehäng" som hon själv kallade dem för.

"Vad var det för problem med solstolar då på semestern? Kan man ha såna problem?" undrade Twist sen.

"Ja det var en chockerande utveckling under veckan", svarade Tobbe och så försökte de återge den stegvis medan de samtidigt tecknade det hela genom att hålla upp rätt antal fingrar i luften. De hade tänkt:

1) Bara det inte är ett sånt där ställe där varje solstol bokas upp.

2) Fan, folk låter ju handdukarna ligga kvar över natten för att med hjälp av dem paxa sig en plats.

3) Vi tänker minsann inte boka nån plats, man får väl ta det som det kommer.

4) Helvete, det ligger handdukar på varenda stol men var är alla människor, inte badar väl så många? Nu ska vi se... hela den där raddan av stolar har varit bokad men avfolkad hela dan, Pernilla började planera för att ta bort handdukar och ta stolarna. Tobbe blev mer och mer nervös.

5) En dag med krig! Vi bokade upp två stolar redan halv nio, men var tvungna att gå tillsammans eftersom vi skämdes lite. Satt kvar en stund vid poolen och frös i den tidiga morgonluften för att det skulle se bättre ut... som om vi *inte* bokade.

6) Ny dag. Bokning av stolar utan att skämmas. Bara slängde ut handdukar, drog till stan med vetskapen att ha stolar säkrade till eftermiddagen.

7) Pernilla klev ur morgonens snabbdusch och ropade på Tobbe. Inget svar, han var redan ute med handdukarna. Två stolar säkrade, inklusive parasoll. Vi låg på plats redan

klockan nio, solen hade knappt gått upp. Molnen hopade sig, det var svinkallt.

De fortsatte att berätta om ett par från Skåne som var hur upprörda som helst över att behöva betala extra för något att dricka till maten. De hade redan betalat hundra kronor var för buffén, med allt-du-kan-önska-innehållet i matsalen. Skulle de nu tvingas betala *ännu* mer?

"Att behöva betala extra för vatten?!" sa de upprört till Tobbe och Pernilla som i sin tur bidrog med en medhållande grimas, men i själva verket tänkt: Snåljåpar, gnällspikar.

…Ja, herr & fru Knas af Kassan, ni har lämnat Skåne nu och här på ön finns det ju inte precis drickbart kranvatten. Pernilla och Tobbe berättade vidare. Om frukost- och middagsbord som förvandlades till sociala hippor, näsor som bara blev rödare och rödare, män som drack för stora öl- mängder och barn som inte smorts in på många dagar. De upplevde stringmodets återkomst och topless-solares renäs- sans. Mitt i allt detta fanns ett svenskt par med en miljon förutfattade meningar om andra och med en ihärdig klagan över bredband som inte fungerade.

Då vaknade Mini till:

"Det var väl ni det!" sa han.

"Ja alldeles riktigt", fyllde Tobbe i samtidigt som han gav Mini tummen upp.

"Och allt detta var semester, men otroligt långt från att segla i Grekland, om vi förstått det hela rätt?" summerade Twist.

"Men apropå ingenting", sa Rut till Pia-Carin, hur blev duschen där hemma? Blev ni nöjda?

"Om vi blev! Nästan som ett helt nytt badrum faktiskt. Su- perfräscht med svängdörr och vita väggar. En kaklad hylla att ställa duschflaskor och schampo på och golvet sen…"

Hon gjorde en paus.

"Det blev nog mitt Grekland!" Pia-Carin skrattade till och berättade om mosaikplattorna som på beskrivningen lät som om de hörde hemma i Bortre Orienten. Mac nickade medhållande.

"Vad kul att höra! Det får vi väl titta på vid tillfälle", hakade Pernilla på och Tobbe nickade.

Hela samtalet och middagen avslutades sedan med att Twist berättade en rolig historia. Varken han eller någon av de andra fattade någonting. Några detaljer behövde nog kollas upp... typ poängen eller så. Det blev dagens gladaste skratt. Rut hade aldrig sett vare sig Mac eller Pia-Carin skratta så förlösande mycket. De hade alla ätit upp för länge sedan och Mini hade börjat plocka av från bordet. Han tyckte det var dags att gå rundan runt djuren med sin pappa. De som ville, kunde följa med och det ville Rut, Pernilla och Pia-Carin. Och Yahoo förstås.

"Några veckor efter att vi kommer hem från Grekland planerar vi en tripp till landet", sa Tobbe.

"Det vore trevligt om du och Rut ville följa med som vi pratat om. Plocka ner äpplena och skjuta lite räv."

"Kul!", svarade Twist.

"Vi har lov att skjuta räv från första augusti, så åker vi i slutet av månaden är nog äpplena klara också. Passar det er då, kan ni bara hänga med. En övernattning eller som dagsutflykt, vilket som blir enklast".

"Det låter hur bra som helst. Jag vill gärna jaga och Rut behöver plocka äpplen. Så generöst av er på alla sätt. Vill du titta på bössorna mina?" undrade Twist sen.

"Jag har både kulvapen och hagelvapen."

"Absolut!" svarade Tobbe. "Skjuter man räv, tänker jag att det måste vara kulvapen klass 3. Kulan ska väl helst väga minst 2,5 gram om jag minns rätt", sa Tobbe.

"Det har jag hemma om du inte har det".

"Japp, och värdet för E100 måste vara minst 200 Joule", sa Twist.

"Men det har vi på landet."

"Eller så kan vi använda fruntimren i lockjakt?" Tobbe skrattade när han sa det och Twist instämde. De båda gick mot ladan för att titta på bössorna. Samtalsämnet om lockjakt fortsatte och de skrattade högt när de tänkte på hur det mest troligt skulle urarta. De såg Pernilla och Rut framför sig i sin strävan att frambringa läten så trovärdiga att räven skulle låta lura sig. Och båda som avskydde jakt.

"De kunde få varsin näverlur i höstpresent?", föreslog Twist. De gick in i ladan.

"Men oj! Vad har hänt med vapenskåpet, eller låset snarare. Har du haft inbrott?" undrade Tobbe.

"Eh, njae inte precis", Twist skruvade på sig.

"Du förstår, jag hade gömt nyckeln på ett supersmart ställe men tyvärr var det lite för smart för mitt eget bästa så jag hittade den inte. Jag fick helt enkelt bryta upp låset. Men snälla du... säg inget till Rut, hon blir galen. Hon har en uppfattning om mig som den som inte kan hålla reda på nycklar."

"Ligger det någon sanning i det då?" frågade Tobbe samtidigt som han fingrade på den trasiga låsanordningen.

"Fan, du måste ha slitit hårt för att komma in?"

"Ja, gud vad jag grubblade. Det värsta var inte att skåpet var låst och nyckeln var borta, faran var om Rut skulle upptäcka det. Jag ville sköta det smidigt så jag googlade på hur man öppnar kassaskåp med stetoskop. Det jag fann då, var att man först behövde borra ett hål strax över ratten och sedan sticka in en kamera för att kunna se när det klickade till. Men den metoden gick bort eftersom det skulle bli stora oförklarliga inköp och dessutom ta enormt lång tid. Sedan sökte jag på sprängämnen, typ dynamit men det kändes alldeles för grovt och med tanke på allt som var i skåpet... och alla djur på gården... och hur skulle jag kunna smyga för Rut och samtidigt använda dynamit? Nej, den metoden gick också bort."

"Tur!" flikade Tobbe in samtidigt som han tänkte att Twist var ju hur skön som helst.

"Ja, då återstod bara att kapa plåten på baksidan. Jag vippade skåpet så att det låg med dörren i backen och började planera att köra med vinkelslipen, men så kom jag på att det skulle låta så mycket och det skulle vara sjukt svårt att komma igenom all betong och plåt."

"Ja, och skåpet skulle ju bli helt förstört", fyllde Tobbe i.

"Visst!", sa Twist.

"Men sen lånade jag ett superverktyg av Mac och rullade i stället skåpet ett halvt varv på sidan och tryckte till självaste låset i stället. Jag höll på i timmar och plötsligt sa det bara klick. Jag misstänker faktiskt att låset redan innan hade hängt sig och att jag från början aldrig riktigt lyckats låsa det ordentligt."

"Wow", sa Tobbe och bugade sig framför Twist.

"Du är otrolig. Men ska jag berätta en sak? Om du tittar bak på skåpet så sitter det en liten bricka med ett nummer på. Det är numret till Diplomat Safe AB och ringer man dit, informerar man bara om vad som hänt. Man säger att man slarvat bort nyckeln eller kombinationen, så skickar de en kopia med posten. Ja, efter några kontrollfrågor och lite sökande i sina register så klart".

Twist tittade lite trevande på Tobbe och kliade sig i huvudet samtidigt som han kikade baktill på skåpet. Driver han med mig? tänkte han. Men längst upp i ena hörnet satt en liten plakett i mässing. På den stod det mycket riktigt:

Diplomat Safe AB 042-253060.

Mini hade gått igenom allt med fullkomlig exakthet. Rut behövde knappt lägga till något och hon kände sig hur lugn som helst. Mac var fantastisk på att lyssna och ställa frågor så det blev minst sagt en guidad tur. Han både uppmuntrade och gav Mini en klapp på axeln flera gånger. Det här gav Rut idéer om att anordna studiebesök för olika målgrupper.

Hon såg hela visningen ur ett helikopterperspektiv och insåg hur otroligt proffsigt den sköttes av Mini.

Mac, Pia-Carin och Yahoo gick hemåt medan Pernilla och Rut fastnade en stund på gården. Där började de prata om allt möjligt.

"Du", sa Pernilla.

"Jag har förstått att du tar en sak i taget och verkligen jobbar efter den modellen. Hur får man en bra dag egentligen? Jag tycker bara att dagarna går och allt som händer handlar mest bara om kaoshantering eller strategier. Hur mycket jag än försöker ligga steget före, blir jag ändå både förbikörd och omkullkörd. Hur sjutton gör du?"

"För min del handlar det om att göra en sak i taget, göra det långsamt och inkännande och inte planera bort hela dagen. Inte för att jag alltid tänker så, men i början skrev jag upp dessa tre saker på lappar och satte upp lite varstans hemma."

Pernilla skrattade till. "Så kan man ju göra! Det är svårt att bryta mönster och vanor. Beteenden smyger sig på en och när man sedan märker att de påverkat ens liv negativt har de redan blivit en vana. Då är de svåra att ändra på. Man måste jobba hårt för att lyckas."

"Fast helt ärligt känner jag att jag håller på att dra igång för många projekt igen. Man får vakta på sig. Måste du ändra på något då?" undrade Rut.

"Ja vad fasen, man kan inte leva som om elden är lös varje dag. Ett stort steg för mig var att sanera i min kalender, ja kanske först att tappa den... det blev verkligen en abrupt förändring."

Båda två log åt det och det blev tyst ett tag. Sedan fortsatte Pernilla:

"Hur gör du när problem uppstår då. Hur tar du tag i dem, är det också med en tanke och en handling i taget? För mig blir det som ett fyrverkeri av tankar, så där så att tankarna blir större än problemet. Och då har jag ju plötsligt blivit med två problem."

"Min första reaktion när problem uppstår, är: åh Guuuud vad jobbigt", svarade Rut.

"Blixtsnabbt därefter fylls min hjärna av idéer och jag kan börja se lösningar. Stora som små, snabba som långsiktiga. Plus mot minus, två steg fram och ett tillbaka. Samtidigt funderar jag över hur det kunde bli som det blivit. Jag funderar över vem som äger problemet och om jag rent av kan skylla på någon. Vad min roll i det hela kan vara. Men som sagt, monologen studsar hela tiden mot olika tänkbara lösningar. Vad olika konsekvenser blir, om man kan ta hjälp av någon och så vidare."

"Vad skönt att höra! Att även du skyller på andra och kanske tänker, det här är inte mitt problem", svarade Pernilla.

"Fast jag har kommit på att så fort jag tycker att uppkomna problem är någon annans, det är då jag verkligen får problem. Med mitt kontrollbehov och behov av att lägga näsan i blöt. Jag har så svårt att lämna över."

Därefter kom hon på något som hon också själv alltid tyckt var en av livets stora gåtor, den om tacksamhet. Hennes mamma sa ofta någonting i stil med: *Pernilla, du ska inte vara så tacksam. Det är ingenting att hålla på med.*

I de lägena hade Pernilla skojat med sin mamma och sagt att hon bara var en surjämte, en av alla tigande trumpna jämtar som tog saker för givna. Klart du kan vara tacksam mamma, hade hon svarat. Men sedan hade hon funderat vidare. Var det fult att vara tacksam tro? Var det något som var okej så länge man inte pratade om det? Generade det andra? Eller menade mamman att det var fel att prata om tacksamhet eftersom känslan mest kommer fram genom en jämförelse med andra, med dem som har det sämre? Tacksamhet är ett stort och känslosamt begrepp och innefattar så mycket. På ett sätt verkar det vara något som enbart upplevs ögonblickligen. Och kanske uppstår det i jämförelse med andra? Hon kunde nog hålla med sin mamma där.

"Är det något särskilt som du är riktigt tacksam för, eller säger man tacksam *över* kanske?" Frågade Pernilla.

"*Över* tror jag om det handlar om större saker, *för* om det handlar om en specifik sak, äh jag vet inte förresten. Vi googlar på den!"

"Ja... att jag är frisk både kroppsligt och mentalt och att mina nära och kära mår bra. Jag har jobb, tak över huvudet och mat i kylen".

"Oj!", kom det från Pernilla. Det är sånt som jag nästan tar för givet. Just det kanske är nyckeln, att lära sig att uppskatta det självklara? Rut kom på fler saker:

"Jag har en säng, en egen dörr och lever med mina bästa omkring mig i en trygg miljö och på rätt sida av ekvatorn åt väster. Jag är omgiven av goda relationer, känner mig lagom orienterad för att kunna ta mig för saker av egen kraft, har uppslukande intressen och är nyfiket lagd."

"Både egenskaper, tillfälligheter och prylar i lagom doser där. Men om du bara kan välja en enda sak som du är tacksam över?" undrade Pernilla igen.

"Jag skulle nog inte kunna hitta endast en detalj eftersom jag tror att det mesta hänger ihop på ett eller annat sätt."

Det blev tyst en stund men när hon tänkt ett tag, fyllde hon på:

"Men okej, det är en fin känsla att tillhöra ett sammanhang där man känner sig betydelsefull. Det är inte alla som ingår i ett sammanhang, vilket är superviktigt tänker jag. Här har jag all anledning att le och vara tacksam. Dessutom tycker jag att allt annat jag nyss räknade upp får plats i denna enda känsla. Det kallas KASAM och betyder Känsla Av Sammanhang."

"Kul att du känner till det uttrycket! Det pratade vi ofta om på lärarutbildningen, speciellt på speciallärarutbildningen."

Precis då kom Tobbe och Twist från ladan där de besiktigat Twists ammunition och bössor. Rut och Pernilla konstaterade att deras män var rätt så lika, mest till sättet men också lite till utseendet. Just nu såg båda så nöjda ut. Glada, uppspelta, längtansfulla. Om det var för att de skulle till Grekland nästa dag, eller om det hade sin grund i något kul som sagts, visste de inte men glada lät de. Kanske för vänskapen och brödraskapet eller någon annan anledning. Hur som helst var de djupt involverade i ett samtal som handlade om lockjakt. Man använde sig visst av harskrik för att få fram räven inom skotthåll. Ett synnerligen effektivt sätt att jaga på.

”Det var det vi skulle ha gjort förrförra hösten Pernilla. Du skulle ha skrikit som en hare där du stod och spanade. Kommer du ihåg vårt upplägg? Jag var beredd med bössan och du skulle spana. Med ett litet harskrik på det, så hade vi kanske lyckats?”

”Ja, eller lite dynamit?” hördes det plötsligt från Twist. De båda karlarna skrattade så de blev högröda i ansiktet. Tobbe såg galet entusiastisk ut och Pernilla som anade att detta var på fullt allvar, blängde bara på honom.

”Ja, så skulle vi ha gjort Tobbe, att vi inte tänkte på det”, sa hon. ”Dynamit hade gjort susen.”

De enades om ett preliminärt datum i slutet av augusti då de skulle ta sig till landstället och strax därefter tackade Pernilla och Tobbe för sig och åkte hem.

”Vi ses i morgon, det ska bli så otroligt kul!” sa de innan de åkte iväg.

Så kom alltså avresedatumet för sommarens tilldragelse, en vecka i Lefkas, i Vassiliki. Det de sett fram emot ett antal veckor nu. Solen kämpade som besatt denna dag och den allra varmaste julitemperaturen uppmättes. Det var som en putt i baken: ”stick-nurå-era-jävla-svikare”.

Rut och Twist knäppte ihop resväskorna en sista gång. Det var en kvart kvar innan taxin skulle komma. Allt var förberett och genomgånget på gården tillsammans och Mini skulle bo hemma hos Rut och Twist under veckan för att ha nära och kunna hålla koll. På köksbordet låg en liten skylt av trä som det satt en lapp på, utklippt för att passa skylten. Under lappen skymtade diffust bokstäver från tidigare budskap. Nu var ett nytt ord textat med tydliga versaler. "I´M THE BOSS" stod det.

Mini rättade till apostrofen mellan I och M med pennan en sista gång, sen var han nöjd. Han skulle sakna Rut och Twist jättemycket, de hade verkligen blivit som hans andra familj. Nu skulle han och tomten sköta hela gården alldeles själva. Den lille fostertomten fick sin skylt att hålla i och Mini placerade den sedan i nischen vid staketet för att den skulle kunna överblicka gården. Spana framåt, bakåt och åt sidorna. Därifrån skulle den ha koll på allt och ge Mini stöd på vägen. Tomten som han flyttat omkring på gården under året i takt med Ruts göromål för att ge henne styrka i att klara sina projekt. Varken Rut eller Twist hade förstått vem det var som flyttade runt tomten, de hade mest skyllt på varandra.

Att det var han, behövde de inte heller inte få veta, tänkte Mini.

Kapitel 13
Om maskinens tangenter och sagan som kom till samt diss på diss och folket som försvann

Pia-Carin Frödin stod i köket och försökte titta ut genom köksfönstren. Fönster som inte putsade sig själva, vad var det för något att ha egentligen? De var nu smutsigare än bussrutorna på stadsbussen och solen hjälpte henne ytterligare att komma till den övertygelse som krävdes för att göra något åt saken. Endera byta till självputsande fönster eller ta tag i situationen själv. Hon anade redan svaret.

Valpen sträckte på sig i den solstråle hon låg, ställde sig upp och skakade sig tills det stod en plym av damm runtom. Oj oj oj, hon dammar ju mer än jag tänkte Pia-Carin. Fast hon är så ung. Pia-Carin hade länge känt att hon ville ha en hund. Det var en längtan som bara blivit starkare och starkare med åren och sedan Mini inte fanns hemma på samma sätt, hade hon börjat känna sig mer ensam. En ensamhet som var skön och bekväm men ändå lite tyst och enahanda. Hon behövde ha något att göra. Mac var ofta upptagen i verkstaden och själv saknade hon verkligen en egen aktivitet. Hon önskade också att hemmet, som hon skämtsamt tänkt om som ett museum, skulle få mer liv. Taxen Yahoo bjöd onekligen på mer liv med sitt nyfikna och modiga sätt. Det ingen visste, eftersom ingen hade frågat och eftersom Pia-Carin inte fann någon anledning att berätta det, var att Yahoo inte var en normaltax. Inte heller en dvärgtax utan någonting så speciellt som en kanintax. Därtill långhårig. Det kändes gott att veta att Yahoo inte skulle användas som jaktkamrat, för det ändamålet krävdes korthåriga taxar med lite storlek. Kanin var det som på sin höjd kunde jagas med denna ras, men det skulle givetvis inte komma på tal.

Det fanns två anledningar till att Pia-Carin hade valt namnet Yahoo till sin lilla taxfröken. Den ena var att hon såg en möjlig chans till att reta Mac lite. Familjen hade som sagt, trots sina teknikrelaterade egennamn, ett tämligen teknikfattigt hem. De uråldriga klenoderna anno dazumal vårdades ömt och hade alltför högt värde i den obegripliga hierarkiska ordning som rådde där hemma. Pinalerna som inte kunde användas, fick heller inte tas bort. Detta var mycket viktigt. Sett från Pia-Carins horisont var det helt vansinnigt att föra en kamp som gick ut på att vägra förstå det nya. Därtill, på grund av sin rädsla för nytt, rangordna det gamla och uttjänta högre än fungerande modern teknik.

Yahoo är en söktjänst och en internetportal som från början hette "Jerry and David's Guide to the World Wide Web". Jerry och David var de som startade detta stora webprojekt en gång i tiden på Stanforduniversitetet. Eftersom namnet inte hade rätt klang bestämde de sig för att korta ned det till Yahoo som står för "Yet Another Hierarchical Officious Oracle". Och nu hade familjen Frödin fått ännu en beskäftigt ofelbar rådgivare i familjens rangordning. Taxen Yahoo. Mac tyckte namnet var ganska fånigt vilket gladde Pia-Carin oerhört eftersom det var det som var tanken. I vissa stycken var hennes man rätt så humorbefriad, tänkte hon.

Hon var också otroligt ledsen och besviken över att han inte tagit större del av hennes skrivande. Det var som om han låtsades om att det inte pågick på något tråkigt sätt. Som om det inte var värt något. När han själv arbetade och gjorde storverk fick han alltid mycket uppmärksamhet och beröm, det var ett fasligt fjäskande och ändå tog han ju rejält betalt för sitt arbete. Han hade därtill bra maskiner och redskap. Varför kunde han inte berömma henne lite och visa mer delaktighet? Eller åtminstone se till att hon fick en riktig dator? Men hon skulle minsann visa honom. Snart skulle allt vara klart och då blir han nog förvånad, tänkte hon.

Den andra anledningen till valet av just Yahoo som hundnamn, var att när folk frågade vad hunden hette, kunde Pia-

Carin säga: "Yahoo". Den som hade undrat skulle kanske svara: "Jaha". Och Pia-Carin kunde då säga: "Nej, inte jaha utan Yahoo".
Detta skulle bli en ganska kul inledning på samtal med människor hon knappt kände. Trevligt helt enkelt. Den här biten hade Twist redan fattat, så han och Pia-Carin lekte gärna Yahoo-leken om de fick chansen.

Nu var det högsommar och det var hög tid att ta tag i röjandet av allt som lagt sig i lager den senaste tiden. På sommaren städar man verkligen inte, då latar man sig, vilar upp sig och ser tillbaka. Det är en viktig period för att kunna gå vidare. Men nu fanns ingenting att skylla på, det var dags att hugga tag i uppgiften innan sensommarmörkret skulle vara här. För det kommer fortare än man anar.

Alltför mycket tid hade lagts på biblioteket i sökandet efter så mycket information som möjligt om syndromet Asperger. Men i det lugn som böckerna skänkt henne, hade något hänt. Hon hade äntligen börjat lägga en stor sorg bakom sig, där hennes son spelat i en mittposition i vardagsspelet från hell medan hon själv skött samtliga andra positioner. Hon hade positionerat sig som både vänsterback och högerback. Hon hade spelat ömsom en offensiv och ömsom en defensiv mittfältsroll. Och hon hade varit målvakt. Gud, så många mål hon hade räddat. Men vid sidan av att äntligen börja förstå vad Mini måste ha gått igenom under alla år, hade hon sakta kommit att förlåta sig själv för att hon inte fattat bättre. Hon hade äntligen börjat återta ett stycke av sitt eget liv.

Under de otaliga biblioteksbesöken... fyllda av instängda dofter av tryck och lim och alla vackra bokryggar. Kvadratmeter efter kvadratmeter som klätt väggarna, alla spännande titlar och tänkvärda innehåll. En tid med obegränsade mängder papper fyllda med svartskrift, bokstav efter bokstav, ord efter ord... hade en fråga gnagt allt oftare i Pia-Carins huvud. Nu när hon hade läst klart om syndromet Asperger och lärt sig det hon behövde... Kanske hon själv skulle skriva en bok? Eller i alla fall ett manus, skicka iväg det till några bokförlag och se vad som skulle hända? En idé, en helt galen idé, men allvarligt; om hon skulle våga, hur gör man då? Hur börjar man på ett tomt papper, vilken bokstav kommer att bli den första och vad i hela friden skulle det handla om?

Att skriva är ju faktiskt att blotta sig och sina tankar och det finns naturligtvis en stor risk att man så att säga skulle råka sjunga falskt och kanske göra bort sig. Rösten skulle skära och plötsligt byta tonart, hon kanske skulle glömma texten, waila för mycket eller helt tappa tonen? Blanda ihop strofer och sätta noterna i oordning? För så var det med skrivande. Texter passade inte alla, de kunde väcka anstöt, vara föro-lämpande, för pladdriga eller för torra. Man kanske inte höll ordning på tempus, kanske upprepade ord, blandade ihop händelser och personligheter. Det kändes svårt men var värt ett försök, tänkte Pia-Carin. Till slut kom hon på det. "Gräv där du står" fick bli konceptet.
Hon skulle kunna skriva lite om Macs kunder, om folket i nejden, om Rut och Twist, Pernilla och Tobbe plus lite an-nat spännande hon läst och fascinerats av. Händelser i var-dagen förtjänade lite mer utrymme. Typ mer respekt! Hon skulle till och med skriva lite om sig själv, fast som person skulle ha en låg profil i manuset. Lite Hitchcock så där, bara blinka till ibland. Så skulle hon blanda och ge, ingen skulle känna igen sig eller kanske alla skulle känna igen sig. Som Leif GW en gång sagt beträffande manusskriveri och såsom det också ser ut i verkligheten:
En tredjedel är sant, en tredjedel är påhitt och med den sista tredjede-len är det så att man inte riktigt vet hur det förhåller sig.
Hon skulle kasta alltsammans upp i luften och låta det landa, lite huller om buller bara. Så skulle hon göra.

Och mer eller mindre så blev det. Hon började under hösten, samlade och skrev. Mini var som sagt helt ockuperad på granngården, han hade ju till och med blivit anställd, så han var bara hemma för att sova och ibland äta. Minis berättelser om arbetet med getterna, om hur getter agerar, hur gårdslivet fungerar, om hönsen, byggen och reparationer blev en stor skatt att gräva ur för Pia-Carins skrivande. Hon kunde skriva om maken som hade fullt upp med olika kunder. Hans engagemang i Pernillas och Tobbes motorbåt som han hade servat i omgångar men som mest bara hade hamnat på land sedan. Paret som också hade två olika katamaraner vilka de tränade och tävlade med och ibland trailade runt, så det kanske var tryggast att motorbåten stod där den stod. De hade också en Z4, det vill säga en liten BMW utrustad med cabriolet. Just den bråkade mer än lovligt vid upp- och nedfällning och hennes man hade tydligen extra god hand med den mellan varven. Det roliga var att de alla hade börjat träffas lite mer och starten till det var en filofax som rymde. Vad är det för ankdamm vi lever i egentligen? tänkte hon. Själv hade hon haft väldigt liten kontakt med dem alla men med allt det som maken berättat fanns det inte längre bara en skatt att gräva i för att få manusidéer utan två... ja faktiskt ett helt glänsande kassavalv. Så det var alltså Mini och Mac som stod för en rejäl bit av manusidéerna, fast de själva inte visste om det.

Så gick det till när Pia-Carin började skriva. Hon startade med att gräva i den ena skattkistan, den med grannarna: Om kalvningen förra hösten, när de fick trillingar att ta hand om. Det var i nästan samma veva som de skaffade sig en massa Lappgetter. I första hand för att det var trevliga djur, i andra hand för att återvinna gamla julgranar. Plötsligt kom de visst på att just den rasen behövde rejäla utrymmen så därefter fick Pia-Carin följa deras bygge av hägnet. Det var enormt. Det planerades både fria ytor, liggbås och sjukstuga samt anordningar för vatten och fodring. De startade också egen getosttillverkning, en liten ostfabrik och ett eget ostmärke. Snart därefter hade de fler planer att sätta i verket, bland annat den om ett eget äppelmusteri. De ordnade en trevlig fest där de med stora äppelträdgårdar var inbjudna plus en massa andra Laduviksbor. Då ville Pia-Carin bara skratta åt allt. Hon visste att åtminstone Rut lämnat ett tidigare totalt fulltecknat liv för att tillsammans med djur och natur varva ned sin sönderstressade kropp.

Faktiskt hade Pia-Carin gjort en något galen grej. När hon var som mest inne i sitt skrivande, tänkte hon; varför inte intervjua Twist och Rut. Deras småskaliga självhushållning som levererar både ägg och getost till ICA-handlaren. Som förutom planerna på ett äppelmusteri kanske också skulle starta upp en biodling. Hur som helst kunde man ana en gårdsbutik någonstans i framtiden. Det var värt att notera med en liten artikel i lokaltidningen va? På samma gång kunde hon marknadsföra sig själv som skribent. Dags att sätta den snillrika planen i rullning...

Pia-Carin gjorde sig en anledning att gå över i ett ärende och när hon stötte ihop med Rut, hade hon först beundrat gården och allt som pågick där. Sedan hade hon passat på att fråga om hon fick göra en berättelse om gårdslivet och om dem båda. Få skriva om vad det var som drivit Rut i mogen ålder, och senare Twist, fram till livet de nu levde. Pia-Carin berättade för Rut hur mycket hon älskade att skriva och om hennes plan att skriva intervjun som ett reportage för att sedan skicka det till lokaltidningen. Och Rut gillade idén. De bestämde mötestid senare den veckan och Rut skulle försöka få med sig Twist också. Pia-Carin skulle till nästa träff ta med sig den pryl från det Frödinska hemmet som alls var i närheten av någon slags modern teknologi, nämligen kassettbandspelaren med mikrofon.

Parallellt med detta fortsatte Pia-Carin att skriva på sitt manus. Efter intervjuerna med Rut och Twist, tyckte hon sig kunna se likheter mellan de båda paren, alltså gårdsfolket och de med båtarna. Hon hade pratat lite med Mac om just denna upptäckt och han hade hållit med faktiskt. Den tanken gav bränsle till att glänta på skattkista nummer två. Hon började skriva om Tobbe och Pernilla. Om alla deras båtar som skyfflades än hit och än dit och några reseskildringar från deras tävlingar runtom ifrån. Hur de båda fick till sin vardag med husdjur, arbete, båtaktiviteter, barn och träning och allt som de stötte på under vägen. Om hetsen i tillvaron i största allmänhet och om deras vilsna funderingar i synnerhet. Pia-Carin skrev också om filofaxen som Rut och Mac hittade, som var så fulltecknad att den skapade ångest och andnöd. Mac hade visst snabbt överlåtit den till Rut, han ville inte ha den. Undrar var den blev av förresten? Och den där trätomten med röd akryldräkt, vart tog egentligen den vägen? Honom hade hon helt glömt bort.

Pia-Carin skrev om den arga ICA-handlaren Bengt som var svensk men som kommit från Nottingham i världens fart och ville arbeta så mycket som möjligt trots sin höga ålder. Hon tänkte att något måste ha hänt där borta, för det var väl inte normalt? Arg var han i alla fall och sur som en gammal disktrasa. Vad som hänt honom, började hon snoka i. Hon passade på att skriva om olika typer av jobb över huvudtaget vare sig man var arg eller inte. Det fanns så många olika sorters konstiga sysslor nu för tiden. Telefonförsäljare fanns det en hel del att säga om, exempelvis som något man bara ville städa bort och så skrev hon en hel del om städning i största allmänhet. Här och där flikade hon in lite diskreta händelser om sin familjs liv och beteende men roade sig i allmänhet med att brodera ut texten mer när det handlade om de andra. Pia-Carin tänkte samtidigt att hon kanske var en smula avundsjuk, kunde det vara så? På deras unga, friska, driftiga och nyfikna sätt att umgås med livet på. Vidare intresserade hon sig också, men bara i förbifarten, för vad som sades bland annat om minnesfunktioner, förälskelse, drömmar, humörsvängningar, kärlek och relationer. Det hela gick rätt så bra och hon trummade på, på sin gamla skrivmaskin.

Pia-Carin hade genom sina studier på biblioteket slagits av hur avgörande det tycktes vara att man var rätt rustad för att livet skulle forma sig på ett behagligt vis. Sambandet mellan födelse, uppväxt, möjlighet, framgång och välmående... Rätt sak på rätt plats och i rätt tid. Hon hade börjat se livet med sådana där glasögon som man får när man åldras, såna där med olika styrkor i samma glas. Man byter upp sig kan man säga, inte bara för utsiktens skull utan lika mycket för insikten.

Hon hade stött på begreppet Matteus-effekten: *Var och en som har, han skall få, och det i överflöd, men den som inte har, från honom skall tas också det han har.*

Alltså det retfulla fenomenet att den som redan gynnats, gynnas ännu mer och den som redan har allt får mer. Rika blir bara rikare och fattiga blir fattigare. Det fanns mycket att skriva om just bara det. Orättvisor, utsatthet, fattigdom, rikedom, dumhet och uthållighet.

Tangenterna på den gamla skrivmaskinen vek sig lydigt under hennes fingrar. Hon skrev och skrev och kände sig oändligt tacksam över att hon för tjugo år sedan framhärdat i att de faktiskt behövde en elektrisk skrivmaskin där hemma. Inte bara en Remington eller en skrivkula från 1878 som Mac föreslagit, utan just en elektrisk modell.

Att skriva var som att äta chips. Eller ännu hellre smågodis, tänkte hon. Hade man väl öppnat påsen behövde den ta slut och samtidigt gick det aldrig att sluta. Man alternerade mellan sött och surt, gelé och skum, choklad och lakrits. Det fanns alltid ett sätt att komma vidare, smakerna var många och det var svårt att tröttna. Pia-Carin växelskrev om Rut och Twist och om Pernilla och Tobbe. De fick vartannat kapitel i det stora hela och Bengt, han fick ett han också. Helt plötsligt en höst tyckte hon trots allt att hon var klar. Då som först började hon utforska processens nästa steg, alltså den att ta kontakt med olika bokförlag. Hon ville förstås få sin text tryckt. Det här var riktigt läskigt och hon berättade inte om sina planer för någon endaste själ. Alltså hade det blivit dags för ett biblioteksbesök till, där hon kunde låna en dator med internetuppkoppling.

Hon fick hjälp på biblioteket med att leta upp olika förlag och hon valde att inte satsa på de stora utan helst på de mindre förlagen som tidigare gett ut debutromaner. "Romaner" förresten? Vad var det hon själv hade skrivit egentligen? Fanns hennes genre över huvudtaget och fanns det någon som egentligen gav ut dagbok-fakta-funderingar-sett-läst-förstått-hört-skvaller? Här började tvivlen komma och kallsvetten bryta fram. Bokförlag? Vad trodde hon egentligen?

Nåväl, ett tiotal förlag valde hon ut. Hon följde instruktionerna för att skicka iväg de första 180 sidorna på rätt sätt. Förlagen ville ha manuset utskrivet på numrerade dubbelsidiga blad, komplett och inte endast som brottstycken. Absolut inte handskrivet utan med teckenstorlek tolv punkter med ett och ett halvt radavstånd och med läsvänligt typsnitt exempelvis Times New Roman. När Pia-Carin kommit så långt kände hon sig gråtfärdig. Här hade hon suttit och knackat på maskin och kunde omöjligt ändra radavstånd i efterhand. Man kunde väl med fog ändå påstå att lagt typsnitt låg vid det här laget? Och tolv punkter, hur kunde man veta det? Hon beslöt sig för att betrakta dessa önskemål som just önskemål och inte som krav varpå hon kopierade alltihop dubbelsidigt på biblioteket. Det må bära eller brista, sa hon och blinkade till sin medbrottsling bakom lånedisken.

Hon fick också hjälp på biblioteket att starta ett hotmail-konto som hon kunde använda, för det var ytterligare ett krav faktiskt, att lämna ifrån sig en mejladress till förlaget. Med detta konto kunde hon sedan följa svar om utgivning eller ej. Det hela påminde lite om fiskdammen när man var på kalas. Först skulle man lyckas med att få över metkroken, alltså klädnypan, över tyget. Sen känna oron över att ingenting hände där på andra sidan, att allt tog så lång tid... tills det plötsligt ryckte till. Crescendot och dramatiken som avslutade spänningen genom att man skulle försöka pytsa över alltihopa, vad-det-nu-var på sin sida av tyget igen. Och ibland föll alltihopa av där på andra sidan och proceduren fick starta om. Med sitt nya mejlkonto kunde hon nu bevaka sina napp och se huruvida det kom sött eller surt i påsen. Följebrevet var enkelt att skriva ihop medan sammanfattningen av manuset var svårare att få till. Det skulle vara som en lockande baksidestext och hur kunde man få till den i Pia-Carins så kallade genre? Nåväl, hon totade ihop det hon trodde skulle vara lockande nog och en frestelse i läsarens ögon samtidigt som hon själv vid det här lager tröttnat lite på sina egna figurer. Nu ville hon bara posta iväg dem allesammans och med spänning vänta på resultatet.

Baksidestexten, följebrevet och manuset la hon ned i tio kuvert och skickade iväg dem åt tio olika håll enligt principen "let the shit hit the fan". Bye bye till Rut, Twist, Pernilla, Tobbe, Bengt, Mini, Mac och henne själv. När hon kommit så långt hade nervositeten släppt och hon kände i stället en massa skräckblandad glädje. Därför började hon berätta lite försynt för sina närmast sörjande vad hon hade gjort. De som tillhörde den gruppen var vid sidan av Mac, också Rut och bibliotekarien samt en gammal väninna. Men det skulle hon kanske inte gjort insåg hon, för redan i slutet samma månad fick hon första svaret.

Tack för att vi fick läsa ditt manus. Tyvärr har vi nu kommit fram till att tacka nej till erbjudandet om utgivning. Konkurrensen är mycket stor och varje år får vi in cirka 1000 svenska manus och utgivningsförslag till förlaget och av dem ger vi endast ut ett fåtal. Vi önskar dig lycka till på annat håll.

Exakt två månader senare fick hon "nej tack" igen från två av de andra förlagen. Sen tog det så lång tid att de som höll tummarna ihop med henne, hade börjat undra om förlagen inte hört av sig. Hennes plan var att inte avslöja några dissningar innan hon lyckats få ett napp i den där jävla fiskdammen. Det var ju fortfarande flera förlag kvar som inte hade svarat. Hon tänkte, det här är inte okej. Det hade gått fyra månader av utlovade tre, så nu fick hon väl själv ta kontakt. Åh, vad allting hade gått lättare om hon hade haft en dator där hemma. Och bredband. Det var hög tid för den elektriska skrivmaskinen att pensionera sig tillsammans med alla andra museiföremål som deras hem härbärgerade. Kanske hon skulle inspirera maken till att öppna nejdens första museum? Det fanns säkert fler hushåll som gömde undan en massa härliga skatter från förr. För henne själv hade det nu blivit dags att ställa i ordning en inspirerande men samtidigt lugn vrå i huset där hon kunde fortsätta sitt skrivande. Det skulle bli många fortsättningar på hennes berättelser. Livet självt var en outtömlig skatt att hitta sin inspiration i, så det var bara att skriva på. För ge sig, det skulle hon inte. Först då var man en förlorare tänkte hon.

Hon besökte biblioteket igen och för första gången i hennes helt egna lilla världshistoria skickade hon ett mejl. Hon kontaktade de förlagen som ännu inte svarat för att försöka blåsa lite liv i de falnade lågorna. I samma vända började hon fundera över vad hon kunnat göra bättre.
En författarblogg gav svaren. För att bli utgiven behöver en mängd saker klaffa om man ska lyckas ta sig igenom nålsögat. Det handlar först och främst om att välja rätt genre

(hoppsan), en genre som inte är uttjatad och som känns lite ny. Den fick samtidigt inte konkurrera med någon annans val av genre, i synnerhet inte om denna "annan" ligger på just det förlaget dit man skickat sitt manus. Ett tips är just att gräva där man står och det hade Pia-Carin verkligen tänkt på. Sedan gäller det att välja rätt förlag, inte så litet att de inte skulle våga satsa och inte så stort att de inte skulle hinna läsa. Så här långt tyckte Pia-Carin nog att hon var med.

Men fortsättningen sen, då man behövde:

Marknadsföra sitt manus, skapa kontakter med förlagen, nätverka, använda sig av sociala medier, mingla på release-partyn och bokmässan, visa upp sig... visa att man var sälj-bar. Men hallå? Hon var ju bara fru Frödin för sjutton gub-bar. Skulle fru båtmotor vara nätverkare, köra sociala medier utan dator och mingla i rågummisulor? Nej, nu var det Pia-Carins tur att säga "nej tack". Chanserna att få något napp i den här fiskdammen var banne mig mindre för henne än för någon annan, det var hon säker på. Avslutningsvis gällde det att ha en himla massa tur. Och det hade hon uppenbarligen inte. Hon hade inte ens lyckats få utrymme i lokaltidningen med sitt reportage om Rut och Twist. Tur var inte hennes medspelare, inte just nu, snarare en motspelare som det kändes. Hur kunde lokaltidningen tacka nej till en sådan verklig skildring av en högst levande plats på landet? Ja, vis-serligen en liten avkrok till Storstockholm men även där fanns det liv, det kunde de väl förstå?

Pia-Carin hade varit så fokuserad på det "nej" hon fått från tidningen att hon inte sett anledningen till varför hon nekats publicering. Anledningen var just att Laduvik ansågs vara en avkrok. En avkrok som inte bara låg långt bort, utan var så gott som avfolkad, så lokaltidningen tvingades att lägga ner. Den hann inte ens bli nedläggningshotad om man säger så, tidningen lades bara ned, pang tjoff. Det allra sista numret hade redan gått i tryckt så det fanns ingen möjlighet för hennes reportage att komma med. Men det var intressant och mycket bra skrivet. Synd att hon inte hade kommit på idén tidigare, sa nyhetschefen.

En dag var det ändå hennes turdag. Det var den dagen då Twist kom över till Pia-Carin och lämnade en dator till henne. Han sa att han förstod att det var knöligt med den tidigare maskinen och att han själv bytt upp sig. Den här hade blivit över, så skulle hon kunna tänka sig att ta emot den? Twist sa också att han var så enormt glad för all hjälp de fått genom Minis fantastiska arbetsinsatser på deras gård och att han uppskattade hela familjen Frödins förtroende för dem som arbetsgivare. Han förstod att de säkert saknade sin sons starka armar i deras eget hem och att Rut och Twist säkert uppehållit Mini med deras djur, ostframställningen, granarna, musteriet och allt. "Ta emot den här", sa han och skriv en saga. Jag vet att du älskar att skriva. Med den här blir det lättare.

Så då blev det två delar till om händelserna i trakten och om människorna i köttrymden. Det sista som hände precis när hon tyckte att det började bli stil på allt, var att hon fick ta emot Ruts blogganteckningar. Rut hade verkligen försökt att själv skriva men slutligen fallit för det faktum att någon annan kunde göra det bättre. Pia-Carin tog emot en mapp med Ruts alla anteckningar som hamnat lite huller om buller där i. Det var lösryckta ord och en del beskrivningar, jättefin research och roliga tankar. Med hjälp av dessa fanns en hel del gott att skriva om och som på ett alldeles förträffligt sätt kunde kombineras med exempelvis de intervjuer Pia-Carin gjort tidigare.

Pia-Carin hade lärt känna folket mer och mer, de alla lärde känna varandra och det hände massor av saker. Rut och Twist hade börjat bygga ett nytt hönshus och Rut stod och måttade ut något som skulle bli ett nytt potatisland. De hade planer på gång, det kändes lång väg. Äppelplockningen var snart igång på allvar och musteriproduktionen skulle nå nya höjder. Ruts son Sigge var på hemgång från Kanada med. Pernilla och Tobbe hade ett EM på Gardasjön framför sig nästa år och säkert en massa andra tävlingar. Pernillas son Tor växte på sig och skulle bli en spännande person att följa i framtiden. Skulle de två kunna samsas där på sin gemensamma arbetsplats, mor och son i samma skola? Och alla bilar och prylar som de hade i familjerna. Skulle Tobbe skaffa sig en jättesnabb bil? Till Tyskland var han i alla fall på väg för att köra snabba bilar igen runt, runt, runt på en bana. Som den i Falkenberg fast mycket bättre.

Kanske Twist började segla också när han väl fångat vinden i Grekland? Skulle han månne få fart på datorspelandet igen och sitt hållbara jordbruk? Pia-Carin visste att Mini planerade att göra ett försök med nystart av Farming Simulator när Twist var bortrest. Bara för att överraska honom.

Pia-Carin hade bestämt sig för att själv trycka sina böcker, det vill säga de tre färdigskrivna delarna, bara för att sätta punkt i sitt projekt. Hon skulle dela ut böckerna till dem som stod henne närmast. Eventuellt om Twist och Rut tyckte, kunde böckerna säljas på julmarknaden senare i år. För övrigt hade hon en plan på att ta en bunt böcker i hampan och placera ut dem lite varstans. Bland annat i bokhandeln, i bokhyllan på ICA och i snurran bland *nyinkommet* på biblioteket. Kanske i seniorboendets allrum, i vårdcentralens väntrum och på biblioteket i skolan.

Och på "Ladan", som hotellet strax utanför Laduvik hette, fanns det en bokhylla med texten: *Ta om du behöver, ställ hit om du får över*. Där kunde hon också ställa ett exemplar. Till slut borde väl någon få upp ögonen för dessa nykomlingar?

Hon hade ännu inte bestämt vad böckerna skulle få för titlar. I nuläget hette de bara manus 1, manus 2 och så vidare men ordet "köttrymden" skulle ingå i titeln tänkte hon. För det var väl det allting handlade om. Hur saker och ting fungerar i verkliga livet, In Real Life - IRL, vid sidan av allt cyberumgänge som finns. Runt omkring oss finns det spår av verksamhet, av utveckling och av dårskap på den jord som vi delar. Här på vår plats i köttrymden.

Titlarna skulle sedan publiceras som e-böcker samt tryckta böcker och få egna ISBN-nummer. De skulle listas i svensk och internationell bokhandel hos exempelvis Adlibris, CDON, Akademibokhandeln, Amazon och iBooks. Så snart en beställning gjorts, skulle böckerna omgående produceras för att därefter levereras till beställaren. Det var plan A.

Pia-Carins plan B var att be var och en av vännerna Rut, Twist, Tobbe och Pernilla samt givetvis även Mac och Mini, att störa runt hos bokhandlarna och fråga efter böckerna en efter en och se till att de beställdes. Till slut tänkte hon, skulle bokhandlarna själva beställa in en bunt av dessa "populära" böcker. Hon skrattade gott åt sig själv.

Just det! En pseudonym var kanske ett bra alternativ? För att inte det skrivna skulle kunna väcka anstöt eller genera någon. Hon kunde ta sitt gamla flicknamn, det hon hette innan hon blev fru Frödin. Sen kunde hon leja och putta fram en "agent" om de skulle bli beröm eller kritik. Hon hade lika svårt att hantera både och, så då kunde agenten få slicka i sig berömmet eller bära hundhuvudet.

Till att börja med nu, skulle det bli enormt spännande bara att följa den här närmaste veckan. Med allt som Mini behövde sköta och klara av när han hade eget ansvar på gården. Med getter som var dräktiga och killingar som skulle komma. Det hela kändes nästan lite exotiskt! Rut ville så gärna ha en gårdsbutik, det visste Pia-Carin, och nu när de byggde nytt hönshus och det gamla hönshuset skulle fräschas upp så kanske hon var en bit på väg.

En högtflygande plan som Rut avslöjade vid intervjun för länge sedan, var den om att starta ett vandrarhem. Det var osannolikt eftertraktat för semestrande barnfamiljer att bo på bondgård och om Pia-Carin kände Rut rätt så var steget dit inte alltför stort. Tänk vilken inspirationskälla det kunde vara för Pia-Carins fortsatta skrivande med alla besökare från när och fjärran och alla händelser som följer med dem. Vad det skulle svärma på gården av alla gäster.

Och på tal om det; undra om Rut och Twist någonsin skaffar sig några bikupor som de pratat om. För att låta det svärma lite där borta i skogen? De, eller Rut i vanlig ordning, hade lagt fram förslaget om att producera honung. Musterimaskinen hade visst någon funktion även för det ändamålet. Då skulle Mini hålla sig långt ifrån skogen, det var Pia-Carin säker på.

Räven på landet då, hur skulle det gå med den? Kommer den någonsin att falla under någons pipa? Var det räven eller gubbarna som skulle segra? Och Mac sedan, skulle han någonsin gå med på att starta upp ett museum här hemma och skapa en alldeles livs levande Antikrunda i Laduvik? Han var snart lite för gammal för att jobba med tunga båtmotorer. Åh, det fanns hur mycket som helst att skriva om även i framtiden. Kanske hon skulle sätta fart med en fjärde bok i serien om köttrymden redan nu?

De alla hade precis vinkat av Rut, Twist, Pernilla och Tobbe inför deras Greklandsresa. Och sanningen att säga, så längtade hon redan efter dem. Det blev snabbt tomt på gården där mittemot. Hon behövde titta över till Mini fram emot kvällen och gå rundan tillsammans med honom bland djuren.

Men först skulle här städas. De hade ett stort hus att sköta.

Tack!

Varje månad sedan hösten 2010 har jag skrivit om saker som händer i vardagen. För er som månatligen följt min blogg finns det mycket i Köttrymden som känns igen från den. Den största skillnaden mellan bloggen och sagan, är de personer som tillkommit och utgjort ramverket som allt hängts upp på.

Det finns så mycket inspiration i vardagen i såväl människor som händelser men också i det som sägs och skrivs. I mitt huvud pågår det ofta en pjäs; fullt utrustad med kulisser, scener, dialoger, pratbubblor och rekvisita, som följer parallellt med mitt till synes vanliga liv. Detta dubbelliv har legat till grund för både bloggen och manuset men har också fyllts på av en ständig ström av idéer. Mycket av det som händer runt mig, det som sägs eller det jag läser, hamnar i små fack som jag sedan plockar friskt ur.

Men allting började faktiskt med ett RUT-avdrag och en svajig båtmotor.

Alla likheter mellan verkligheten och bokens händelser, karaktärer och platser är rena tillfälligheter. Det här är en saga med mer eller mindre drag av verkligheten, men som till största delen är en produkt av skribentens stolliga fantasier.

Nu vill jag först och främst hylla vardagen för allt vad den bjuder på. Utan den, inget liv.

Och samtidigt tacka:
Vanja, Carina och Ida som troget läst min blogg och gett glada tillrop och bekräftande omdömen.

Thomas som med sin blotta närvaro gett många uppslag och lika generöst som tillitsfullt låtit mig skriva utan att någonsin själv få läsa. Som också varit teknikstöd, idébank och layoutare.

Mia som engagerat läste en tidig version av bok ett och där gett många värdefulla tips och sågningar kring uttryck och formuleringar som jag förhoppningsvis undvikit därefter.

Och Vanja som bistått på samma sätt genom att läsa tre delar, fast två gånger.

Joel, Ville och Pelle som genom att bara vara, gett idéer fast de inte haft en aning om det.

Manne och Ida som tagit sig tid att läsa hela tetralogin i det så kallade "visningsexet", där en sista chans funnits för puts innan publiceringen släpps.

Människor och händelser knutna till mina arbetsplatser och utbildningar, som utgjort grunden till mycket av allt spännande i vardagen.

Alla kända och okända skribenter och föreläsare som i mängder av artiklar, krönikor, insändare, tal och notiser beskrivit händelser och fenomen. Med innehåll som varit så spektakulärt och intressant att det tålt att berättas en gång till fast på nytt sätt. Exempelvis ur Ruts och Pernillas perspektiv.

Dagspress och lokaltidningar, som återgivit på lättläst vis vad olika studier resulterat i. Som också publicerat artiklar om dråpliga händelser om sådant man inte trodde kunde hända.

Google, Wikipedia och synonymlexikon, där allt finns att ta reda på. Möjligheten har där funnits till att slå upp ord och uttryck, leta fakta bland annat kring personer, detaljer, syndrom, processer, regler och mycket mer.

Mig själv och min förrådsvind för den utsökta ordningen och förvaringen av gamla dokument och dagböcker som varit en värdefull källa i min undersökande verksamhet.

Alla minnen och drömmar.

"ICA-Bengt" som med sitt trubbiga sätt, sin totala frånvaro, avsaknad av respekt, brist på uppmuntran och utan känsla för att själv begränsa sig... trots allt förmedlat vikten av att kunna uttrycka sig skriftligt. Gett insikten om att ett tomt papper aldrig kan anses jobbigt att fylla, utan är platsen för att uttrycka upplevelser och författa tankar på. Att helt enkelt ge utrymme för det skrivna ordet.

Ett stort tack till dig som peppat mig sedan många år tillbaka med orden: ditt skrivande, det borde du göra någonting av, och dig som sagt något i stil med: människa, skriv en bok någon gång då, och till dig som tyckt: det du skriver borde fler få ta del av. Plus några andra som på sina vis har uppmuntrat mig.

Sist men inte minst: Utan Books on Demand, det vill säga plattformen för oberoende bokutgivning, hade det inte blivit bokformat av manuset.

Det blev en hel del waller men nu är det i alla fall klart.